DOGGERLAND

ALERTA DE TEMPESTADE

MARIA ADOLFSSON

Tradução
LEONARDO CASTILHONE

COPYRIGHT© MARIA ADOLFSSON, 2018
FIRST PUBLISHED BY WAHLSTRÊIM & WIDSTRAND, STOCKHOLM,
SWEDEN PUBLISHED IN THE PORTUGUESE LANGUAGE BY ARRANGEMENT
WITH BONNIER RIGHTS, STOCKHOLM, SWEDEN AND VIKINGS OF BRAZIL
AGÊNCIA LITERÁRIA E DE TRADUÇÃO LTDA., SÃO PAULO, BRASIL.
COPYRIGHT © FARO EDITORIAL, 2022

Todos os direitos reservados.
Nenhuma parte deste livro pode ser reproduzida sob quaisquer meios existentes sem autorização por escrito do editor.

Diretor editorial **PEDRO ALMEIDA**
Coordenação editorial **CARLA SACRATO**
Preparação **MONIQUE D'ORAZIO E GABRIELA AVILA**
Revisão **BÁRBARA PARENTE**
Capa **REBECCA BARBOZA**
Diagramação **CRISTIANE SAAVEDRA | SAAVEDRA EDIÇÕES**

Dados Internacionais de Catalogação na Publicação (CIP)
Jéssica de Oliveira Molinari CRB-8/9852

Adolfsson, Maria
　　Doggerland : alerta de tempestade / Maria Adolfsson ; tradução de Leonardo Castilhone. — São Paulo : Faro Editorial, 2022.
　　256 p.

　　ISBN 978-65-5957-152-9
　　Título original: Stormvarning

　　1. Ficção sueca I. Título II. Castilhone, Leonardo

22-1672　　　　　　　　　　　　　　　　CDD-839.5

Índice para catálogo sistemático:
1. FICÇÃO SUECA

1ª edição brasileira: 2022
Direitos de edição em língua portuguesa, para o Brasil, adquiridos por **FARO EDITORIAL**

Avenida Andrômeda, 885 – Sala 310
Alphaville – Barueri – SP – Brasil
CEP: 06473-000
www.faroeditorial.com.br

O devoto reza na calmaria,
O pecador, nas adversidades,
O pescador, na tempestade.
— **PROVÉRBIO DOGGERLANDÊS**

PRÓLOGO

ELA OBSERVA O CELULAR COM DESÂNIMO E SE INCLINA PARA TRÁS, como se sentisse a ameaça só de olhar para o aparelho. Levanta-se, contorna a mesa da cozinha e, parada de pé na porta, olha fixamente a sala de estar. Em seguida, vira-se para o outro lado e evita olhar para o telefone, fingindo não reparar na chamada silenciada que aparece na tela.

Então ela para no meio do caminho, entre um passo e outro, com um olhar pensativo em direção à janela. Como seria fácil deixar pra lá, dar ouvidos àquela voz sedutora sussurrando que ela não precisa fazer nada daquilo. Que não é certo. Então a voz fica mais incisiva e a força a ser sensata; caso contrário, tudo corre o risco de ir para o inferno.

Ela hesita mais um pouco, vira-se e olha para a despensa. Como é tentador simplesmente pegar uma garrafa de vinho tinto, sentar-se em frente à TV e tentar esquecer toda aquela merda.

Com certeza, seria melhor. Seria a coisa certa.

Mesmo assim, ela sabe que logo pegará o celular e fará aquela maldita ligação. Uma chamada que lhe custará o emprego se alguém descobrir. Uma chamada que poderá lhe custar muito mais do que isso, se quem responder do outro lado perceber a chance que tem de acabar com outro problema: a própria Karen.

Não, isso não é certo, pensa a detetive Karen Eiken Hornby pegando o celular da mesa.

Sem dúvida, não é o certo, mas é sua única chance.

1

QUATRO SEMANAS ANTES
NATAL

ESTÁ APENAS ALGUNS GRAUS ABAIXO DE ZERO; MESMO ASSIM, ELA sente o ar rasgando seus pulmões quando para e respira sob a proteção de seu lenço. Gertrud Stuub se dá conta de que está a ponto de xingar; constrangida, faz o sinal da cruz. Cada vez mais angustiada, não sabe se olha para o bosque na direção do cume ou para o estreito caminho de terra que está percorrendo.

Você está imaginando coisas, pensa, sentindo a pressão nas narinas aliviar lentamente. *Ele nunca prometeu que viria. Mesmo assim, você sai correndo por aí como uma cadela velha e louca.* Ela se força a parar e respirar um pouco mais através do pano de lã antes de apertar o passo novamente, o mais rápido que pode, seguindo a estrada de terra acidentada onde há poças congeladas em placas de gelo traiçoeiras.

À esquerda, é possível ver a encosta com troncos de árvores desnudas e, por entre elas, desponta a silhueta azulada do monte Getryggen. Íngreme e inacessível para alguém da sua idade, e também da idade de Fredrik.

Ele não seria tão estúpido assim, pensa, tentando afastar tais pensamentos. O outro lado é ainda pior. Poucos metros à direita, a estrada termina abruptamente. Se continuar olhando ao longe, parece um simples lago ligeiramente congelado no meio da floresta; porém, se der alguns passos para fora da estrada, verá o paredão da mina submergindo íngreme e contínuo pelas profundezas negras. Gertrud não se afasta da estrada.

— Ele faz este caminho todos os dias — diz a si mesma, assustando-se ao ouvir como sua voz está fraca e como o silêncio consome suas palavras.

Não suporta mais citar nem ouvir o som do nome dele. Se Fredrik estiver ali, ela vai encontrá-lo.

— Ele conhece muito bem estas terras — diz.

Sabe exatamente onde colocar os pés, e o Sammy também. Provavelmente já estão em casa, ele deve estar sentado no aconchego da cozinha, tomando café com os restos do pão de açafrão de ontem. Cínico e despreocupado, com o céu ou com o inferno, como sempre. *Chega, agora vou dar meia--volta e acabar com essa palhaçada*, ela pensa, olhando por cima do ombro. Mas percebe que, infelizmente, chegou a um ponto que a distância entre voltar e continuar o percurso em torno da pedreira é praticamente a mesma.

Com um forte suspiro, ela continua o trajeto, fazendo mais uma vez o sinal da cruz, enquanto pragueja pela falta de consideração do irmão com tudo e, sobretudo, por sua completa renúncia à religião. Fredrik não perde seu tempo indo à igreja, mas ao menos costuma ir à missa de Natal. Talvez ele tenha dormido demais.

Um pouco mais adiante, ela avista a rotatória onde começa, ou termina, o trecho mais largo para a rodovia. Há muitos anos que nenhum carro ou caminhão passa por ali, mas as rachaduras no asfalto aumentam ano após ano. Não há necessidade de reparar aquele ponto da estrada: *ninguém é estúpido o bastante para vir aqui, a não ser Fredrik. Nem mesmo no verão os jovens parecem atraídos pelos banhos proibidos nas águas insalubres da mina.* Instintivamente, ela apalpa o bolso do casaco para conferir se o celular ainda está lá. Ninguém a encontraria ali se ela caísse e se ferisse, especialmente nessa época do ano.

Bem que ele poderia receber uma lição, daquelas que nunca mais se esquece, despencando daqui e se machucando, pensa ela. *Nada sério, só pra finalmente perceber que está velho demais para andar sozinho por aí.* Automaticamente, leva a mão de novo ao peito como penitência por pensar tais coisas, e então grita:

— Alô! Fredrik!

No segundo seguinte, ela para abruptamente.

Um gemido lamuriante e ruidoso faz com que ela fique apreensiva. E assim que nota o border collie preto e branco um pouco mais à frente, fica chocada com o que vê: a coleira longa arrastando pelo chão enquanto Sammy, desconsolado, anda de um lado para o outro na beirada da mina; deita-se por uns instantes, levanta-se de novo e continua seu vaivém angustiado se arriscando a dar um passo em falso. Parece que o cão descerá o precipício, mas o som de alguém se aproximando o faz erguer as orelhas e levantar a cabeça. Então Sammy avista Gertrud e sai correndo e latindo na direção dela. Com suas costas arqueadas, o cachorro infeliz vai e volta entre Gertrud e o precipício, quase a encurralando. Sem querer, ela volta a rezar em voz alta:

— Por favor, meu Deus, não me abandone agora.

Ela não consegue ver o irmão de onde está. Então uma vã esperança passa por sua cabeça: talvez não seja Fredrik caído lá embaixo, talvez seja apenas a velha bola de tênis mastigada do Sammy, que ele insiste em carregar por todos os lugares, talvez Fredrik a tenha arremessado para o lado errado.

Gertrud então se aproxima da beirada do precipício, com o coração acelerado, e estica o pescoço, mas ainda não consegue vê-lo. É só quando ela, fazendo uma espécie de oração mental, deita-se de bruços, arrasta-se cuidadosamente até a beirada e olha para baixo que todas as suas esperanças evaporam.

2

KAREN EIKEN HORNBY FECHA A PORTA ATRÁS DELA E ENFIA A MÃO no bolso do casaco para pegar o maço de cigarros. Com os cotovelos apoiados no corrimão frio, ela dá uma tragada profunda, sente seu pulso desacelerar lentamente e olha fixo para o infinito.

Já está escuro lá fora, embora não passe das quatro e meia da tarde, mas o ar de dezembro está excepcionalmente agradável. Há apenas algumas áreas de neve que derretem rapidamente, apesar dos dez centímetros que cobriam as ruas na semana anterior. De dentro da casa, sons de louça tilintando, risos e mais uma música de bebedeira atravessam a janela fechada:

```
Confie em si mesmo, pescador,
```

> o bacalhau é bem cruel, bem cruel, bem cruel
> sacie sua sede com vinho ardente
> pois agora é Natal, é Natal, é Natal…
> Saúde!

Sem se virar, ela sabe que as sete pessoas ao redor da mesa estão agora levantando os copos à altura dos olhos, baixando-os e, em seguida, bebendo todos juntos. Ela espera pelo barulho dos copos sendo colocados novamente sobre a mesa e só então entra.

Como diabos vou aguentar mais dois dias disso?, pensa.

Não há lugar na casa onde possa se retirar e ficar sozinha. Sua mãe e Harry tiveram de ficar no quarto principal, e, um tanto a contragosto, deixou que eles ficassem na cama de casal. Ela teve de se mudar para o quarto de hóspedes ao lado e, por isso, pela terceira noite seguida, tentará ignorar os sons vindos do outro lado da parede.

Pareceu uma boa ideia quando planejaram juntos esse feriado, após vários copos de vinho no pub Gruvan, em Dunker, há algumas semanas. Véspera e dia de Natal na casa de Karen, em Langevik, onde celebrariam com os amigos mais próximos. Mamãe e Harry viriam de toda forma, quanto mais gente melhor. Marike dormiria no sofá da sala de estar e traria carne de porco assada crocante e repolho-vermelho. Kore e Eirik ficariam no sofá-cama do chalé de hóspedes de Leo e trariam arenque com rábano, salmão curado e mostarda caseira. Mamãe prometera ao telefone que faria bolos de açafrão e pão de centeio assim que chegasse, e Karen faria sozinha um grande tonel de cerveja de zimbro e temperaria o *brennivín*. Dois dias de boa comida, ótima companhia e longas caminhadas na neve.

Pois bem… ela ouve as gargalhadas lá de dentro. Sim, tudo está tão bom quanto o planejado. Tudo está como deveria ser. Só que ela quer ficar sozinha. Ouvir o silêncio, nem que seja só por uns minutos.

Você consegue aguentar, é só mais uma noite, diz ela a si mesma, respirando fundo mais uma vez. Só mais um dia e meio para voltar a ter de se controlar para não soltar uns comentários sarcásticos toda vez que a mãe se refere a Harry Lampard, que em breve fará 76 anos, como seu novo "namoradinho", e a Sigrid.

A menina não podia ter ficado na casa do pai? Já que havia retomado o contato com ele, depois de anos sem se falarem. *É Natal, porra, você deveria estar em casa com a família*, pensa Karen, irritada, tragando o cigarro tão forte que chega a queimar as pontas dos dedos.

— Eu não vou ficar muito tempo — anunciara Sigrid, toda empolgada, quando apareceu sem avisar há quase três horas. — Pensei apenas em dar uma passadinha por aqui.

Então Karen sente um calor atravessar seu corpo antes que possa detê-lo, aquela alegria espontânea e inexplicável que sempre se manifesta quando encontra Sigrid, exatamente o que não tem mais lugar em sua vida.

Eu não vou ficar muito tempo.

Como Sigrid pretende percorrer os dois quilômetros até a casa dela, na outra ponta da vila, depois de dois copos de cerveja e pelo menos um *schnapps*, Karen não quer nem saber. Esta noite, ela não está em serviço. Está cansada demais para isso.

E ainda tem aquele maldito joelho. A lembrança do que aconteceu, e do que poderia ter acontecido. Karen transfere o peso para a perna direita e sente uma pressão no quadril. Faz pouco mais de dois meses, mas ela ainda não se recuperou completamente. Quatro semanas no Hospital Thysted, além da reabilitação em casa. Visitas dolorosas ao fisioterapeuta três vezes por semana. Ela fez exatamente como mandaram, cumprindo à risca todos os exercícios em casa duas vezes por dia. Ainda assim, não suporta colocar o peso na perna esquerda por mais do que alguns segundos. A chateação de ter que esconder a verdade dos que estão sentados ali no aconchego da cozinha. Um fingimento exaustivo que faz até o pescoço doer, latejando constantemente; a escolha entre tomar mais um analgésico ou um drinque com arenque; o riso forçado — "Não, já parou de doer, estou só um pouco travada ainda". Fingir não notar os olhares desconfiados da mãe.

Karen ficará de licença médica até o Dia de Reis, só mais doze dias, presa entre quatro paredes e uma avalanche de pensamentos. Logo após o descanso, voltará ao trabalho, nem que vá rastejando até lá. Felizmente, ela conseguiu suspender a extensão da licença na qual o médico vinha insistindo. *Pelo menos eu sou boa em mentir*, pensa ela.

O murmúrio aumenta por alguns instantes quando a porta se abre e depois se fecha, um pouco forte demais, de modo que a janela da cozinha chega a chacoalhar. Sem se virar, ela já sabe que é Leo. Vê a chama do isqueiro com o canto do olho, ouve-o dar uma tragada profunda e prender a fumaça por um segundo antes de soltá-la novamente. Assim que ele estende o maço, ela aceita um cigarro.

— O tempo passa — diz ele. — Você terá que aceitar isso.

É assim tão óbvio?, pensa ela. *Achei que eu tinha uma cara que esconde bem as emoções.*

— Nossa, que filosófico — ela resmunga. — Você tem mais alguma palavra de sabedoria?

— O álcool também ajuda, sem dúvida. Tempo e álcool. O Natal não é sobre isso? — diz ele sorrindo.

Ela imediatamente encontra seu olhar e tenta não dar atenção à sua boca.

— Bem, você mais do que ninguém deve entender do assunto — diz ela, sarcástica. — Não era o álcool e a passagem implacável do tempo que confortavam você quando vivia nas docas?

— Bem, não foram mulheres e *rock and roll*.

Os dois continuam fumando em silêncio, quando Karen vira a cabeça e vê Eirik e Marike limpando a mesa do lado de dentro, enquanto Harry despeja água na cafeteira com uma jarra sem lavar. Enquanto ela suspira, Leo continua:

— Seu novo padrasto é um cara legal.

Karen sopra a fumaça sentindo a garganta arder.

— Padrasto! Agora você vai...

— E a Eleanor está feliz — prossegue ele.

— Obrigada, já entendi. As paredes são bem finas.

Leo dá uma tragada e olha calado para a escuridão.

— Amanhã, você bem que poderia vir pro meu quarto depois que Kore e Eirik forem embora — diz ele, logo em seguida.

— Pro *seu* quarto?

— Sim, eles disseram que o sofá-cama é bem confortável se você colocar algumas almofadas sobre a viga de aço que pressiona as costas. Na pior das hipóteses, você deve caber na minha cama.

Surpresa, Karen lança um rápido olhar desdenhoso na direção dele; o Leo que ela conhece não participa de festas de Natal, brinda com canções ou fica ouvindo Harry explicar como faz para reformar o sótão ou modernizar o ambiente para ampliar o espaço. Sem notarem a crescente irritação de Karen, Leo e Harry continuam fazendo planos para a casa dela, ao mesmo tempo que enchem seus copos. Como ela deve fazer, quanto custará, quanto isso valorizará o imóvel, agora que o preço das antigas cabanas de pescadores em Langevik começaram a subir. Especialmente casas como a de Karen, com seu próprio píer e abrigo para barcos.

Para Harry Lampard, esse tipo de raciocínio deve ser perfeitamente natural: de acordo com sua mãe, ele tinha uma construtora bem-sucedida em Birmingham, antes de se aposentar e ir morar no litoral da Espanha. Mas que Leo Friis fosse ficar sentado ali ouvindo atentamente toda aquela conversa? *Mas o que eu realmente sei sobre Leo Friis? Não faz muito tempo que ele não tinha nem um teto sobre a cabeça e vagava com um carrinho de mercado em Dunker procurando garrafas de vidro vazias.*

— Então você está sugerindo que eu vá dormir no seu quarto? — diz ela. — Até onde eu sei, a casa ainda é minha.

Leo dá de ombros como se estivesse fazendo uma generosa concessão.

— Que eu alugo. Por uma ninharia, é claro, mas não porque o meu contrato de locação não seja justo — acrescenta ele. — Mas imagino que não queira mexer nisso, já que teria de recalcular os impostos...

Karen inspirou bruscamente.

— Fique calma — ele se apressa em dizer, quando percebe o horror no rosto dela. — Foi só uma brincadeira, Karen.

E, por um segundo, ela se pergunta se ele está se referindo à questão da cama ou aquilo sobre os impostos.

Logo após, ele apaga o cigarro no vaso de terracota de cabeça para baixo, ao lado da porta.

— Vamos entrar?

Com relutância, ela se afasta do corrimão e diz suspirando as duas palavras que se fixaram em sua mente:

— Tempo e álcool.

3

VINTE MINUTOS DEPOIS, A LAVA-LOUÇAS ESTÁ CHEIA, O CAFÉ ESTÁ pronto e os bolos de açafrão estão na mesa da sala de estar. Kore e Eirik voltaram depois de darem um pulinho na pequena cabana, e Marike diz algo sobre "arranjar um quarto". Diga-se de passagem, ela parece estar de ótimo humor, e quase não dá para notar seu sotaque dinamarquês esta noite; porém, Karen sabe que basta um estalar de dedos para ela se transformar numa harpia aterrorizante, tagarelando sem parar num incompreensível dialeto jutlandês do norte.

Karen reclina-se novamente na poltrona. Aqui e agora. Tempo e álcool.

Sigrid senta-se de pernas cruzadas no chão, com os cotovelos sobre a mesa de centro. Karen observa os longos cabelos negros dela — que por ter tingido tantas vezes já perdeu o brilho —, os braços finos tatuados e o piercing no nariz, que resplandece sob o reflexo das velas no candelabro de latão, enquanto ela assente entusiasmada com algo que Kore disse. Karen percebe que ela e Kore, na verdade, são bem parecidos. Pelo menos no que diz respeito à cor do cabelo, tatuagens e piercings. *O pai de Sigrid não ia gostar nada de ouvir isso*, pensa, bebericando de seu copo e sentindo uma ligeira satisfação.

Eirik, o namorado de Kore, por outro lado, é o oposto dele. Está vestindo um pulôver cor-de-rosa sobre uma camisa branca e uma gravata cinza bem sóbria. Os vincos das calças cinzas estão bem acentuados. Como sempre.

Ela deixa o olhar vaguear mais um pouco. Com um arrepio, nota que sua mãe e Harry vestiram novamente o mesmo suéter, mas desta vez com um motivo natalino na forma de um zimbro decorado. *Pelo menos eles parecem felizes*, ela pensa.

A onda de aborrecimento diminui e é substituída por uma espécie de ternura resignada. Agora, após a raiva e a frustração, ali, no calor das velas e do uísque, com um gato lânguido em seu colo, ela não aguenta mais manter a guarda cuidadosamente levantada.

Ela não é sua filha, lembre-se disso.

As últimas palavras de Susanne Smeed ainda ressoam em seus ouvidos.

Em silêncio, ela observa a filha que não é sua, a menina que ela abrigou debaixo de suas asas há apenas alguns meses. Molhada e febril, Sigrid estava sentada na escada do lado de fora de uma casa que inesperada e involuntariamente lhe fora imposta. Sem forças para protestar, ela havia deixado Karen levá-la até sua casa, deixando-se ser cuidada com chá quente, bolos e remédios até a gripe ceder.

E, de alguma forma, a garota nunca mais tinha ido embora de verdade.

Mesmo que Sigrid more oficialmente na casa deixada pela mãe, ainda passa a maior parte do dia na casa de Karen. Diz que nunca vai demorar muito, mas acaba ficando até tarde e dorme no quarto de hóspedes tantas vezes quantas se atreve a pedir. Como um gato que você solta à noite e, no dia seguinte, aparece miando na porta de casa.

Assim como você, pensa Karen, enquanto acaricia a barriga do bichano. Rufus também acabou de aparecer e decidiu ficar. Ela havia convidado Leo para ser uma mistura de caseiro e babá de gato enquanto ela estivesse viajando de férias, que tiveram de ser adiadas. Ele também não parece ter pressa de ir embora, apesar de não ter muita alternativa.

Como foi que isso aconteceu? Quando minha casa se tornou um maldito lar de desabrigados?, pensa ela, tomando um longo gole do uísque.

Ela mesma não tinha ouvido. Foi Marike que, após voltar do banheiro, parou na porta da cozinha com o celular de Karen na mão.

— Estava no bolso do seu casaco. Acho que você deveria atender esta ligação — ela acrescenta, com os olhos arregalados para a tela do celular, antes de entregá-lo.

"Jounas Smeed" é só o que Karen consegue ver antes de a chamada ser interrompida. Ela suspira profundamente.

— Não me diga que é o *meu pai* — diz Sigrid, e Karen confirma com a cabeça.

— Ele tentou ligar para você também? — pergunta Karen.

Sigrid pegou o celular do bolso de trás, balançando a cabeça.

— Não, eu não tenho nenhuma chamada perdida — resmunga ela. — O que será que ele quer *agora*? Eu fui lá ontem e hoje! E ele vai para a Tailândia amanhã — continua Sigrid. — Há três semanas ele vem me implorando para ir com ele! Não *basta* termos comemorado o Natal juntos? Eu também tenho que ir para uma merda de uma *praia com coqueiros*? Qual é o problema *dele*?

Com um suspiro, Karen se levanta e vai para a cozinha. Hesita por alguns segundos, mas, enfim, pressiona o botão para retornar a ligação. Se não pela filha, só há uma razão para o chefe do Departamento de Investigação Criminal da Polícia Nacional de Doggerland ligar para Karen Eiken Hornby no Natal. E não é para lhe desejar um Feliz Natal...

4

NÃO, HUMILDE É UMA COISA QUE JOUNAS SMEED NÃO É, ela pensa dois minutos depois. Mas a voz do outro lado da linha está um pouco hesitante e completamente diferente do tom altivo a que ela se habituou.

— Olá, Eiken, obrigado por retornar a ligação. Lamento incomodá-la em pleno Natal. Você já fez algum brinde natalino?

— Dois, na verdade. E você?

Jounas Smeed não parece estar ouvindo, ou não acha que a pergunta mereça uma resposta.

— Sei que você está recebendo a visita dos seus pais — ele continua, mas Karen nota o toque tenso em sua voz.

— Pois é — ela diz, secamente. — Só que o papai morreu há muitos anos, então ele não deve aparecer, mas a mamãe veio me visitar com... um amigo próximo. Mas suponho que você não tenha me telefonado para verificar meu consumo de álcool ou minhas relações familiares...

Jounas Smeed dá uma risada e, com uma pigarreada, volta um pouco ao tom costumeiro.

— Claro que não — diz ele, curto e grosso. — Temos um assassinato em nossas mãos. Lá em cima, em Noorö. Dentre tantos lugares, tinha que ser lá...

— Noorö. Mas não é uma daquelas mortes acidentais de bêbados que caem lá do alto? Com certeza a polícia local pode dar um jeito nisso...

— Aparentemente, não. A vítima é um professor idoso, e o assassinato ocorreu durante a Vigília de Natal.

Karen puxa uma das cadeiras da cozinha e se senta depressa.

— Na igreja? Como diabos isso aconteceu?

— Não, não. Não na missa em si, mas ao mesmo tempo. Na mesma hora ou em algum momento da madrugada. E, segundo consta, o médico lá do norte viu algo que o fez querer nos comunicar sobre o caso. Eu ainda não tenho todos os detalhes.

— E onde eu entro nessa história? Ainda estou de licença médica, como você sabe. — Mesmo já sabendo a resposta, ela queria torturá-lo um pouco mais. Sua recompensa é ouvir o pesado suspiro na outra ponta.

— A questão é que estamos com pouca gente no departamento. Metade do efetivo está gripada e a outra metade viajou por conta do feriado. Aliás, eu mesmo estou indo para a Tailândia amanhã cedo. Pelo menos, era o que estava planejado — ele acrescenta, desanimado.

— Então você quer que eu lidere a investigação — diz ela. — Acha que eu deveria interromper minha licença médica mais cedo e cancelar o resto das festividades de Natal?

Nada em sua voz denuncia o alívio que começa a se espalhar por ela. Jounas Smeed pode muito bem acreditar que ela está lhe fazendo um grande favor, e isso pode vir a ser útil no futuro.

— Bem, eu achei que valia a pena tentar — diz o chefe, com firmeza e sem vestígios da cordialidade de antes. — Mas é claro que entendo se você não...
— Sem problemas — Karen interrompe. — Eu fico com o caso.
Por alguns segundos, há silêncio na outra ponta.
— Está falando sério? Tem certeza? Porque ainda posso cancelar minha viagem e eu mesmo resolver o assunto.

Claro que pode, pensa ela, *mas você me ligou, embora eu deva ser a última pessoa na Terra para quem você fosse querer pedir um favor. Você deve estar muito interessado naqueles drinques com guarda-chuvas para ficar me devendo essa.*

— Pode ir tranquilo — diz ela. — Eu cuido do caso. Mas você realmente acha que não tem mais ninguém disponível no departamento? Não posso chamar ninguém para me acompanhar?

— Nenhum investigador, mas é claro que falei com Brodal e Larsen, que, felizmente, estão em casa e saudáveis.

Karen suspira internamente. Nem o médico-legista nem o chefe da unidade forense ficarão felizes em ser convocados para ir a Noorö no meio do Natal. *Principalmente Kneought Brodal,* pensa ela. *Não será muito agradável ficar perto dele.*

— Eles partem amanhã cedinho — continua Smeed. — Não é o ideal, mas agora está escuro e disseram que o local do crime está isolado e guardado. E o corpo foi levado para a unidade médica local em Lysvik. A propósito, você não tem família lá? Achei que tinha dito algo sobre isso.

— Sim, meu pai era de Noorö, e eu ficava muito com a família dele quando era criança, mas faz muito tempo que não vou para lá. Não os vejo há... bem, já faz muito tempo.

— Então, seria bom estar com alguém que conhece a região — diz Jounas Smeed, querendo se convencer de que, mais uma vez, está tomando uma decisão racional. — Em quanto tempo você consegue chegar lá?

— Junto com Kneought e Sören amanhã cedo. Antes não consigo. A menos que mande alguém me buscar, porque eu andei bebendo, como falei.

Então, havia um motivo para você perguntar se eu tinha bebido alguma coisa, pensa ela. *Maldito Smeed.*

— Não, tudo bem se for amanhã — diz ele rapidamente. — O pessoal local terá de dar conta do recado. A propósito, você precisa contatar um tal de Thorstein Byle lá em cima, chefe regional da polícia de Noorö. Ligue para ele hoje à noite, se puder. Você terá que se contentar com Byle e os rapazes até eu conseguir reforços da Polícia Nacional. Isso se realmente for um assassinato.

— Mais alguma coisa que eu preciso saber?

— Sim, mesmo viajando, gostaria de ser informado. O meu celular estará disponível, pode ligar a qualquer momento.

— Algo mais?

Ela ouve o chefe respirar fundo e, depois, ficar em silêncio por alguns segundos.

Enfim, Karen diz:

— Sigrid veio nos visitar agora há pouco, mas logo vai embora. Ela pediu para mandar um oi.

Jounas Smeed expira longamente.

— Mande meu oi também — diz ele, e acrescenta: — E obrigado, Eiken.

5

— **ELES NÃO PODEM ENVIAR MAIS NINGUÉM? JÁ NÃO ABUSARAM DE** você o bastante? É Natal!

Sentada na cama, Eleanor Eiken observa a filha mover uma pilha de camisetas azuis-escuras de uma prateleira no armário para a mala grande sobre a cama. Karen é rápida e diligente, e seus longos cabelos escuros, puxados em um rabo de cavalo, caem sobre o rosto toda vez que ela se vira entre o guarda-roupa e a cama.

— Todos estão doentes ou ausentes — diz ela, enquanto guarda o sutiã e a calcinha em seu *nécessaire*. — Eu sou a única disponível.

— Disponível? — Eleanor bufa de irritação. — Você não está disponível, está de licença médica, meu Deus! Você acha que eu não estou vendo que ainda está com dores?

Karen para no meio do movimento e olha para a mãe, está prestes a negar, mas é interrompida antes mesmo de poder dizer qualquer coisa.

— Não, não, meu passarinho. Você não vai enganar esta cobra criada tão facilmente. Se não tiver cuidado, você vai acabar com sua coluna por ficar em pé naquela perna direita o tempo todo. Eu mesma fiquei com uma vértebra deslocada de tanto carregar você de um lado só quando era pequena, então disso eu entendo bem.

Karen se afunda na cama ao lado da mãe.

— Confesso que às vezes ainda dói — diz ela. — Mas está melhorando a cada dia. E, de toda forma, você vai para casa depois de amanhã, então só falta um dia.

Eleanor suspira profundamente.

— Sim, eu sei, não sou de choramingar por coisas assim, mas não gosto de te ver sofrendo. Mas, de qualquer maneira, você parece bem contente — acrescenta ela.

Karen balança a cabeça e olha para a mãe com as sobrancelhas levantadas.

— Contente?

— Você entendeu o que eu quis dizer. Você mal pode esperar para fugir daqui. Abandonar todos que se preocupam com você e ir dormir num quarto de hotel solitário.

Karen dá de ombros.

— Você sabe como eu sou.

— Isso não é como você é; mas no que você se *tornou*.

— E você sabe por quê — responde Karen, ríspida.

— Sim, Karen. Eu sei exatamente por quê. Mas é hora de você seguir em frente. Você não está morta.

Não, eu não estou morta, pensa Karen. *Fui eu que sobrevivi.*

Ela se levanta e continua fazendo as malas.

— Se você precisa mesmo ir praquele lugar desgraçado, pelo menos visite Ingeborg e Lars — diz Eleanor, depois de um tempo. — Senão ela nunca vai te perdoar. Nem eu.

— E desde quando você começou a se importar com o que a tia Ingeborg pensa? Se bem me lembro, você se mudou pro outro lado do país só para se afastar da família do papai lá de Noorö.

— Você sabe muito bem que...

— ... vocês se mudaram para Langevik porque ele herdou esta casa e a licença de pesca do avô dele. Mas, admita, você ficou aliviada!

Eleanor sorri com relutância.

— E daí que odiávamos aquele lugar? — diz ela. — Não sabe o que eu tive que aturar... Imagine viver na mesma casa que seus sogros e a apenas trezentos metros de sua cunhada. Para onde quer que você olhasse, lá estava um Eiken. A maioria deles era trombadinha. Deus me livre! Mas era obrigatório rezar antes das refeições e tínhamos que ir à igreja todos os domingos. Acho que eu teria me jogado no mar se não tivéssemos saído daquele lugar horrível.

Karen olha para a mãe com um sorriso. Eleanor Eiken, nascida Wood, era três quartos britânica e um quarto escandinava. Como filha de um médico de Ravenby, ela provavelmente nunca imaginara as dificuldades que a esperavam quando se casou com Walter Eiken. No entanto, durante sua infância, Karen nunca ouvira nenhuma reclamação sobre a vida como esposa de pescador em Langevik. Eleanor tolerou estoicamente ter de limpar peixes e costurar redes rasgadas. E nem as tempestades de outono, o frio do inverno, as pescas perdidas ou as constantes preocupações financeiras a haviam levado a expressar qualquer descontentamento. Os primeiros anos com a família de Walter, em Noorö, porém, tinham sido claramente insuportáveis.

— Vou dizer à tia Ingeborg que você mandou lembranças e que gostaria que ela te visitasse na Espanha — diz Karen, com um largo sorriso.

— Quando você vai?

Karen baixou a aba da mala, fez uma pressão extra e fechou o zíper.

— Amanhã bem cedo, antes de vocês levantarem. Mas vamos nos juntar aos outros e comemorar o que resta do Natal.

Horas depois, após um último cigarro, Karen fecha a porta de casa e olha para o relógio, percebendo que não terá muitas horas de sono.

Ela pendura o casaco e vai até a mesa da cozinha beber um copo de água, todos já se recolheram.

Karen fica de pé no vão da porta da sala por um momento observando Sigrid e Marike. Cuidadosamente, para não acordar ninguém, ela sobe a escada rangente.

6

KAREN EIKEN HORNBY DÁ UMA OLHADA NO PAINEL E VIRA EM DIREÇÃO à rodovia. Era pouco mais de quinze para as sete, praticamente uma hora depois do pretendido, mas foi a hora extra necessária para que se sentisse surpreendentemente descansada. As estradas estão sem neve e gelo após uma semana de descongelamento e, na época do Natal, quase não há trânsito. Se pegar a balsa em Thorsvik, deve chegar a Noorö antes do almoço.

Liga o rádio do carro e, quando encontra algo que não seja música natalina, aumenta o volume e encosta no banco. Ela bate com os dedos no ritmo do *riff* de abertura de "Start me up" e canta alto o bastante para encobrir a voz de Mick Jagger.

O sentimento de liberdade começa a florescer. Dois meses de ócio forçado, presa em sua própria casa com o joelho dolorido, várias costelas quebradas e uma concussão severa, provocaram pensamentos e sentimentos que, em sua maioria, a entristeciam e assustavam nas diversas noites em claro. Em apenas alguns meses, sua vida bem-organizada fora radicalmente transformada. Sua existência monótona de longos dias de trabalho, visitas ocasionais ao pub local e noites solitárias em casa foi substituída pela presença constante de outras pessoas e uma crescente sensação de invasão.

Sigrid odeia a própria casa, mas não admite; por quanto tempo Leo pretende ficar, nem sequer chegaram a discutir. Karen preferiu não perguntar por medo da resposta, não importa qual seja. Pelo menos, ela não está mais sozinha. Aliás, nem sabe se quer ficar sozinha de novo.

Durante alguns meses, ouviu ruídos na casa: alguém mexendo nas louças da cozinha, enchendo a banheira, a música do chalé de hóspedes, alguém conversando na sala ao lado. E cheiros: café fresco que ela não passou, comida que ela não cozinhou, suor que não era o dela, cheiro de xampu dos cabelos ainda molhados de alguém. A presença de outras pessoas. Pequenos momentos de felicidade. E, depois, o pesadelo vertiginoso em que ela não consegue se defender. A lembrança constante de que já teve isso na vida, mas perdeu tudo. E, quando menos esperar, tudo voltará a desaparecer.

A ligação de Jounas Smeed viera como uma tábua de salvação. Cansada de tanta inércia, ela encara o retorno ao trabalho como umas férias muito necessárias. Uma tarefa concreta, algo com que ela consegue lidar. Ainda não está preocupada com a investigação, tudo o que ela sente é alívio.

Por um breve segundo, Karen lembra das fotografias dos ataques de outono: uma série de estupros de natureza sádica na qual uma das mulheres morreu na ambulância a caminho do hospital em Thysted. Na verdade, Karen não chegou a se envolver na investigação. Em vez disso, quase foi morta durante a caça ao assassino de Susanne Smeed.

Sempre lembra que foi salva apenas por alguns segundos. Seu humor anteriormente radiante leva outro golpe quando vê a placa da saída para

Glitne, talvez ela devesse ter ligado de novo para Aylin. Um dia antes da véspera de Natal, ela tentou ligar uma única vez, mas não insistiu após ter caído na secretária eletrônica, nem deixou recado. Em vez disso, mandou uma mensagem desejando "Feliz Natal" e "vejo você na casa de Eirik e Kore no Ano-Novo". Ela apagou as últimas palavras: "Lembranças ao Bo" antes de enviar a mensagem. Não queria desejar a ele um feliz Natal; na verdade, não queria lhe desejar nada de bom. *Já é ruim o suficiente eu ter que encontrá-lo na noite de Ano-Novo*, pensa ela. Ficar ali sentada e com cara de bons amigos, observando Aylin às escondidas, procurando por sinais do que ela nega categoricamente.

"*É claro que ele não me bate.*"

Talvez seja verdade. Talvez não seja.

Karen olha para a placa da estrada anunciando que faltam 190 quilômetros até o terminal da balsa em Thorsvik e força seus pensamentos de volta para o que está por vir:

Na noite anterior, ela falou ao telefone com o chefe da polícia de Noorö, Thorstein Byle, e eles combinaram de se encontrar no hospital distrital de Lysvik às 9h. Ele parecia reticente, como ela já esperava.

Há onze anos, foi decidido que todos os crimes hediondos devem ser investigados pelo Departamento de Investigação Criminal de Doggerland, DIC. Ainda assim, nas delegacias regionais, a reação dos policiais tende a ser uma mistura de irritação e alívio quando a polícia federal assume uma investigação.

Thorstein Byle fora extremamente solícito, mas sua voz revelava que a situação o incomodava.

Não tem problema, ela pensa, *desde que ele jogue abertamente.*

Na mesma hora, seu celular toca. Karen diminui a velocidade e encaixa o fone de ouvido sem olhar quem está ligando. Convencida de que é sua mãe, Karen atende com um: "fala, mãe". Mas a voz do outro lado não se parece com a de sua mãe e não perde tempo com amenidades.

— Aqui é o Brodal. Onde você está?

Karen olha para a placa que surge na estrada e automaticamente responde com seriedade.

— Acabei de entrar na saída para a balsa. Por quê? Não me diga que vocês já chegaram?

De repente, arrepende-se por não ter saído uma hora mais cedo.

— Bem, você vai ter que dar meia-volta, não consigo ligar essa porcaria de carro, vou precisar de uma carona. Que merda de barulho é esse?

Karen desliga o rádio do carro e responde sem gritar.
— E o Larsen?
— Já está em Thorsvik. Você sabe onde eu moro? Rua Fyrviks, 18. Fica na mesma esquina da Sandevägen. Vou esperar do lado de fora.
— Ok, chego em quinze minutos — diz ela, inconformada, ligando o rádio no último volume.
You make a grown man cry, uiva Jagger.

7

A SUSPENSÃO ABAIXA E O CARRO BALANÇA ASSIM QUE KNEOUGHT Brodal senta-se, com certo esforço, ao lado de Karen no banco da frente. O colega puxa o cinto de segurança com um grunhido de irritação, e Karen hesita por um instante; mas inclina-se para ajudá-lo nos ajustes. Ela não se lembra quem foi o último a sentar no banco do passageiro, mas quem quer que tenha sido devia ter metade do peso do médico-legista.
— Ok, agora podemos ir — diz ela, tentando controlar uma gargalhada.
Kneought Brodal não responde.
Ela insiste em tentar conversar por vinte minutos, mas acaba desistindo. Karen normalmente não tem problemas com Brodal. Após quase dez anos de respostas curtas e indiferentes, ela desenvolveu uma espécie de resistência ao mau humor dele. Não há nada de pessoal em sua maneira de tratar as pessoas como idiotas; o legista age da mesma forma com todos, sejam eles subalternos ou chefes de polícia. A única pessoa com quem Kneought Brodal parece ter algum prazer em conversar é o chefe do departamento técnico, Sören Larsen. Em circunstâncias normais, ela não tem problemas com Brodal, mas viajar por horas trancada num carro com ele é diferente.
Após algumas perguntas preliminares sobre quais detalhes ele obteve a respeito do suspeito de matar o professor aposentado, Karen percebe que Brodal não sabe de mais nada, e desejaria saber ainda menos, pois assim — contou para ela em tom amargo — poderia desfrutar dos restos do

assado de cordeiro e da aguardente caseira em vez de vaguear por essas terras ermas.

Então, quando Karen considera mudar de assunto, ouve um ronco do assento do passageiro.

Dentes cerrados, ela dirige o mais rápido que pode, ao som de roncos, olhando para o lado toda vez que ele parece parar de respirar antes de arquejar novamente. Brodal acorda assustado com o chacoalhar do carro assim que entram na balsa para Thorsvik, esfrega a parte de trás da cabeça e boceja.

— É incrível como é ruim dormir neste carro.

— Não tanto quanto não ter dormido mais que duas horas — ela responde rispidamente. — Mas pelo menos estamos chegando. São só quinze minutos para atravessar o estreito. Vou esticar as pernas e tomar um ar fresco.

Sem esperar por uma resposta, ela tira o cinto de segurança e sai do carro. Além do seu, há apenas mais dois veículos fazendo a travessia: um carro preto e uma motocicleta. O homem ainda está sentado com as mãos no guidão alto, quando Karen reconhece o logotipo na jaqueta de couro preta: OP.

Ela sabe que a combinação de letras tem um duplo sentido: *Odin Predators*, os Predadores de Odin, ou *One Percenters*. Também não é segredo que eles estão sediados na costa oeste de Noorö. *Mas é incomum ver um deles sozinho*, pensa Karen. Quer ele pense ser um predador pertencente à antiga religião, quer tenha orgulho de pertencer ao 1% da cultura motociclista responsável pelo aumento da criminalidade, sua mãe deve mesmo ser uma pobre coitada que ficou feliz ao vê-lo na mesa de Natal.

Ela caminha até a proa e se inclina sobre a balaustrada amarela. Logo à frente, surge a serra de Noorö, mais imponente a cada instante, porém o mar aberto ainda é visto a bombordo da balsa. O pálido sol de dezembro acaba de nascer a leste, mas já parece ter desistido da luta contra as nuvens ocidentais. Karen resiste ao impulso de pegar o maço de cigarros do bolso do casaco, pois embora não pareça, ela parou de fumar. Pelo menos durante o dia. *Caramba, como seria bom*, pensa, e enfia a mão no bolso do casaco.

Uma buzina forte interrompe seus passos, e ela se vira irritada para o carro preto. O motorista junta as mãos num gesto que indica não ser o responsável pelo barulho e acena em direção ao carro dela. Com alguns passos largos, ela chega ao carro.

— Que diabos você está fazendo? Por que começou a buzinar?

Brodal dá de ombros e aponta para o celular de Karen, jogado no banco do motorista.

— O telefone fez um barulho qualquer. A propósito, como policial, você não deveria estar sempre com ele? Pode ser algo importante...

A mensagem é da sua mãe.

```
Prometi à Sigrid que ela poderia ficar no quarto de hóspe-
des por alguns dias. Todos mandam lembranças.
```

Ela não se incomoda em responder.

8

TUDO PARECE MUITO MENOR DO QUE KAREN SE LEMBRA. CLARO QUE ela já esteve ali algumas vezes depois de adulta, mas as lembranças da infância ainda moldam sua concepção de como é Lysvik: o porto de pesca com os barcos doggerlandeses, os veleiros, os arrastões e os defumadouros. Os navios de carga, os enormes e fumegantes depósitos de carvão. Hoje ninguém mais defuma arenque, hadoque e enguia no porto, e dos depósitos de carvão, que há muito foram removidos, resta apenas a fuligem preta, que ainda colore as fachadas das casas.

Karen dirige lentamente pela rua principal, que serpenteia desde o porto até a cidade. Depois, estaciona do lado de fora da delegacia e olha para Kneought Brodal, que puxa impacientemente o cinto de segurança.

Thorstein Byle prova estar à altura de todas as expectativas: um homem alto, de cabelos finos, castigado pelo tempo, com cerca de sessenta anos, um aperto de mão firme e olhos azuis gélidos, que, enquanto os conduz à sala de espera da clínica, titubeia pela presença imponente de Karen e Kneought Brodal. Atrás dele vem um homem mais velho e um pouco gordo, usando roupas civis, com um casaco esportivo bege, e segurando uma cafeteira na mão.

— Sejam bem-vindos! Sven Andersén, médico distrital — diz ele com um sorriso e estende a mão.

Karen se apresenta e, após uma breve hesitação, Kneought Brodal também o cumprimenta, sem fazer nenhum esforço para parecer simpático.

Os dois passam pela recepção e depois continuam até uma pequena cozinha. Quatro canecas e uma travessa de biscoitos foram colocadas sobre uma toalha de mesa xadrez vermelha e branca. Cada um puxa sua cadeira e se senta em silêncio.

— Então, como vocês planejam abordar o caso? — Thorstein Byle pergunta depois de um tempo, erguendo o prato para Karen, que pega um biscoito mesmo sem vontade.

— Bem, Kneought faz a autópsia e determina a causa da morte — ela diz com um aceno de cabeça para o legista. — Eu estarei encarregada da investigação, se a autópsia confirmar que precisaremos de uma. Pelo que sei, o corpo será transportado para Ravenby amanhã mesmo, para que seja feita a autópsia.

— Sim, isso mesmo — Sven Andersén confirma com a cabeça. — A ambulância sairá daqui amanhã de manhã, temos um horário agendado no departamento forense às 11h. Digo "temos" porque espero poder participar da autópsia. Com sua permissão, é claro.

Sven Andersén estende uma xícara de café para cada um deles e, ao mesmo tempo, olha curioso por cima dos óculos na direção de Kneought Brodal, que, após alguns segundos de atraso, parece finalmente acordar.

— Sim, é claro que pode, se é o que quer — ele murmura, ao estender a mão e enchê-la de biscoitos.

— Nós dois vamos trabalhar juntos — diz Karen, voltando-se para Thorstein Byle. — Vai demorar até conseguirmos reforços da Polícia Nacional, por isso conto com a sua ajuda. Como vocês estão de homens por aqui?

— Somos sete aqui na delegacia, já me incluindo. Bem, quer dizer, duas são mulheres. Há uma estação local em Skreby e uma em Gudheim, com dois rapazes em cada uma delas, mas estão fechadas durante o Natal. Todos são residentes da ilha e estão disponíveis a princípio, exceto um, que está nas Ilhas Canárias. Dois oficiais foram designados para vigiar o local do crime... ou do *incidente*, melhor dizendo, até sabermos mais. Eles ficarão de plantão lá em cima, de acordo com a lei — acrescenta ele. — O perito de vocês conferiu tudo quando mostrei a ele o local há cerca de uma hora.

— E a casa de Fredrik Stuub?
— Eu também mandei um homem ficar lá. Do lado de fora, é claro. Ainda não entramos.
— Muito bem. Por que você não começa nos contando o que sabe, e o Sven pode ir complementando sempre que necessário.

Thorstein Byle pigarreia e começa a falar com uma voz branda e nervosa, como se estivesse sendo interrogado.

— A vítima é Fredrik Stuub, um professor aposentado e viúvo. Ele foi encontrado morto por sua irmã, Gertrud, às 9h da manhã de ontem, em uma antiga pedreira inundada de Karby. Fredrik Stuub morava naquelas redondezas, ao norte de Skreby.

Ele faz uma pausa e lança um olhar duvidoso para Karen, mas ela acena indicando conhecer o local.

— Tenho família na ilha e vinha muito para cá quando criança, por isso tenho uma boa noção da geografia.

Thorstein Byle olha para ela com espanto.

— Eiken Hornby, você disse. Então você é parente dos Eiken aqui de Noorö?

Karen confirma com a cabeça e Thorstein Byle continua com a voz um pouco mais tranquila.

— Bem, Fredrik foi encontrado pela irmã Gertrud Stuub, que ficou preocupada quando ele não apareceu para a missa de Natal, como de costume, e não conseguiu falar com ele por telefone. Então, assim que clareou o dia, ela foi até a casa dele, que é relativamente próxima à dela. Como nem Stuub nem o cão dele estavam em casa, ela ficou preocupada que ele tivesse caído e se machucado enquanto passeava com o animal. Ele aparentemente faz o mesmo trajeto todas as manhãs. Pelo menos foi o que entendi do que ela me disse ao chegarmos lá, mas ela ainda estava muito atordoada, por isso foi difícil pressioná-la por muitos detalhes.

Thorstein Byle faz uma pausa e toma um gole de seu café.

— De qualquer forma, ela foi atrás e encontrou primeiro o cão e depois o irmão. Por sorte, ela levou o celular e pôde nos avisar imediatamente. O policial que atendeu à chamada de emergência me ligou logo em seguida. Como eu moro em Skreby, fui o primeiro a chegar na cena, vinte para as dez. A equipe de resgate chegou logo depois de mim. E você, Sven, chegou às dez horas?

— Alguns minutos depois. — O médico confirma com um aceno.

Byle continua:

— Fredrik Stuub havia caído da encosta e seu corpo encontrava-se sobre uma rocha saliente, logo acima do nível da água. Se ele tivesse caído a apenas dez metros dali, teria acertado a água e afundado como uma pedra. A equipe de resgate desceu com uma maca para içá-lo.

Karen hesita um pouco antes de voltar a atenção para Sven Andersén.

— E não havia dúvida de que ele já estava morto? Antes de tirá-lo de lá, quero dizer.

— Não, nenhuma. Seu crânio estava despedaçado, partes da massa encefálica vazaram. Pude perceber isso assim que o vi. O corpo tinha acabado de ser resgatado quando cheguei.

— E, naquele momento, há quanto tempo ele estava morto? Você tem alguma ideia? — pergunta Karen.

— Cerca de duas horas, eu diria. Meia hora a mais, meia hora a menos, não mais do que isso. Se ele tivesse caído na água, seria mais difícil precisar.

— Está bem — diz Karen. — Isso significa que ele morreu entre 7h30 e 9h30. Não muito antes de a irmã encontrá-lo.

— E o que você viu para querer que viéssemos para cá no meio do Natal? — Brodal pergunta, curioso, mastigando dois biscoitos. — Ele pode muito bem ter escorregado e caído, não?

— Duas coisas — começa Sven Andersén. — Quando chegamos ao hospital, e fiz um primeiro exame, pude ver imediatamente que ambos os punhos tinham marcas de arrasto. A próxima coisa que me chamou a atenção foi que o pé esquerdo estava descalço, o que poderia ter acontecido durante a queda, mas não estamos falando de sapatos comuns, era um tênis reforçado com uma faixa elástica na borda. E eu vi que a meia tinha sido arrancada e estava amarrada no tornozelo, e o calcanhar também tinha traços claros de marcas de arrasto.

Paira um silêncio ao redor da mesa, todos percebem para onde vai a descrição de Sven Andersén.

— Há até mesmo marcas em suas roupas e na parte de trás do sapato que não caiu — o médico continua. — Meu palpite é que ele tenha sido arrastado de costas. Quando descobri isso, parei o exame na hora e chamei Thorstein.

Byle concordou com a cabeça.

— Eu já havia isolado o local do incidente para dar um bom exemplo. Temos alguns policiais recém-formados na delegacia, e é claro que eram eles que estavam de plantão no Natal. Quando Sven ligou, começamos a procurar o outro sapato, e depois de um tempo o avistamos em uma rocha não muito longe do local onde Stuub caiu. Um dos caras conseguiu pescá-lo usando

30

uma corda e um pedaço de arame farpado de uma cerca próxima à rotatória. Temi perdermos a prova se o deixássemos na água. De todo modo, a parte traseira estava cheia de arranhões, assim como Sven descreveu no outro tênis. Foi quando eu decidi entrar em contato com vocês. Certo ou errado, não sei, mas preferi obedecer ao regulamento.

— Foi certíssimo — Karen responde com um sorriso tranquilizador.

Ele deve ter avisado a polícia por volta das 14h, pensa ela. *E Smeed não me ligou até várias horas depois. Eu realmente devo ter sido seu último recurso antes de ter que cancelar a viagem à Tailândia.*

— Isso significa que passou exatamente um dia desde que Gertrud Stuub encontrou o irmão — diz ela.

Sua observação novamente não é comentada. Por fim, Brodal quebra o silêncio:

— Ah — diz, com um sorriso seco. — E quantos cidadãos curiosos de Noorö já pisotearam a possível cena do crime até o momento? Sören Larsen não vai gostar nem um pouco disso...

Nada na voz de Thorstein Byle revela a irritação que pode ser sentida em suas mandíbulas tensas.

— Ninguém — diz ele. — Gertrud Stuub, por outro lado, pode muito bem ter destruído alguma evidência. E o cão, é claro. E minhas pegadas também estão lá. Não se podia ver o corpo de cima, era preciso caminhar um pouco para o lado para poder olhar para baixo, então, provavelmente, aí deve estar a maioria das impressões digitais. E foi também dali que a equipe de resgate conseguiu descer. Eles tiveram que puxá-lo um pouco para o lado.

— Sim, teremos que ver quando chegarmos lá — diz Karen.

Mas Kneought não dá sossego e pergunta:

— E você atesta o fato de que ficou isolado o tempo todo? Que seus homens não correram para casa para um ensopado de cordeiro quando você virou as costas?

Um rubor de irritação sobe pelo pescoço de Thorstein Byle e se espalha por suas bochechas; ele olha para dentro de sua xícara de café vazia enquanto se prepara para responder.

Karen o interrompe:

— Pare com isso, Kneought — ela diz de maneira incisiva. — Ele tem um senso de humor peculiar — acrescenta ela, olhando de relance para Byle. — Vamos dar uma olhada rápida em Fredrik Stuub antes de irmos até a pedreira de Karby?

Fredrik Stuub encontra-se sob uma fina capa plástica. O corpo ainda está vestido, portanto só é possível ver a pele do rosto, do pescoço, das mãos e de um dos pés. A cabeça está torcida para um lado e o rosto, quase todo coberto de sangue. É provavelmente o que Brodal acabou de dizer e que a faz lembrar de um dos assados de cordeiro embalados no freezer de sua casa. Isso e a temperatura congelante do pequeno consultório dão-lhe arrepios. É apenas uma formalidade: o médico-legista e o investigador têm que inspecionar o corpo o mais próximo possível da hora da morte. A única pessoa que pode realmente tocar o corpo a partir de agora é o médico-legista. Kneought Brodal será o primeiro a examinar o cadáver na autópsia do dia seguinte, o investigador da polícia também tem de estar presente. Karen não está ansiosa por isso.

Sven Andersén levanta com cuidado a capa plástica e acena para Brodal dar um passo à frente.

— Como assim? — pergunta ele, depois que Brodal inspeciona rapidamente a cabeça e, em seguida, vira a panturrilha esquerda de Stuub para examinar os cortes paralelos que vão desde o joelho até o tornozelo.

Brodal acena para Andersén, que cobre novamente o cadáver e, depois, tira as luvas de proteção.

— Bem, eu não sei como vocês caminham por aqui, mas marcas como essa só significam uma coisa. É claro que não dá para ter certeza absoluta antes da autópsia e das buscas no local, mas eu apostaria algumas cervejas que você está certo: o cara foi arrastado.

— Homicídio, em outras palavras — diz Karen, esfregando sua testa com o pulso. — Doloso ou, pelo menos, culposo.

E, pela primeira vez desde que Jounas Smeed a libertara de mais celebrações de Natal, ela sente o mal-estar da dúvida sobre como vai terminar a próxima investigação. Na noite anterior, ele prometeu ao telefone que tentaria conseguir reforços, mas, até o momento, ela não tinha nenhuma notícia sobre o assunto.

— Bem, divirta-se, Eiken — ela ouve Kneought Brodal dizer com certo prazer. — Tudo leva a crer que você vai ficar presa aqui em cima por um bom tempo.

9

A RODOVIA 12 ATRAVESSA NOORÖ, DE LYSVIK, VIA SKREBY, ATÉ Gudheim, no extremo norte. A oeste da estrada, a cordilheira de Skalv se eleva como uma barreira contra os ventos do Atlântico, e, do outro lado, a leste, a paisagem termina de forma igualmente abrupta com mais uma elevação. Não tão alta quanto Skalv, mas alta o suficiente para dar abrigo às aldeias que parecem estar espalhadas aleatoriamente pelo centro da ilha.

Kneought Brodal ficou em Lysvik, enquanto Karen agora segue o carro preto de Thorstein Byle. Logo após o acesso para Skreby, eles saem da estrada principal e entram numa estrada pavimentada, mas malconservada. Karen só entende o que diz a placa torta na parede pouco antes de quase se chocar na traseira de Byle: *Pedreira de Karby. Estrada particular.*

A inspetora já viu aquela placa antes; ela passara por ali muitas vezes quando criança e achava o nome um tanto profético. Havia algo de proibido e sedutor. Ela tinha ouvido seus primos se vangloriarem por terem tomado banho lá, mesmo sendo proibido. O que podia muito bem ter sido verdade. O dia a dia de Finn, Einar e Odd consistia, na maioria das vezes, em desafiar a si mesmos e seus amigos a fazer uma coisa estúpida atrás da outra.

Thorstein Byle contorna a área de manobra e estaciona perto de uma cerca de arame caído e uma placa que diz: PROIBIDO JOGAR LIXO.

Karen estaciona bem atrás dele e olha para as pilhas de lixo atrás da cerca derrubada. Tábuas quebradas com pregos enferrujados, paredes de gesso estilhaçadas, caixas de papelão molhadas, dois velhos carrinhos de bebê, latas de tinta vazias, garrafas de plástico usadas, uma bicicleta quebrada e uma pilha de tijolos quebrados.

— A partir daqui, temos que caminhar. O pessoal costuma parar um pouco mais à frente, mas aí os peritos ficarão furiosos. Acho um exagero o tamanho dos cordões de isolamento que eles pedem.

— Depois de você — diz Karen, por falta de uma resposta melhor.

Eles seguem pela estrada de cascalho, atrás da área de manobra. A estrada é bastante larga, mas inclina-se acentuadamente para baixo, e o asfalto, que afundou e rachou parcialmente até a rotatória, parece ter se fundido com a neve. Karen morde a dor a cada passo.

— Era por aqui que o carvão era transportado em vagões da pedreira, antes de ser descarregado na rotatória — diz Thorstein em voz alta, e continua a passos largos. Ele acrescenta após uma breve pausa: — Quer dizer que você tem família aqui na ilha.

Karen hesita por um instante:

— Sim, mas não os vejo há anos.

Claro que ele conhece bem o sangue que corre em suas veias. Ao contrário da própria Karen, Byle teve muito tempo para pesquisar sobre ela na intranet. E é claro que ele sabe que os Eiken já foram, há algumas gerações, uma família muito respeitada na ilha.

— Os Eiken, sim... — Byle diz, pensativo, como se estivesse examinando sua memória, e Karen decide colocar as cartas na mesa. Não todas, mas pelo menos algumas delas.

— Receio que alguns de meus parentes tenham tido passagens pela polícia. Acho que ouvi algo sobre o roubo de um holofote perto de Gudheim há alguns anos, o que mandou um dos meus primos para a cadeia por alguns meses.

Ela não diz nada sobre as questões de abuso de álcool e evasão de impostos, Byle provavelmente já sabe.

Thorstein Byle vira-se sem comentar e estende o braço na direção de Karen, cuja ajuda aceita de bom grado, mas sente o joelho fisgar ao contornar a pedra menor com o auxílio do colega. Quando ela o solta e olha para cima, sente a necessidade de controlar a respiração ofegante.

— É o Getryggen — diz Byle, que seguiu o olhar dela em direção às montanhas. — Do outro lado está a baía de Skreby, mas suponho que isso você já saiba. Seus homens provavelmente estarão prontos em breve — ele acrescenta, após olhar rapidamente para o relógio e fazer uma ligeira reverência ao velho amanhecer.

Fitas listradas vermelhas e brancas balançam com o vento. Dentro do cordão de isolamento, duas pessoas estão conversando. Parecem extraterrestres com aqueles uniformes de proteção brancos. Embora estejam de costas para ela, Karen pode ver que um é Sören Larsen e o outro parece ser um cara que ela *acha* que se chama Arvidsen. Quando não está usando um uniforme de proteção, Sören Larsen usa botas de sola grossa para ficar um pouco acima do chão. Quanto mais alta a sola, melhor. Os sapatos macios que ele é obrigado a usar sob os novos uniformes de proteção não lhe dão os centímetros extras de que tanto precisa. Seu penteado também não está ajudando — o cabelo louro encaracolado que costumava ficar como uma auréola ao redor da cabeça, agora fica liso sob o capuz da roupa protetora.

Dois policiais, do lado de fora do cordão, estavam sentados cada um num tronco de árvore. Enquanto eles se levantam correndo e fazem continência, Larsen se vira e avista Karen.

— Já estava na hora — ele grita com um sorriso, movendo o peso para a frente em seus dedos dos pés.

Karen cumprimenta brevemente os dois oficiais, acena com a cabeça para Arvidsen e caminha para o cordão.

— Oi, Sören, como você está? Encontrou alguma coisa útil?

— Não tanto quanto você gostaria. Vestígios das marcas de arrasto, mas nenhuma pegada óbvia. Estava uns graus abaixo de zero aqui ontem de manhã, então o chão estava duro, e à noite nevou, por isso é quase impossível achar alguma coisa. Talvez se eles tivessem ligado antes... Mesmo assim, conseguimos parciais de algumas pegadas na lama perto da borda, mas há pegadas de cocô de cachorro por toda parte. O pobre cão deve ter ficado muito desesperado, a julgar pela maneira como pulou para a frente e para trás. Mas é impossível fazer análises mais precisas neste lamaçal, assim como no cascalho da estrada.

— E quanto a marcas de pneu?

— Não há nenhuma por aqui. Mas há centenas na rotatória. Nem perdemos tempo com isso.

— Cabelo, pele, unhas? — Karen sorri enquanto faz a pergunta, sabendo a resposta que a espera.

— Você queria um *CSI Noorö*? Esqueça. — Sören Larsen faz um movimento convidativo. — Se quiser, pode entrar e procurar pelos na lama. A princípio, não temos mais nada pra fazer aqui.

— Obrigada, vou entrar. Mas eu gostaria de ver onde estava o corpo.

— Fique à vontade — diz Larsen, em tom cavalheiresco, segurando o cordão para ela.

Ela o segue, observando as marcas de arrasto e as pegadas que ele encontrou. Sem sua orientação, ela dificilmente teria reparado, e certamente não teria sido capaz de interpretar o que viu.

— Foi daqui que ele caiu, mas é preciso ir alguns metros para o lado para ver onde ele estava — diz Larsen, apontando.

Ela fica zonza ao esticar o pescoço e se esgueirar até a borda. O medo de altura se manifestou com a idade; medo de perder o controle e se jogar. Restos de sangue, e até da matéria cerebral que Andersén falou, ainda jazem como uma sombra escura contra as pedras cinzentas.

— Ele teve azar — a voz de Larsen soa atrás dela. — O assassino, quero dizer.

Karen observa as paredes da mina, quase todas chegam até a água. Dali, ela só consegue ver o leito de rocha elevado e algumas pedras acima do nível da água em diversos lugares. Praticamente de qualquer outro lugar, uma pessoa empurrada cairia diretamente na água fria. A fina crosta de gelo que conseguiu se formar nesse inverno suave teria rachado e o corpo teria desaparecido rapidamente sob a superfície. *Talvez viesse a flutuar, mas antes disso teríamos vasculhado o lago inteiro para encontrá-lo*, pensa Karen.

— Talvez. Mas Fredrik Stuub também não teve muita sorte — ela diz rispidamente.

10

A CASA DE FREDRIK STUUB É PARECIDA COM A DELA. UMA CASA DE pedra calcária cinza, com dois andares e telhado de ardósia preta.

— Desde quando Fredrik é viúvo, você sabe? — ela grita para Thorstein Byle, pegando um par de luvas cirúrgicas do bolso do casaco, ao bater a porta do carro.

Thorstein e Karen vieram até a casa de Fredrik Stuub, após fazerem uma promessa sagrada a Sören Larsen de "não tirar nenhum grão do lugar" antes de ele chegar. Ela acena aos dois policiais de pé mostrando que agora eles podem relaxar, então acelera o passo em direção a casa.

— De bate-pronto, não me recordo — diz Byle, conforme a alcança. — Mas faz muitos anos. Sua esposa faleceu alguns anos após a morte da filha, e isso foi há pelo menos vinte anos.

Karen sente como se tivesse tomado uma pancada no estômago.

— Qual era a idade dela? A filha, quero dizer — ela questiona, com mais leveza.

— Trinta e poucos, eu acho. Icterícia, pelo que disseram. Aparentemente, ela teve uma infância bem difícil, e ficou infectada por muito tempo. Ulrika era seu nome. Seu filho, Gabriel, foi colega de classe da minha filha mais nova, e é só por isso que sei da história.

— Então Fredrik teve um neto — diz Karen. — E quem é o pai de Gabriel?
— Isso eu já não tenho ideia. Pelo que sei, ela não era casada. Mas vou verificar... se ela sabia quem era o pai, digo.
— Não precisa correr com isso. Vamos esperar o resultado da autópsia antes de começar a mover céu e terra.
— Então você não acha que foi um assassinato?
Karen faz uma pausa perto da porta.
— Não é isso. A maioria das evidências apontam nesse sentido, mas não dá para ter certeza até que a autópsia fique pronta.
Ela abaixa a maçaneta, abre a porta e pisa sobre a soleira. Naquele segundo, ela teve certeza.

Quando a van preta com Larsen e Arvidsen chega, meia hora depois, Karen e Byle estão sentados nos degraus do lado de fora da casa de Fredrik Stuub.
— Estão sem chave? — Larsen ri e sai do carro.
O cabelo loiro encaracolado ressuscitou como um capacete ao redor de sua cabeça. Sem esperar por uma resposta, ele e Arvidsen começam a descarregar sacos e mais sacos com equipamentos, câmera e novos uniformes de proteção. Karen espera até que eles se aproximem.
— Saímos de lá imediatamente — diz ela. — Não passamos da entrada. Você tem que ver com os próprios olhos.
— Bem, ou o cara era ruim na limpeza, ou ele teve ajuda para limpar tudo — diz Larsen, enquanto dá uma olhada rápida e, exatamente como Karen, percebe que gavetas foram puxadas e livros, arrancados das prateleiras. Sören Larsen fica de pé na escada e aperta os olhos por causa do sol.
— Não tem cara de ser um assalto comum. Está mais para uma busca — diz ele. — Bem, vamos ter que repetir o procedimento. Você sabe que não pode entrar, certo?
— Por que acha que eu esperei na escada? Não comecei ontem — Karen responde com firmeza. — Quanto tempo acha que vai demorar?
— Não faço ideia. Provavelmente o dia todo. Tinha que ganhar salário dobrado — ele resmunga. — Precisava de pelo menos quatro pessoas num trabalho como este.
— Fale com Viggo Haugen! Com certeza, ele vai querer abrir a carteira — diz ela com um sorriso.

Sören Larsen lança a ela um olhar sombrio. A mesquinhez do chefe de polícia é muito maior do que qualquer motivação política. O orçamento anual parece mais uma questão de Viggo Haugen bater um recorde pessoal.

— É mais fácil tirar leite de pedra — diz Larsen, com um risinho. — Eu ligo quando terminarmos, mas você terá que se divertir com outra coisa até lá.

11

AO DIRIGIR-SE PARA SKREBY, KAREN AGRADECE A SUGESTÃO DE BYLE de fazerem uma pausa para o almoço. É quase uma da tarde, e, exceto por um pedaço de bolo, ela não come nada desde o café da manhã. Mais uma vez eles dirigem em lenta procissão, ele na frente, ela atrás. Alguns carros passam por eles, e ela tem a impressão de que Byle está dirigindo mais devagar do que de costume.

Assim que saem da rodovia principal e entram na estrada para Skreby, as fazendas ficam mais próximas umas das outras. Pouco a pouco, a estrada se transforma em uma via urbana, cercada por modestas casas dos anos 1920 e 1930, construídas durante os Anos Dourados da indústria da mineração. Karen olha de relance para as ruas transversais, aparentemente desertas. *Provavelmente metade das casas estão vazias*, pensa ela, sentindo um quê de tristeza ao contemplar o silêncio. Karen não se lembra de ter visto Noorö tão vazia como agora, nem mesmo após o feriado.

Êxodo urbano. *É o que parece*, pensa. Em contraste com a ilha principal de Heimö e a pitoresca Frisel, onde a tendência migratória tem sido revertida nos últimos anos, para as quais cada vez mais doggerlandeses estão retornando, vindos da Escandinávia, do Reino Unido e do continente, a tendência em Noorö tem sido o contrário.

Seguindo lentamente, eles chegam à rua principal do porto. Passam por lojas, cafés e um pub com janelas pretas, todos fechados. Onde ela mora, há anos as lojas e centros comerciais começaram a abrir aos domingos, e agora você pode até mesmo ir a um pub ou comprar um piso de madeira numa Sexta-feira Santa. Aqui, as pessoas parecem ficar em casa após o feriado. Se por profundo respeito pela igreja ou apenas por falta de clientes, ela não sabe. De qualquer forma, não parece haver um lugar que ofereça almoço.

No entanto, só quando a seta do carro de Thorstein Byle pisca e ele vira numa das ruas residenciais, ela percebe o que ele tem em mente.

A família Byle mora no fim de uma rua secundária onde todas as casas são construídas com uma faixa de pedras cinzentas na fachada dos andares inferiores, enquanto os andares superiores são de madeira. Originalmente, estas casas eram pintadas com alcatrão, mas ao longo dos anos adquiriram uma pátina prateada bem típicas de Noorö.

Solveig Byle lhe dá as boas-vindas da escada. É uma mulher de cabelo loiro-acinzentado, usando um par de tamancos de madeira e um lindo sorriso no rosto. Ela estende uma das mãos para cumprimentar Karen, enquanto a outra segura o cardigan sobre os ombros. *Thorstein deve ter ligado para ela do carro*, pensa Karen, aceitando a mão estendida com uma mistura de gratidão e vontade de fugir. Ela teria preferido sentar-se sozinha num bar, com um prato de ensopado de cordeiro e uma cerveja grande. Revisando calmamente suas anotações, ou apenas folheando um jornal deixado por outro cliente. Em vez disso, ela agora será obrigada a fazer perguntas bem-educadas, ouvir com interesse, elogiar a comida. E não podia se esquecer de agradecê-la três vezes, segundo o costume local. Ou, pior ainda, ter que responder a perguntas sobre si mesma.

Mas aconteceu o oposto.

— As crianças e eu já comemos, então vou deixar vocês em paz — diz Solveig. — Sei que têm muito o que falar. Eu coloquei a mesa na cozinha, nada de especial, só algumas sobras de ontem.

Solveig Byle colocou ramos de zimbro no chão junto ao fogão, cobriu a mesa com guardanapos de pano e acendeu o candelabro, apesar de ainda estar dia. Karen fica com um nó na garganta por tamanha consideração.

Quando se senta à mesa da família Byle, ela serve um prato cheio de arenque com salsa, creme de couve, salsicha com cravo, fatias finas de assado de cordeiro e geleia de frutos da tramazeira.

A porta do hall de entrada está aberta, e de dentro da casa vem o som de música alegre e das vozes de algum desenho animado. Tudo parece estranhamente aconchegante.

— Você tem filhos pequenos? — pergunta Karen, tentando esconder sua surpresa.

Thorstein deve ter pouco mais de sessenta anos, e Solveig não parecia muito mais jovem. Byle, que acaba de servir uma bebida de zimbro para os dois, olha para ela sem compreender por alguns segundos e depois solta uma risada.

— Você quer dizer as "crianças"? Não, caramba, ela estava falando dos nossos netos. Nossa filha trabalha no asilo em Lysvik, e está de plantão ontem e hoje, por isso as meninas ficaram aqui no Natal. Trine mandou o marido embora na primavera, e já foi tarde.

Ele não se aprofunda no assunto, e Karen prefere não perguntar.

Por um tempo, eles comem em silêncio. As sobras a que Solveig se referiu como "nada de especial" foram claramente feitas na hora e com muito amor.

— A comida está deliciosa — diz Karen depois de um tempo.

— Sim, a Sol cozinha muito bem.

— Vamos fazer uma recapitulação? — ela pergunta. — Você começa, já que não tenho a sorte de ter uma comida boa assim todos os dias.

Thorstein Byle toma um gole do zimbro, inclina-se para trás e limpa a boca.

— Bem, tanto o corpo quanto o local mostram marcas claras de arrasto, então presumimos que se trata de um crime. O fato de que alguém parece ter saqueado a casa de Fredrik corrobora a teoria.

Karen acena positivamente com a cabeça.

— Bem, seria preciso uma reviravolta muito grande para me convencer do contrário. Então a pergunta é: quem tem algo a ganhar tirando a vida de Fredrik Stuub? Você tem algum palpite?

— Nenhum, exceto o mais óbvio: o neto, que é o herdeiro.

— Gabriel, não é? Qual é o sobrenome?

— Stuub. Ele tem o sobrenome da mãe, que não era casada.

— Isso mesmo. E você disse que o pai é desconhecido?

— Havia rumores de que era um tal de Allan Jonshed, o que explicaria muita coisa, eu acho.

— Allan Jonshed?

Byle confirma. Por alguma razão, Karen nunca esteve envolvida em nenhum caso diretamente relacionado com a gangue dos motociclistas. Mas é claro que não lhe escapava a notícia de que Allan Jonshed agora era o chefe da OP.

— Onde exatamente está a OP na ilha?

— A fazenda deles está localizada em Tyrfallet, um pouco além de Skalvet, do outro lado da ilha. Por quê? Você não está planejando ir até lá, está?

Karen dá de ombros.

— Agora não, mas Jonshed cumpriu pena por pelo menos dois assassinatos, portanto, se ele tem alguma conexão com a vítima, será difícil não o interrogarmos.

— A não ser pelo fato de que Jonshed esteve na prisão nos últimos meses — Byle diz. — Além disso, parece que ele está gravemente doente, então há muito conflito para decidir quem assumirá a chefia depois dele.

Então Jonshed estava atrás das grades de novo. Isso é novidade para Karen.

— Como assim isso explicaria muita coisa, se Gabriel for filho de Jonshed? Ele também é membro da OP?

— Não oficialmente, mas eles têm "civis" mais jovens ligados a eles de várias formas.

Byle faz aspas com os dedos e Karen controla um calafrio.

— Já foi confirmado ou é apenas um boato?

— Confirmado, infelizmente...

— E Gabriel é um suposto membro civil?

— Ou isso, ou algum tipo de "candidato". Há muitos jovens que andam por aí tentando se aproximar dos líderes. Gabriel está no meio de uma batalha pela custódia, então eu diria que ele está tentando manter a discrição, pelo menos até que o divórcio seja concluído. Mas tanto eu quanto os outros caras o encontramos na OP várias vezes, então ele com certeza já está com um pé lá dentro.

Karen limpa a boca, inclina-se para trás e olha para o colega.

— Uau, você sabe tudo sobre todos nesta ilha? Você é uma mina de ouro.

Thorstein Byle tenta conter um sorriso de satisfação.

— Vivi aqui minha vida toda, e, como policial, você acaba vendo o lado não tão belo das pessoas. Mas este tipo de fofoca eu só sei daqueles que moram aqui em Skreby. E Gabriel, como eu disse, foi colega de classe da Trine.

— Em que ele está trabalhando?

— Ele trabalha na Groth. Acho que ele é o encarregado pelo enchimento das garrafas ou algo do tipo.

Karen sorri para si mesma, um passeio à destilaria de uísque da Groth, perto de Gudheim, é muito mais convidativo do que subir as montanhas para encontrar um bando de homens com longas tranças grisalhas.

— Sim, as coisas certamente descambaram para a família Huss — diz Byle pensativo, levantando-se para tomar um café. — O velho Albin não ficaria nem um pouco feliz se soubesse que um de seus parentes trabalha para a Groth.

Karen tenta se lembrar de quem ele está falando.

— Você quer dizer Albin Huss, o barão da mineração? — pergunta ela.

Byle acena positivamente com a cabeça, enquanto serve café para os dois.

— Então Gertrud e Fredrik são parentes do velho Huss? — ela diz, pensativa. — Está parecendo que tem dinheiro na jogada...

Thorstein Byle balança a cabeça e sorri.

— Não tanto quanto você pensa. A mineração gerou grandes lucros na época do velho Huss, mas ele só tinha filhas, que não podiam assumir o negócio. Huss cuidou de tudo ele mesmo com mãos de ferro até o dia de sua morte. E quando o coitado do seu neto Ivar tomou as rédeas da empresa, em meados dos anos 1970, o auge já tinha passado. E Ivar Tryste ainda teve de assumir toda a culpa pela falência.

Ivar Tryste.

Karen lembra-se vagamente do nome por conta de entrevistas e artigos de meados dos anos 1980. Tem uma vaga lembrança da figura de um homem estressado e com olhos desolados. Mas a imagem não é muito nítida; ela tinha seus vinte anos, e, naquela época, preferia ocupar a cabeça com outras coisas.

— Portanto, a grande fortuna provavelmente já acabou — Byle continua. — Eles ainda têm muitas terras, porém não são próximas ao mar nem muito férteis. Eles provavelmente venderam parte para pastagem, mas os preços aqui no norte não são como os de Heimö.

— Quando a última mina foi fechada, você se lembra?

— Ambas as pedreiras funcionaram até os anos 1990, tanto a de Karby como a de Hovne, mas a última mina no interior da montanha foi fechada em 1989, disso eu me lembro claramente. Metade da cidade ficou desempregada e todos se lamentavam pelos cantos. Automaticamente, os divórcios e a miséria vieram na esteira dessa situação. Minha irmã e meu cunhado foram bastante afetados, assim como tantos outros. Ele perdeu tudo e começou a beber quando a mina fechou. Quatro anos depois, cometeu suicídio, com 46 anos de idade.

— É, eu me lembro de ouvir falar de pessoas que tentaram invadir a casa do dono para dar uma surra nele. Então foi Ivar Tryste, neto do velho Huss?

Byle confirma.

— Sim, não deve ter sido fácil para o Ivar. Ele ainda está vivo, a propósito. Se é que podemos chamar aquilo de vida. Está num asilo em Lysvik e, pelo que parece, está completamente fora de si. Alzheimer, segundo dizem.

Ela percebe que Byle foi ficando cada vez mais falador no pouco tempo que passaram juntos. Os insultos de Kneought Brodal naquela manhã parecem ter sido esquecidos, e Karen levanta as mãos para o céu pelo valioso conhecimento de Byle sobre os moradores de Noorö.

Então Karen se lembra de algo e ri consigo mesma:

— Será que é isso? O "Complexo", quero dizer. Não era lá que viviam os Huss?

Foi só quando cresceu que Karen entendeu o duplo sentido do nome que os habitantes de Noorö haviam dado à casa do dono da mina. Quando criança, ela era fascinada pela opulenta construção, que mais parecia um castelo do que uma residência particular, com seu arenito branco-amarelado de Frisel. Que o "Complexo" se referia mais à necessidade de Albin Huss de se exibir do que à aparência impressionante do edifício, ela entendeu apenas muitos anos depois.

— Claro, ele ainda está lá com todas as suas torres e pináculos. Mas eu diria que está bastante dilapidado. Deve ser um inferno manter aquilo.

Que a vítima do assassinato, Fredrik Stuub, era neto do homem que antes comandara metade de Noorö, ela já tinha entendido. Mas Karen percebe que se perdeu na linha de raciocínio por conta das incontáveis ramificações da família de mineiros, e então decide parar de pensar no assunto.

— Bem, teremos que começar falando com a irmã de Fredrik — diz ela. — Ela mora longe daqui?

12

ELA MORAVA A CERCA DE QUINZE MINUTOS DE CARRO. DEPOIS DE agradecer a Solveig Byle muitas vezes e responder sinceramente que "sim" à pergunta de se gostaria de jantar lá uma noite dessas, Karen volta para o carro. Eles retornam à estrada principal num pequeno comboio, viram ao norte e pegam a primeira à direita após o viaduto sobre o rio Skreby. À medida que entram lentamente na propriedade de Gertrud, Karen percebe que talvez seja o telhado da casa de Fredrik do outro lado do rio. As duas propriedades parecem estar ligadas por uma passarela.

A casa de Gertrud Stuub parece uma cópia da casa do irmão, e Byle explica que cada uma delas pertence a uma parte do que já foi uma só propriedade.

Não é Gertrud quem abre a porta. Em vez disso, eles são recebidos por um homem em seus setenta anos com o cabelo espetado por causa do casaco. Seu rosto é bem enrugado, o que poderia ser em virtude de uma vida sofrida no mar, se não fosse pelo colarinho clerical que se projeta de debaixo de sua camisa preta. Karen automaticamente endireita as costas e ergue a cabeça ao se apresentar:

— Karen Eiken Hornby, sou da Polícia Nacional e estou investigando a morte de Fredrik Stuub — diz ela, estendendo a mão.

— Erling Arve — o padre responde, cumprimentando-a com firmeza. Em seguida, desvia o olhar para Byle. — Olá, Thorstein — diz ele. — Estávamos esperando a sua visita.

— Como ela está? — diz Byle, assim que entram, enquanto o clérigo fecha a porta atrás deles. — Ela estava muito abalada ontem quando a vi na cena do crime.

— O choque inicial parece estar cedendo, mas a dor é muito grande, e ela não deve ter dormido direito.

— Já veio alguém do centro médico? Talvez ela precise de um sedativo.

— Ela disse que não quer ver nenhum médico, só a mim — diz Arve. — Só quer a ajuda de Deus. Às vezes eu acho que a fé que ela tem é mais forte do que a sua e a minha juntas, meu querido irmão.

— Precisamos trocar algumas palavras com Gertrud — diz Karen, pigarreando discretamente. — Embora seja difícil, é importante falarmos com ela enquanto a memória ainda está fresca.

Arve caminha à frente deles por um corredor, para na frente de uma porta e parece respirar fundo. Depois, ele bate de leve no batente e empurra com cuidado a maçaneta para baixo.

Lá dentro está um border collie preto e branco, com a cabeça baixa em posição de defesa.

— Calma, Sammy — diz Arve. — Está tudo bem.

O cão recua para um canto do quarto e se deita com a cabeça sobre as patas dianteiras, ao lado de uma mulher, com cabelo de pajem grisalho e os olhos avermelhados. Gertrud Stuub está sentada na beira de uma poltrona no canto do cômodo. Uma das mãos segura um lenço amassado e a outra está pousada suavemente sobre uma Bíblia aberta. Karen caminha até ela, estende a mão e se apresenta.

— Primeiro, quero expressar meus pêsames pelo que aconteceu — diz.
— É difícil perder alguém próximo, e é claro que, ter que passar pelo que você passou ontem, torna as coisas ainda mais difíceis. Você está recebendo toda a ajuda de que precisa?

— Sim, obrigada — responde Gertrud, dando tapinhas em sua Bíblia. — Sinto-me reconfortada e guiada pelo Senhor. E pelo padre Arve — acrescenta, com um sorriso discreto para o padre.

— Sim, nossa Gertrud aqui sempre teve uma linha direta com Deus — diz Arve. — Receio que minha principal contribuição seja fazer chá. A propósito, vocês gostariam de uma xícara?

Karen diz que sim, para ficar a sós com Gertrud, e Erling Arve desaparece. Eles se espremem num sofá pequeno e desconfortável e, depois de pedir desculpas pela intrusão e explicar a importância de rever os detalhes do dia anterior, Karen pede a Gertrud Stuub que descreva suas experiências com as próprias palavras.

— Comece dizendo o que a deixou preocupada — diz ela.

— A missa de Natal — diz Gertrud, sem hesitação. — Fredrik não frequentava muito a igreja, mas sempre aparecia na missa de Natal. E ele tinha me dito que iria.

— É mesmo? — pergunta Karen, com certa expectativa.

— Bem, pelo menos foi o que entendi quando ele falou comigo. A última coisa que ele disse foi: amanhã nos vemos...

As palavras se esvaem num tênue sussurro, e os olhos de Gertrud Stuub ficam confusos, como se só agora ela percebesse que nunca mais falará com o irmão.

— E quando foi a última vez que você viu Fredrik vivo? — pergunta Karen.

A pergunta parece trazer Gertrud de volta ao presente.

— Na véspera de Natal. Ele veio almoçar, por volta da uma hora, nada de especial, apenas a habitual refeição de Natal.

— Só você e Fredrik?

— Não, Gabriel e as crianças também estiveram aqui. Bom, menos a Katja, é claro, já que eu mal a vejo desde que os dois... desde que eles se divorciaram.

Gertrud Stuub faz o sinal da cruz, pois teve de proferir aquele sacrilégio.

Karen busca na memória o que Byle lhe contou a respeito das relações familiares: Katja é o nome da mulher com quem Gabriel está brigando na justiça pela custódia dos filhos. *Provavelmente vamos ter que falar com ela também*, reflete.

— Ninguém mais?

— William e Helena também vieram, eles são muito queridos... mas não ficaram para o almoço. Eles só queriam nos desejar Feliz Natal e deixar uma flor. Disseram que a irmã e o cunhado de Helena tinham vindo visitá-los.

Karen lança um rápido olhar para Thorstein Byle. Desta vez, ele não faz nenhum esforço para acudi-la.

— William e Helena são seus vizinhos ou parentes?

Gertrud olha com surpresa para Karen.

— As duas coisas, é claro. Ele é filho do primo Ivar, ela, sua esposa. Mas a minha casa fica um pouco longe para eles, então vieram de carro. Hoje em dia, as pessoas são muito preguiçosas.

Karen decide tocar no assunto mais delicado:

— Fredrik parecia preocupado com alguma coisa?

Gertrud Stuub parece tentar puxar algo pela memória.

— Não mais do que o normal — ela responde. — Fredrik não era do tipo extrovertido, ele estava sempre encucado com alguma coisa. Mas é isso o que acontece quando não se tem fé no Senhor.

Na mesma hora, Erling Arve retorna com uma bandeja tilintando com as xícaras de chá. Após colocá-la sobre a mesa, ele se senta na poltrona ao lado de Gertrud.

— Estamos falando sobre Fredrik. Eu disse que ele sempre arranjava algo para ficar enchendo a cabeça. Não é verdade, padre?

Erling Arve concorda, inclina-se para a frente e começa a distribuir xícaras e pires para todos.

— Bem, pode-se dizer que sim. Mas outros poderiam dizer que era por ele ser um homem dedicado a vários assuntos.

— E a que exatamente ele se dedicava? — pergunta Karen, aceitando o chá.

— Bem, com certeza não à igreja — Gertrud responde em tom de reprovação. — Mas, tirando isso, ele se envolvia em várias causas, principalmente relacionadas ao meio ambiente: poluição, emissões de gases, extinção dos peixes, esse tipo de coisa. E depois do que aconteceu em Gudheim, Fredrik ficou bastante abalado.

— Gudheim — diz Karen. — O que aconteceu lá?

Gertrud faz um gesto de que não aguenta continuar falando sobre isso, e o padre toca seu braço para acalmá-la. Karen, sem entender direito a situação, olha para Byle, que começa a responder no lugar da senhora.

— O barco de pedras* — diz ele. — Ao que parece, alguém resolveu fazer furos em várias pedras. Provavelmente, alguns jovens. E não é nem a primeira nem a segunda vez que o lugar é vandalizado. Na primavera passada, um grupo de meninos tentou derrubar uma das pedras. Eles estavam bêbados como porcos, é claro. Mas foram impedidos por alguns turistas. O lugar também foi muito pichado, se bem me lembro.

Há uma diferença entre pichar e perfurar pedras que estão ali há milhares de anos, pensa Karen. *Eles devem ter usado brocas de impacto.*

— Voltando à véspera de Natal — diz ela. — Quanto tempo Fredrik ficou aqui?

Gertrud Stuub parece estar pensando cuidadosamente.

— Não sei bem, mas acho que era 15h, 15h30, não mais do que isso, quando eles foram embora. Foi, como eu disse, um almoço. Gabriel disse que queria chegar em casa a tempo para ficar com as crianças, mas eu sei que ele queria beber, aqui nunca tenho bebidas. Então ele se ofereceu para dar uma carona ao Fredrik.

De repente, Gertrud vai sendo tomada pelas lembranças da última caminhada com o irmão e começa a soluçar, ao mesmo tempo em que parece afundar na poltrona. Karen faz uma pausa, e, naquele silêncio que paira no ambiente, só se pode ouvir o tilintar das xícaras.

---

* Um "barco de pedra", ou *Skeppssättning*, em sueco, é um monumento megalítico com blocos de pedra dispostos em forma de barco, dentro do qual costumava ser colocada uma urna funerária ou as cinzas de uma cremação. Costume funerário escandinavo da Era Viking. (N. E.)

— Acha que consegue continuar? — Karen pergunta após alguns minutos, olhando no fundo dos olhos de Gertrud.

Gertrud limpa o nariz e faz que sim com a cabeça.

— Vamos voltar para o dia do Natal. Você mencionou que estava na missa matinal e que ficou preocupada porque Fredrik não tinha aparecido.

— Eu não sabia que meu irmão não tinha aparecido, porque ele costuma chegar no último minuto e se senta nas fileiras do fundo. Não é verdade?

Ela olha para Erling Arve, que acena com a cabeça em confirmação.

— Sim, a igreja geralmente está cheia no culto matinal — diz ele, e Karen sente uma pitada de amargura em sua voz.

— E depois da missa, quando você percebeu que seu irmão não tinha ido à igreja, decidiu tentar entrar em contato com ele?

— Isso. Eu tentei ligar para ele de casa algumas vezes. Ainda estava achando que ele tinha perdido a hora, mas depois de algumas tentativas, e ainda sem resposta, fiquei preocupada e decidi pedalar até lá.

— Pedalar? — pergunta Karen, incapaz de esconder sua surpresa.

A criatura sentada em frente a ela parece ter uma força sem limites quando não está abatida pelo sofrimento. Pelo visto, ela é bem mais jovem do que aparenta ser.

— Sim. Já que está quase sem neve, não tem tanto problema. Caso contrário, eu costumo pegar o *kicksled*. Não leva mais do que alguns minutos para atravessar até o outro lado do pântano, mas é claro que você tem que cruzar a ponte com cuidado.

— E então você foi para a casa de Fredrik. Chegou a entrar?

— Claro que entrei — diz Gertrud, com um misto de surpresa e senso de obviedade em sua voz. — Eu bati primeiro, naturalmente, mas depois entrei. É assim que fazemos por aqui.

Do canto do olho, Karen vê Byle inclinando-se para a frente, igualmente ciente de que essa informação era bastante relevante.

— Parecia tudo normal lá dentro? — pergunta Karen, com uma voz tranquila. — Você não notou nada de diferente?

— Não, nada demais. Estava desarrumado e sujo como sempre, claro, a xícara de café e a manteiga ainda estavam no balcão da cozinha, mas isso não era incomum. Esse era o Fredrik.

— Você mexeu ou procurou alguma coisa?

Gertrud parece não entender a pergunta.

— Não... por que eu faria isso? Eu vi que ele tinha saído. A coleira do cachorro não estava no gancho do corredor.

Ela volta o olhar para o cão, ainda a seus pés, e se curva para acariciar o pelo macio. A outra mão continua sobre a Bíblia.

— Além disso, o Sammy teria vindo correndo até mim se eles estivessem em casa — Gertrud prossegue. — Por isso, imaginei que Fredrik o havia levado para passear, como de costume.

— Foi aí que você ficou preocupada? O que achou que poderia ter acontecido?

— Na verdade, não sei o que me fez ir atrás dele. Apenas um sentimento, como se eu soubesse que tinha alguma coisa errada.

Gertrud Stuub olha para o seu colo, como se a Bíblia aberta pudesse lhe dar alguma resposta. Em seguida, ela franze a testa e passa suavemente as mãos sobre as páginas de letras ornamentadas, Karen percebe um ligeiro sorriso em seu rosto.

— Eu não tinha pensado nisso até agora — diz Gertrud, erguendo a cabeça com uma repentina expressão de alerta. — Claro que foi o próprio Senhor que falou comigo. Foi ele quem me fez sair e procurar o Fredrik.

Com frequência, e não sem uma certa inveja, Karen constata que a forte religiosidade pode atuar como um conforto para as pessoas necessitadas, e também pode gerar uma sensação ilusória de justiça.

A questão é saber se essa expressão de felicidade nos olhos de Gertrud permanecerá quando ela se der conta de quão perto chegou do assassino do irmão.

13

A LOMBAR DE KAREN DÓI QUANDO ELA FAZ A CURVA E ENTRA NO estacionamento em frente ao terminal da balsa em Lysvik. Provavelmente há estacionamentos mais próximos do centro, mas ali ela sabe que o pessoal da balsa, que trabalha em turnos e mora nas redondezas, geralmente fica de olho nos carros.

Com bastante cuidado, ela sai do automóvel, estica-se por sobre o banco de trás e levanta a pesada mala que fizera na noite anterior. Então fica de pé com as duas mãos contra a porta, estica as costas e sente a dor irradiando pelo quadril direito. Muitas horas de viagem combinadas com a inclinação do corpo durante todo o tempo em que esteve de pé cobravam a conta.

Ela começa a caminhar em direção à rua principal. De manhã, quando passou ali com Kneought Brodal a caminho do centro médico, ela viu um pub num dos prédios da esquina. Estava fechado, mas agora ela espera poder tomar a cerveja que tanto queria. Quem sabe, duas.

Assim que abre a porta, sente um cheiro gostoso de comida, então olha ao redor no salão grande, quase quadrado. Cerca de vinte pessoas estão espalhadas pelo bar e pelas mesas, algumas sozinhas, outras em grupos. Todos estão assistindo a uma televisão na parede.

Ela caminha até o bar e tira a carteira do bolso do casaco. A mulher atrás do balcão parece ter seus quase setenta anos. Mesmo assim, emana uma beleza desvanecida, com uma mistura de sensualidade e instinto maternal. O cabelo louro platinado orna perfeitamente com seus lábios bem pintados, e no decote, entre os seios arrebitados, pende uma cruz de ouro numa fina corrente. Conforme Karen se aproxima, o rosto da mulher se ilumina com um sorriso tão cativante que nem o dente manchado pelo batom vermelho diminui seu impacto.

— Olá, gracinha! Como posso ajudá-la? — ela pergunta, e Karen percebe como sorri de volta, com o rosto inteiro, apesar da dor e do cansaço.

Depois de uma olhadela para as várias torneiras de chope em busca de seu favorito, finalmente a encontra.

— Um Spitfire, por favor — diz ela. — A propósito, vou querer também uma dose de uísque Groth — ela acrescenta.

Apenas uma rápida pesquisa de campo, caso eu tenha que ir até a destilaria, ela se convence. Aliás, ela deveria colocar na conta do Smeed.

— Qual você quer, tesouro? Acho que temos todas as variedades que existem.

A mulher faz um gesto de demonstração na direção da prateleira atrás do balcão, onde estão enfileiradas diversas garrafas com o famoso logotipo.

— Oh... eu não sei — responde Karen, olhando para aquela imensa variedade. — Acho que vou querer do Old Stone Selection.

Essa será uma ótima pesquisa de campo, ela pensa, olhando para a imagem do barco de pedra em Gudheim no rótulo da garrafa.

— Pode ir para a mesa que eu já levo.

Após agradecer, Karen caminha com as costas contraídas até o seu lugar perto da janela. Sentando-se e relaxando, ela olha para o salão ao redor. Um típico pub doggerlandês, claramente inspirado em seus antepassados britânicos. Porém, em vez de fotos de cavalos, chifres de caça e cães, as paredes estão lotadas de símbolos e ferramentas navais. No teto, há um barco de carvalho pendurado, que nunca pode faltar, e dois remos cruzados adornam uma das paredes, enquanto a igualmente obrigatória rede de peixe com luminárias de vidro pode ser vista em seu lugar habitual: acima do balcão principal. Algum desatento poderia muito bem confundir o local com o Corvo e Lebre de Langevik, ou um dos outros milhares de pubs que ainda existem nas ilhas de Doggerland.

Essa foi a melhor contribuição dos britânicos para este país, como seu pai sempre dizia.

Karen pega dois cadernos. O menor, mais fino, que cabe no bolso do casaco, e o grande com capa de couro, que ela guarda na bolsa. Ao mesmo tempo, uma bandeja com um canecão de cerveja, um pequeno copo de uísque amarelo-claro e uma porção de algas vermelhas torradas são colocados sobre a mesa. Karen olha para cima.

— Obrigada. Posso te perguntar uma coisa? Ainda existe algum hotel aqui em Lysvik, ou você pode recomendar alguma pousada bacana?

— Claro, tem o Rindlers, na rua Lots, que ainda está funcionando, mas se você só precisa de uma cama confortável com lençóis limpos, eu tenho um quarto disponível para você. São 300 marcos, incluindo o café da manhã. No Rindlers é pelo menos o triplo desse valor.

— Combinado, então — diz Karen. — Provavelmente vou ficar alguns dias, se não for incomodar. Eu me chamo Karen Eiken Hornby — acrescenta ela, estendendo a mão.

— Ellen Jensen. Não tem problema nenhum. Posso perguntar o que veio fazer nestas bandas? Ouvi dizer que você é do sul.

— Vim a trabalho — Karen responde rapidamente, mas muda de ideia e acrescenta: — Sou policial, e estou investigando uma morte aqui na ilha.

— Ah, sim, Fredrik Stuub. Foi o que eu imaginei. Ouvi falar sobre o assunto esta manhã. Quer dizer, então, que não foi um acidente?

— Ainda é muito cedo para afirmar qualquer coisa. Nós sempre investigamos mortes desse tipo, só por precaução.

— Sim, difícil de imaginar quem ia querer matar um senhor tão simpático como ele.

— Você o conhecia?

Ellen Jensen abana a cabeça.

— Não muito. Só porque ele costumava passar por aqui depois do trabalho. Afinal, durante muitos anos, ele pegou pontualmente a balsa às 17h30. Então ele parava aqui e tomava uma bebida depois do trabalho, como muitos outros.

— Ele era professor aposentado, pelo que soube — diz Karen. — Então ele não trabalhava na escola aqui de Lysvik?

Ellen Jensen joga a cabeça para trás e solta uma gargalhada.

— Ele não teria gostado nada de ouvir isso — diz ela. — Isso o teria ofendido, afinal, ele tinha sangue de Huss nas veias. Mas não, ele lecionava na Universidade de Ravenby. Química ou biologia, algo assim. Certamente não foi ele quem ensinou os pirralhos desta ilha a ler.

Ela ri novamente e levanta a bandeja vazia.

— Avise-me quando quiser que eu mostre o quarto. Quer que eu coloque tudo na mesma conta?

— Sim, por favor — diz Karen.

Mais tarde ela terá de discutir essa questão com Smeed.

Quando se deita na cama do quarto uma hora depois, ela percebe que, como Ellen prometeu, era bem confortável e estava limpo e arrumado. Mas era horroroso. Além do tapete marrom na parede, do papel de parede brega e da chaleira elétrica cor de abacate, o espaço está decorado com bibelôs em todas as superfícies disponíveis. Na parede, acima da cabeceira da cama, está pendurada a decoração quase obrigatória de todos os estabelecimentos doggerlandeses: um coração flanqueado por uma âncora e uma cruz, aqui, moldados com um gesso rosado: fé, esperança e amor. No momento, Karen não consegue sentir nada disso. *Por que diabos eu não fui para o Rindler?*, pensa ela.

Karen se levanta e segue pelos três degraus até a janela. O céu já está escuro, mas a luz do terminal da balsa a deixa ver que pelo menos ela tem vista para o mar. Karen pega o celular do bolso e digita o número de sua mãe. Eleanor atende no quarto toque, com uma voz ofegante e excitada, mas a filha não pergunta por quê.

Depois de receber notícias de todos, Karen desliga e digita o número de Jounas Smeed. Assim que está prestes a ligar para relatar o dia e perguntar sobre as perspectivas de conseguir reforços, seu telefone toca. *Sören Larsen* aparece na tela, e ela é tomada por um súbito sentimento de culpa na hora de atender: esqueceu de avisar Larsen que não iria voltar ao trabalho por hoje.

— Olá, Eiken — diz Larsen, contente. — Para onde você foi?

— Estou em Lysvik. Acabei de dar entrada em um quarto em cima do pub na Skeppargata. Onde você está? Não me diga que ainda está na casa do Stuub?

— Claro que não. Kneought e eu estamos sentados no restaurante do hotel e acabamos de fazer o pedido. Por que você está hospedada em cima de um pub? O Rindler é muito bom, para falar a verdade. Tem uma sauna e uma piscina com hidromassagem. Estamos pensando em dar um mergulho depois do jantar.

Karen fica inconformada com seu destino e dá um longo suspiro.

— Fiquei no primeiro lugar que me pareceu melhorzinho — ela responde com desânimo.

— Tudo bem, mas venha pra cá, caramba! — Larsen continua. — Pelo menos você vai fazer uma refeição decente.

Quinze minutos depois, ela se senta à mesa onde Larsen e Brodal acabam de servir seu linguado cozido a vapor. Ao lado deles estão cenouras, batatas cozidas e rábano ralado acompanhados de uma molheira cheia de manteiga derretida. Tudo o que ela mais gosta. Mas como ainda está sentindo o peso do almoço de Solveig Byle, ela decide pedir algo mais leve.

— Eu só preciso de um sanduíche de camarão — diz ela para a garçonete.

— E para beber?

— Vou acompanhá-los — diz ela, depois de olhar a garrafa de vinho coberta por uma toalha, dentro de um balde.

— Nesse caso, pode trazer outra garrafa, por favor — diz Kneought Brodal.

— Imagino que tenham avisado ao Smeed sobre tudo isso aqui, certo? — Karen diz, apontando para todos aqueles pratos e tigelas, e para o vinho no balde de gelo.

— Claro que não. A ideia é que seja uma surpresa — diz Brodal. — É Natal, meu Deus do céu! O certo é que façamos uma refeição decente.

Enquanto espera por sua comida, vê Larsen e Brodal deleitando-se com seus pratos, ela resolve encher sua taça de vinho. Quando uma suposta fatia de pão escondida sob uma montanha de camarões frescos é colocada na sua frente ela percebe o quanto está faminta.

— Mas então, o que descobriu? — ela pergunta, engolindo a primeira mordida com um gole de vinho.

Já é tarde demais quando ela se dá conta de que aquele é um chablis da melhor qualidade e que deve ter custado os olhos da cara. Ela resolve deixar que Kneought Brodal pague a conta; nem mesmo Smeed terá coragem de discutir com ele.

— Bem — diz Larsen. — Não há dúvida de que alguém vasculhou a casa de Fredrik Stuub, mas disso você já sabe.

— Deu para descobrir se estava faltando alguma coisa?

— Porcaria nenhuma.

— O que quer dizer? Você deve ter encontrado alguma pista.

— Não tem nada fora do lugar. E, mesmo que tenham levado algo, não dá para saber o que foi. Quem fez isso não estava interessado em antiguidades, prataria ou arte. E há muito disso na casa, devo acrescentar. O cara devia ser um colecionador, ou herdou muita coisa.

— Você encontrou algum celular? Segundo a irmã, ele tinha um.

— Na casa, não estava. Ele provavelmente estava com o aparelho quando foi para a floresta, pode ter caído do bolso quando foi empurrado. Em todo caso, agora está no fundo do lago da pedreira. Mesmo assim, podemos conseguir o histórico das conversas.

— Certo, vou pedir ao promotor que faça a solicitação junto à empresa telefônica — diz Karen. — Mas talvez não seja tão fácil encontrar alguém nos próximos dias.

— É inacreditável como uma nação inteira parece estar de folga ao mesmo tempo — diz Larsen.

Brodal murmura em concordância com Larsen e se estica para alcançar o molho.

— Vocês não encontraram nenhum computador? — pergunta Karen, com um suspiro. — Nesse caso, alguém deve tê-lo levado.

— Pois é, talvez esse tenha sido o motivo para irem até lá. Quer dizer, se é que ele tinha um computador.

— Acho que podemos presumir que sim. Fredrik Stuub era professor universitário em Ravenby, pelo que me disseram.

Kneought Brodal resmunga, desdenhoso.

— Acho que você está superestimando esses autoproclamados cientistas, Eiken. Conheci muita gente em Ravenby que mal consegue enviar um e-mail. Não os jovens, é claro, mas Stuub já estava aposentado há vários anos. Um homem da velha guarda, segundo Sven Andersén, mas um pouco gagá. Inclusive, era um cara bem legal.

Sören e Karen trocam um olhar.

— O que quero dizer é que — Brodal continua —, mesmo que Stuub tivesse um cargo alto, isso não é garantia de que ele tinha um computador em casa.

— Então o que você acha que eles estavam procurando na casa? Não parece faltar nada — diz Karen, tomando um gole de vinho.

— Como diabos eu vou saber? Esse é o seu trabalho.

Ela se vira para Larsen com um suspiro aliviado.

— Você sabe que eu preciso perguntar: havia mais alguma coisa na casa além do que você já mencionou? Alguma impressão digital, pegadas de sapatos, cabelos? Alguma coisa?

— Tudo isso e mais um pouco — ele ri com a boca cheia de peixe. — E se tiver sorte, nem tudo será do próprio Stuub e do seu cão. Talvez até encontremos algum DNA do criminoso na autópsia de amanhã. Imagino que você vá, certo?

Karen sorri.

— Ficaria chato se eu não fosse. Mas você não conseguiu nada que possa me ajudar?

Larsen limpa um pouco de manteiga derretida de um dos cantos da boca e pega a garrafa de vinho. Depois ele para no meio do movimento e apoia a garrafa sobre a toalha de mesa.

— Nenhuma conclusão técnica, só um palpite — diz ele. — Mas não sei se devo falar.

— É só falar — Karen o encoraja.

Sören Larsen não tem pressa ao encher a taça.

— Tive uma sensação... na verdade, uma sensação bem vaga, nada mais do que isso... de que tudo estava um tanto quanto... organizado.

Karen assimila aquelas palavras. "Organizado" não é a palavra que ela usaria para descrever o caos que tinha notado da escada da porta.

— Tipo, uma cena do crime arranjada, montada? É isso que você quer dizer?

Larsen dá de ombros.

— É, sei lá. Tudo foi arrancado, virado do avesso, estava a mais perfeita bagunça. Tive a sensação de que a pessoa que fez isso não estava realmente procurando nada, como se alguém estivesse tentando fazer parecer um arrombamento, mas sem saber como é uma invasão de verdade.

14

A PORTA SE FECHA COM UM CLIQUE. ELA NÃO DEIXA A PEQUENA fresta para Mikkel ver a luz da escada, se acordar. A fresta que ela prometeu deixar sempre aberta. A traição faz sua respiração ficar acelerada, então ela abafa o som com as mãos e permanece imóvel com a testa na porta fechada, sobre o desenho que Tyra fez naquela manhã.

Acha que deve descer agora, assim não piora as coisas nem adia o inevitável, mas continua parada, a testa apoiada no desenho de uma casa cor-de-rosa, um gramado verde e um cachorro amarelo. Há um emaranhado de linhas pretas acima da casa rosa. As nuvens negras que vêm aparecendo nos desenhos de Tyra ao longo dos últimos seis meses.

Ela engole em seco e tenta respirar lentamente, enquanto o nó na garganta também se desfaz aos poucos. Tenta lutar contra os pensamentos sem sentido e a voz que sussurra para ela deixá-lo antes que seja tarde demais. A voz agora é insistente; as palavras percorrem sua espinha, rastejando sob sua pele, como se quisessem penetrar sua alma. Ela concorda em deixar que aconteça, até que um som vindo da sala de estar a assusta.

Ele desligou a TV e ligou o rádio; o som das notas sutis de abertura da Oitava Sinfonia de Schubert alastra-se por toda a casa desde o porão. *Ele foi preciso em sua escolha*, pensa ela. Em breve as notas abafarão todos os outros sons.

A voz interior se cala, dá uma trégua, a deixa em paz. Sua tarefa nas próximas duas horas é simples: não provocar, não "quebrar o pau", basta segurar as pontas até que, dessa vez, ele esteja no ponto certo.

E certifique-se de que as crianças não ouçam nada.

Ela respira fundo e analisa a situação: meia garrafa de vinho no jantar e o uísque que ele serviu quando ela subiu para colocar as crianças na cama. É possível que ele tenha conseguido beber pelo menos mais um copo enquanto ela tentava fazê-los dormir. Tyra estava manhosa e queria que a mamãe ficasse na cama com ela.

Meia garrafa de vinho, uns dois uísques, talvez três. Não era o suficiente para torná-lo instável, não era o bastante para tornar seus golpes lentos e imprecisos. Apenas o suficiente para fazer com que sua raiva interior saísse de forma repentina e violenta. O ódio sem palavras que se fortalece a cada momento que ele está em casa: o olhar quando descobriu que as crianças ainda estavam comendo na cozinha, embora ainda mal fosse sete da noite; que ela havia comprado o vinho errado; que não tinha retirado os brinquedos do chão da sala de estar. Nem uma palavra, apenas o som de quando ele chutou um dos carros de Mikkel com tanta força que eles puderam ouvir os estilhaços de plástico contra a parede. Em seguida, ele voltou para a cozinha e esfregou o cabelo do filho com um sorriso.

— Você deve lembrar a mãe de limpar a casa, rapazinho — disse ele. — Ela anda muito esquecida ultimamente.

A mulher percebeu o misto confuso de apreensão e alívio no rosto do filho, então buscou o olhar de Tyra para tranquilizá-la com um sorriso, mas a filha apenas fixou o olhar no prato. *Ele nunca levantou um dedo para as crianças*, ela se lembrou. *Eles não sabem de nada.*

Agora, silenciosamente, repete para si mesma aquelas palavras reconfortantes como um mantra enquanto desce as escadas:

As crianças não sabem de nada.

15

O CAMPUS UNIVERSITÁRIO DE RAVENBY, NA COSTA OESTE DA ILHA de Heimö, está situado em uma área plana no topo da montanha que dá nome à cidade. Da montanha Raven, acadêmicos de todas as ciências podem olhar lá do alto de suas torres de marfim para os habitantes menos talentosos — ou, pelo menos, não tão afortunados — de Ravenby.

Temendo o que virá a seguir, Karen chega ao departamento forense do campus. Meia hora depois, já vestiu o uniforme de proteção verde e uma touca branca. Olha para a fileira de macas e instrumentos de aço inoxidável sob as lâmpadas fluorescentes, mas é obrigada a parar por aí. De acordo com as regras, ela só tem que estar presente, não participar de corpo e alma.

O corpo de Fredrik Stuub está na maca de exames do outro lado da sala. Além do legista Kneought Brodal e do chefe do departamento técnico, Sören Larsen, também está presente o perito da autópsia. Sven Andersén e ela só estão presentes como observadores e, ao contrário de Andersén, Karen resolve que isso implica manter uma distância conveniente da mesa de autópsia.

Com a primeira parte, quando as roupas são cortadas e colocadas em sacos plásticos para análise posterior — e quando são retiradas amostras das unhas e da boca da vítima —, ela já está acostumada, portanto consegue observar sem qualquer desconforto. Durante as horas seguintes, Karen se esforça para pensar em outra coisa que não seja o som de serras cortando costelas, esterno e crânios; ou o som de órgãos sendo sugados, remexidos, retirados e colocados em tigelas. Em vez disso, ela alterna entre tentar interpretar o que os médicos estão conversando e o que Brodal está falando em seu gravador portátil. Após anos estudando criminologia em Londres e dez anos como investigadora, ela está familiarizada com os termos gregos e latinos mais comuns, mas nunca se atreveria a tirar conclusões de suas próprias interpretações. Como de costume, Kneought Brodal resumirá tudo da maneira mais didática possível, pois, assim, até mesmo um policial será capaz de entender.

— É isso aí — diz, depois de pedir ao jovem perito da autópsia que "levante as tripas para trás e costure o presunto". — Então vamos sair daqui para que a Eiken possa recuperar um pouco da cor do rosto.

Todos se acomodam numa sala de reuniões com vista panorâmica para a Baía de Ravenby. Ninguém quer café, mas o jarro de água é passado de mão em mão, e Karen vê Brodal enfiar um cubo de açúcar na boca, por falta de outra coisa para comer. Ela aguarda em silêncio.

— Muito bem — ele finalmente diz, voltando seu olhar para Karen. — Vou explicar tudo à maneira doggerlandesa, assim todos poderão entender. O cara foi assassinado. O que mais você quer saber?

Ela dá um sorriso forçado sem responder, e só consegue pensar na overdose de medicina forense das últimas 24 horas. Após uma ligeira pausa dramática, o legista continua:

— Pois bem, tudo indica que Stuub levou um forte golpe na mandíbula do lado esquerdo, o qual, pelo que vi, parece ter sido um único soco. Então, a cabeça sofreu vários ferimentos, provavelmente por chutes. Digo chutes porque, a essa altura, Stuub estava caído e deitado, concorda?

Sven Andersén e Sören Larsen acenam com a cabeça. Brodal suga de forma ruidosa o açúcar derretido e o mastiga antes de continuar:

— Ele foi então arrastado de costas, o que é corroborado pelos hematomas sob as axilas, juntamente com os ferimentos de que mencionamos. Em seguida, ele provavelmente foi empurrado até a beira do precipício e jogado de lá. Há contusões leves na parte superior direita do braço e quadril que sugerem isso. Ele provavelmente estava inconsciente ou no mínimo atordoado quando isso aconteceu, mas a verdadeira *causa mortis* é que o crânio foi esmagado no momento do impacto na rocha saliente. Estão me acompanhando?

— Perfeitamente — diz Sören Larsen. — Até aqui, nada de novo.

— E nenhuma ferida defensiva — diz Brodal —, o que sugere que ele provavelmente foi atacado de repente. Em outras palavras, não alimente esperanças de raspas de unhas reveladoras.

— Tudo bem — diz Karen, desapontada. — E o que tem a dizer sobre o estado geral de saúde dele? Nenhuma anormalidade à mostra?

— Bem, o fígado está um pouco sobrecarregado, mas isso é normal na maioria dos homens nessa idade aqui da região. Ele provavelmente viveria mais quinze ou vinte anos, se maneirasse um pouco na bebida e ninguém o tivesse empurrado morro abaixo naquela mina de carvão.

— E você? — diz Karen na direção de Sören Larsen. — Você encontrou alguma coisa que possamos usar?

— Nada sob as unhas, como já dito; algumas manchas e pelos nas roupas, provavelmente dele próprio e do cão, mas a análise levará alguns dias. Como se não bastasse esse maldito feriado, estamos também com escassez de peritos. Acho que só teremos uma resposta definitiva depois do Ano-Novo.

Karen suspira. As ocorrências de violência sexual no norte de Dunker atraíram, com razão, enormes recursos humanos e financeiros. Infelizmente, sem grandes resultados. Já as impressões digitais da casa de Fredrik Stuub provavelmente serão analisadas em breve, mas não adianta nada se elas não pertencerem a ninguém que conste nos registros.

— Bom — diz Brodal, batendo as palmas das mãos na mesa como se fosse para enfatizar que a reunião acabou para ele. — Você está por sua conta a partir de agora, Eiken. Portanto, vou arrumar as malas e voltar para casa. Posso pegar uma carona com você, Sören?

16

KAREN OLHA AO SEU REDOR NA SALA DE ESTAR E SENTE O CANSAÇO como uma bofetada no rosto. Gavetas de armários puxadas e reviradas, pilhas de livros e jornais jogados no chão, quadros tortos nas paredes. O chão repleto de coisas que antes deviam estar nas gavetas: recibos, contas pagas, fotografias. A mesma coisa na cozinha e no quarto — tudo foi arrancado, como se um trator tivesse passado pela casa de Fredrik Stuub. *Sören Larsen parece estar certo*, ela pensa. Há algo de exagerado, quase teatral nessa bagunça.

Os peritos deixaram tudo pronto: impressões digitais, fios de cabelo e pegadas de sapatos, está tudo marcado, tanto dentro quanto fora da casa. Antes de cada um seguir seu caminho após a autópsia, Larsen deu a Karen um molho de chaves para a nova fechadura junto com a autorização para entrar.

— Sim, nós fizemos a nossa parte, então agora é a sua vez de ver se encontra alguma coisa relevante. Fique à vontade! — disse ele.

Valeu mesmo, ela pensa, empurrando uma pilha de anúncios com o pé. *Vou ter que chamar alguns assistentes para catalogar toda essa merda. E vou precisar de algum apoio da porra da Polícia Nacional. Thorstein Byle é legal e prestativo, mas não tão cuidadoso quanto imagina. Preciso de alguém que faça um papel contraditório e que tenha a própria opinião.*

Ela sabe que não está sendo justa. Sem o conhecimento local de Thorstein Byle, eles não chegariam a lugar algum, mesmo que toda a Polícia Nacional estivesse participando da investigação. Byle não fez nada além de tentar ajudar, e, além disso, ele abriu a própria casa para ela. Arrependida por pensar essas coisas dele, ela se volta para o colega com um sorriso no rosto.

— Acho que não tem sentido ficarmos aqui enrolando. Vamos começar?

Byle concorda com a cabeça, mas permanece de pé, olhando em volta, indeciso.

— Vamos só dar uma olhada rápida e ver se encontramos algo; depois, fazemos um mapeamento mais detalhado de tudo isso — diz ela. — Larsen teve a sensação de que a cena foi toda preparada. O que você acha?

Byle senta-se em um sofá marrom-escuro, inclina-se para frente e pega uma pilha de papéis ao acaso.

— Talvez — diz ele. — Difícil dizer.

Em silêncio, eles começam a revirar as coisas sem saber exatamente o que procuram: papéis, contas, cartas.

— Eles examinaram o esconderijo? — pergunta Byle, depois de um tempo.

Karen ergue os olhos de uma pilha de contas e encara o colega confusa.

— O esconderijo?

— Sim, o armário secreto, a gaveta secreta ou as duas coisas. Uma casa velha como esta sempre tem um esconderijo em algum lugar, geralmente na cozinha. Vocês não têm esse tipo de coisa em Heimö?

De repente, vêm à tona uma vaga lembrança de sua infância: os primos mostrando a ela algo atrás do gabinete da pia na cozinha de sua tia. Um esconderijo secreto e proibido que Finn lhe mostrara com seriedade conspiratória enquanto Odd e Einar ficavam de guarda à porta. Se ela não tocasse em nada, Finn a deixava vislumbrar o tesouro oculto: um envelope marrom, um maço de cédulas amarrado com uma grossa tira de borracha vermelha, um par de brincos de ouro e alguns anéis.

Jamais lhe havia ocorrido que aquele mesmo tipo de esconderijo pudesse ser encontrado em várias casas.

— Não que eu saiba — diz ela. — Você quer dizer que todos em Noorö têm esconderijos secretos?

Byle começa a rir.

— Nem todo mundo, é claro, mas é bastante comum, embora ninguém mais os use hoje em dia. Afinal, perderam a importância quando a polícia e os fiscais da alfândega descobriram o que as pessoas escondiam dentro deles, mas os mais velhos ainda usam, porque dificultam a vida dos dependentes de drogas quando estão procurando algo para vender.

Ou para um perito criminal da capital, pensa Karen.

Dez minutos mais tarde, Byle já percutiu as paredes, examinou as tábuas do chão, apalpou painéis de madeira, abriu portas de armários, tateou e comparou as medidas internas e externas dos armários, enquanto Karen permaneceu sentada no banco da cozinha, só observando.

Então ele se vira e suspira:

— Receio ter prometido demais. Ou não há nada ou essa merda está muito bem escondida.

É a primeira vez que Karen ouve um palavrão saindo da boca de Thorstein Byle. Ele está de quatro no chão, em frente a um grande armário de carvalho cheio de pratos e copos. Ele já tinha verificado o móvel, mas agora, após tatear uma das largas bases de apoio na lateral, dá um puxão com toda sua força.

— Bingo!

Toda a base, que tem pouco mais de dez centímetros de profundidade, desliza para fora, arrastando consigo algo que parece um misto de aparador de pão e gaveta rasa. Karen se levanta tão rápido que sente um choque percorrendo seu joelho através do músculo da coxa e subindo até a virilha.

— Não toque em nada — diz ela, pousando a mão no ombro de Byle. — Você pode pegar um saco de provas no carro? Um dos grandes.

Depois, ela puxa um par de luvas de plástico do bolso do casaco e levanta cuidadosamente o laptop.

17

ELA CONSIDERA LIGAR PRIMEIRO, AVISAR QUE ESTÁ EM NOORÖ E perguntar se pode dar uma passada, mas acaba desistindo. Se avisasse com antecedência, sua tia inevitavelmente insistiria para que organizassem uma reunião familiar. Ela correria para o telefone e ligaria para todos que tivessem algum laço sanguíneo com Karen: primos, filhos dos primos, meios-primos e provavelmente seus cônjuges e filhos, mas ela não pode mais adiar a visita a Ingeborg e Lars. É apenas uma questão de tempo até que descubram que ela está na ilha, e se ela não for dar um oi, eles nunca a perdoarão.

Sem contar que, querendo ou não, ela está bastante ansiosa para ver seus familiares e a fazenda após todos esses anos. As memórias parecem preservadas em frascos de formol, com recordações que ela pode tirar e observar. Girar e rodar, sem interferir no conteúdo. Em suas memórias, tudo continua do mesmo jeito.

Enquanto Karen dirige e deixa o olhar vaguear pelo pátio, é como encontrar uma velha amiga e descobrir que os anos não foram tão gentis com ela. A única coisa que parece exatamente como se lembra é a casa em si. Uma construção de dois andares sobre pedras cinzentas, rodeada por duas casas independentes de mesma altura e material. Tudo encimado por telhas vermelhas em vez da habitual ardósia preta.

Quando criança, ela achava a fazenda imponente, quase como uma casa senhorial rodeada de construções e com belos telhados vermelhos, e não aqueles telhados pretos sem graça iguais aos de sua casa. Mas não há nada de senhorial na adega com seu telhado coberto de grama, na casa de campo, no galinheiro, no celeiro e no terreno inclinado. E logo atrás vem o monte Skalvet, erguendo-se, ameaçador. Ela nunca gostou dessas montanhas, mesmo quando criança, principalmente quando estava trovejando. Agora, observando-as, ela percebe que ainda se sente presa ao desconforto relacionado a sua poderosa imutabilidade, o arrependimento já começa a bater.

Imediatamente a porta se abre, e antes mesmo de Karen chegar à metade do pátio, um grande pastor alemão vem correndo em sua direção com um latido estrondoso. Sem ter tempo de pensar, ela se agacha.

— Oi, Heisick — diz ela, percebendo imediatamente que confundiu o cão. É claro que não é Heisick, ele teria uns quarenta anos agora.

A voz do andar de cima vem como uma chicotada:

— Quieto!

O imenso cão obedece imediatamente e se deita com os olhos fixos nela, rosnando baixo. Karen se levanta lentamente, com o coração acelerado, enquanto vê de soslaio os dentes do cão à mostra. Ela tem o cuidado de não encarar o pastor alemão, que está pronto para o ataque.

— O que você quer?

A voz do andar de cima soa suspeita e desdenhosa, e extremamente familiar.

Karen, agora de pé, tira os olhos do cão e ergue a cabeça em direção à casa. O homem de pé na entrada está com uma mão na maçaneta da porta e a outra afastando a lâmpada acima da porta. Na janela ao lado, dá para ver o contorno de outra pessoa que parece interessada em descobrir o que está acontecendo no pátio.

Karen hesita. Se ela gritar de volta, corre o risco de o cão querer atacar novamente. A sombra na janela desaparece. No momento seguinte, o homem é empurrado para o lado e uma voz feminina dura grita:

— Chega para lá, Lars, não está vendo quem é? Vem cá, Jacko! Oh, meu Deus, minha cordeirinha? Karen, é você mesmo?

Alguns minutos depois, com Jacko já fora de vista, Karen é abraçada por braços fortes na cozinha.

— Quanto tempo você vai ficar? Você deveria ter ligado antes, eu teria feito alguma coisa gostosa para você. Nossa, como é bom te ver.

Ingeborg segura as duas mãos de Karen com firmeza e a examina com um olhar preocupado. *O que será que ela está vendo?*, pensa Karen, com certo desconforto. Ingeborg normalmente não esconde o que pensa, mas em vez de extravasar e sair fazendo perguntas, ela logo dá um comando:

— Lars, vá até o porão e tire um pouco de *hacks* do freezer; depois chame os meninos e diga a eles para virem até aqui. Karen, tire o casaco e se sente ali no sofá. Eu já trago alguma coisa para você beber.

Lars obedece prontamente, e Karen pressiona os lábios para não rir.

É tudo uma perda de tempo, pensa ela, olhando a cozinha ao redor, enquanto tira o casaco e o entrega para a tia. Mas, para seu alívio, ela vê o que seus olhos estão procurando. Não é uma confirmação de que o tempo ficou parado na grande cozinha, nem lembranças sentimentais de assar bolos ou cozinhar no velho fogão AGA. Em vez disso, ela procura algo que lhe permita sair dali o mais rápido possível, um micro-ondas.

Hacks, um tipo de carne picada, levaria anos para ser descongelado sem micro-ondas, mas Ingeborg ficaria devastada se não pudesse servir uma refeição adequada para a sobrinha.

Karen agradece o copo de suco de cassis e se inclina para trás. Logo no primeiro gole, ela se sente como criança outra vez. Ingeborg puxa uma cadeira e se senta na frente dela.

— Agora me conte, minha cordeirinha. Como você está? Não nos vemos desde... quanto tempo faz, hein?

Karen nem precisa se esforçar, ela se lembra perfeitamente da última vez que esteve aqui. Foi no dia 16 de junho, há pouco mais de onze anos. Sabe inclusive que foi numa quinta-feira. Era de manhã cedo, quando ela e John, com Mathis no banco de trás, pegariam a balsa de Harwich para Ravenby, então decidiram parar em Noorö, em vez de ir direto para a casa de sua mãe em Langevik.

Foi uma decisão espontânea. Ela queria que Mathis vivenciasse um pouco dos verões dela, mesmo que só por um dia. A última vez que estiveram em Noorö, Mathis tinha só alguns aninhos, era muito novo para conservar alguma lembrança da visita. Porém, com oito anos, as memórias seriam mais permanentes. Ela queria deixar marcado ao menos um pedaço de sua própria infância na memória do filho.

Ela queria que Mathis passasse a mão na pelagem macia de um cordeiro, provasse um ovo fresco. Queria tirar os sapatos e meias do menino e deixar que a sola de seus pés esquecesse as ruas ásperas e os pátios da escola de Londres por um dia. E ela queria que ele e John conhecessem sua família, para que pudessem ver por si mesmos que ela não estava mentindo quando contou sobre as mãos da tia Ingeborg — tão ásperas que pareciam escamas de peixe —, e quando falou do tio Lars, que tinha as pernas tão arqueadas que não conseguia impedir a passagem de um porco. Sobre Einar, com o vão enorme entre seus dentes da frente; sobre Odd, tão ruivo que as pessoas na cidade não só duvidavam de quem era seu pai, como se perguntavam se Ingeborg, com seus cabelos pretos, poderia realmente ser sua mãe.

E também havia Finn: seu primo mais velho, com ombros largos iguais a uma porta de celeiro, e olhos tão azuis quanto os dela. Ela lhes mostraria as montanhas, faria com que olhassem para o topo do Skalvet e depois os levaria até a baía. Tentaria mostrar para eles por que ela às vezes sentia que Londres parecia pequena demais.

Karen tem mais lembranças daquele verão do que do resto de sua vida. Lembra-se da visita a Noorö e do sorriso de Mathis ao passar a mãozinha sobre o pelo macio do cordeiro. Lembra-se da alegria de sua mãe quando, um dia depois do previsto, eles entraram na casa de Langevik.

Lembra muito bem da viagem para Creta uma semana depois: Mathis descobrindo que gostava de azeitonas, mas acabou comendo tantas que ela e John ficaram com medo de que pudesse fazer mal. O som das cigarras do lado de fora da varanda aberta; como ela e John fizeram amor sem fazer barulho para não acordar Mathis. E ela se lembra da praia em um dia que os três tanto riram, e que ainda está preservado numa fotografia na cabeceira da cama, em Langevik.

Cada momento registrado em seu íntimo, as últimas lembranças que valeram a pena.

Ela não quer pensar no outono repleto de discussões sobre deveres de casa e videogames, nem nos primeiros dias de neve de dezembro. Não quer pensar na discussão com John naquela manhã, quando ficou brava por ele estar de ressaca após comemorar mais uma vitória num caso importante na Gallagher, Smith & Hornby. Também não quer lembrar de como ele insistiu que não tinha esquecido de levar Mathis ao dentista a caminho do trabalho; e que ele só precisava tomar um gole de café primeiro; e que Karen pelo menos podia calar a boca até que ele estivesse realmente acordado; e onde estava a porra do comprimido para dor de cabeça.

Não quer se lembrar de como respondeu irritada que ele não tinha nenhuma condição de dirigir, ainda mais com o filho no carro. Não quer pensar em como estava furiosa ao volante, com uma justificada sensação de amargor por ser obrigada a dar uma de motorista particular para o marido de ressaca, em vez de aproveitar a manhã em que poderia ter dormido um pouco mais, pela qual ansiava havia dois meses. Não quer pensar em como, na altura da M25 com a Waltham Abbey, ela ignorou a mão de John quando, numa tentativa de reconciliação, ele a colocou sobre seus joelhos. Nem quer pensar em como o mundo parou de existir apenas três segundos depois.

O som do tio Lars subindo as escadas da cozinha, ofegante, a chama de volta ao presente. Karen encontra o olhar confuso da tia, como se estivesse numa longa viagem e só agora tivesse voltado para casa.

— Como você tem passado? — pergunta Ingeborg, colocando a mão, áspera como escamas de peixe, sobre o ombro dela.

18

UM A UM, TODOS COMEÇAM A CHEGAR, COMO ERA DE SE ESPERAR. Meia hora depois, a cozinha está lotada de gente querendo abraçá-la ou apertar sua mão, dependendo se já se conhecem ou não.

Primeiro vem Finn, que mora na fazenda, na casa de colono ao lado, e acaba de chegar de viagem após ter passado o Natal com seus sogros em Lysvik. Ele vem caminhando a passos largos até o sofá da cozinha e estende seus braços. Karen se levanta e desaparece no abraço de urso que ele lhe dá.

Ele ainda está com uma cara boa, observa ela. Mais velho, mas ainda tão atraente quanto ela se lembrava, apesar do cabelo grisalho nas têmporas e do fato de parecer que está encolhendo um pouco a barriga ao afastá-la com as mãos em seus ombros, balançando lentamente a cabeça.

— Meu Deus, passarinho. Era para você ter uns dez anos, não ser essa mulher tão velha — ele ri.

— Para, Finn... — diz uma mulher loira de pé atrás dele.

— Esta é Jannike, minha esposa — diz Finn. — E, sim, vocês já se conheciam. E este é a Raspa do Tacho. Ou nosso imprevisto, como mamãe o chama. Ele veio quando pensávamos que finalmente não tinha mais risco.

Ele puxa para a frente um menino emburrado que parece ter cerca de treze anos. Karen se esforça, um pouco tensa, mas logo consegue recordar o nome do rapaz, dando um suspiro de alívio:

— Jesper, não é? E seus dois mais velhos, Daniel e Andreas? Minha nossa... eles devem ter uns trinta anos agora. Eles também estão aqui?

— Têm 31 e 33. Não, eles estão embarcados durante todo o Natal. Assim como Einar. Ele não podia recusar a grana, mas ficou uma fera quando soube que você estava aqui. E olha que ele já estava chateado por ter perdido o Natal quando o chamaram...

Trabalhar "embarcado", ou seja, ir para a plataforma de perfuração de petróleo da NoorOyl, a noroeste de Gudheim. A salvação para as famílias que tiveram a sorte de obter uma renda a partir de outra fonte de energia, depois do fechamento das minas.

— Parece dureza — diz ela.

— Já não se tem muita escolha por aqui — diz Finn. — É trabalhar embarcado, na Groth ou ficar passando o chapéu na rua e mendigando benefícios sociais, como uma certa pessoa é obrigada a fazer.

— Ainda com dores na coluna?

Finn acena com a cabeça.

— Sim, é um inferno. Eu não posso fazer nada aqui na fazenda, e o pai também não aguenta mais. Você viu como estão as coisas por aqui.

— E quanto ao Odd? Como ele anda se virando?

— Pergunte a ele — diz Finn, apontando com a cabeça para alguém atrás dela.

Assim que ela se vira, é espremida por outro abraço.

— Caramba, hoje vai chover canivete! — Odd grita para o irmão por cima da cabeça dela. — Já estava achando que era um novo truque que a mamãe tinha inventado para nos fazer vir até aqui.

Após alguns longos segundos, ele afrouxa um pouco os braços e ela consegue endireitar o pescoço para vê-lo. O fogo foi extinto; só restam poucas mechas vermelhas nos cabelos grisalhos de Odd, tão esticados para trás que realçam sua testa alta e enrugada.

— Porra, menina, como é bom ver você!

— É bom ver você também, *Odd one* — diz ela.

Sem tirar os olhos de Karen, ele esbraveja para o lado:

— Gunnela! Ô, cacete, venha dar um oi!

Com dificuldade, a esposa de Odd vem abrindo caminho até a porta, então anda lentamente e estende a mão:

— Oi, Karen, quanto tempo!

Seus cabelos loiros quebradiços estão presos num coque no topo da cabeça, e ela está usando leggings de oncinha. Seu sorriso é meio sem graça, e o aperto de mão, frouxo. Karen observa que, por alguma razão, ela tatuou os nomes dos filhos, do neto e do marido no profundo decote.

— Oi, Gunnela, faz muito tempo mesmo.

O silêncio paira no ar, tornando cada vez mais difícil encontrar algo para dizer.

Karen espreme os olhos para ler as letras ornamentais em voz alta.

— "Odd", "Tina", "Kevin", "Liam". Boa sacada a sua! Também sou péssima para guardar nomes.

Imediatamente ela se arrepende da piada, mas Gunnela não parece ter compreendido o sarcasmo.

— Acabei de me tornar avó, então em breve farei mais um nome — diz ela, orgulhosa. — Tina acabou de ter uma filha: Jasmine.

Como não?, pensa Karen, desviando o olhar do peito de Gunnela.

No instante seguinte, ela fica estarrecida.

Mantendo os olhos fixos nas costas de Odd enquanto ele sai andando em direção à geladeira, Karen prague ja consigo mesma. Por mais que não quisesse, ela reconhece a marca de imediato: não era a primeira vez que ela via seu primo em onze anos. Já o tinha visto na manhã anterior, quando ele embarcou em Thorsvik na mesma balsa que ela.

Com um crescente desconforto, ela não consegue tirar os olhos da trança longa, fina e grisalha nas costas de Odd.

Quando Karen vira para pegar a estrada principal já são 21h20. Seu estômago está borbulhando por causa da mistura de suco de cassis, café, meia caneca de cerveja e *hacks*, que, diga-se de passagem, descongelou após uma hora no micro-ondas e depois foi preparado na frigideira. A mistura de fígado de cordeiro, cevada, cebola e cravo foi sem dúvida uma acolhida muito bem-vinda, mas não é à toa que uma porção de *hacks* de cordeiro seja geralmente seguida por um bom aperitivo para ajudar na digestão. Ela teve de recusar esse tipo de auxílio, apesar de ter sido pressionada. O limite que ela se impõe para o consumo de álcool é menor do que o estabelecido por lei. Porém infinitamente menor do que seus parentes parecem considerar aceitável.

— Caramba, Karen, hoje você não tem que dar uma de policial. Sem um aperitivo, você vai ficar conversando com essa comida a noite toda. Não se preocupe, você não vai sofrer nenhum acidente...

Ingeborg veio logo socorrê-la:

— Feche essa matraca, Odd.

Na mesma hora, ele parou de falar. Karen ficou sem saber direito se ele percebeu que estava forçando muito a barra, ou se o poder de Ingeborg sobre a família ainda era tão grande que uma única palavra já bastava para botar ordem na casa. Nesse caso, ela também devia saber que o filho mais novo é membro de uma gangue de motociclistas criminosos.

Karen não quis abordar o assunto diretamente com Odd. Talvez fosse necessário em outro momento, mas ainda não era hora. Em vez disso, ela perguntou a Finn quando os dois saíram para fumar no pátio:

— Há quanto tempo Odd está na OP?

Sem pestanejar, ele respondeu prontamente:

— Desde que eles se mudaram para Tyrfallet, eu acho. Você não sabia?

Os olhos dela piscaram sem acreditar no que ouvia.

— Claro que não, como eu saberia? Conheço alguns dos nomes, pelo menos dos líderes, mas eles não têm um site para divulgar as listas de membros. Além disso, eu nunca trabalhei em nenhuma investigação relacionada à OP — acrescentou ela.

— Por que você veio, afinal?

Havia um tom na voz de Finn que ela não reconhecia. E, pela primeira vez, desde que chegou, ela sentiu um arrepio na espinha.

— Eu disse, vim conduzir a investigação sobre a morte de Fredrik Stuub.

— Só isso?

— Sim, só isso. Se é que dá para usar a palavra "só", já que se trata da investigação de um homicídio.

— De toda forma, não sei o que a OP ganharia matando o velho Stuub, se é isso que está pensando.

— Eu também não disse isso, só perguntei há quanto tempo o Odd era membro da OP.

— Se você veio para fazer perguntas como policial, então acho melhor você falar diretamente com Odd.

— Eu perguntei como sua prima.

— Não, Karen, você sabe que não.

Quando ela entrou no carro, um pouco mais tarde, depois de muita resistência e prometendo que voltaria em breve, todos saíram para o pátio para se despedir. E, enquanto Finn acenava com uma das mãos, passou o outro braço em volta do ombro de Odd.

19

O CELULAR COMEÇA A VIBRAR E ELA ACORDA ASSUSTADA. ASSIM QUE olha para a tela, duas coisas chamam sua atenção: são 5h22 e é seu chefe quem está ligando. Karen percebe que nenhuma das duas é mera coincidência. Por um segundo, cogita não atender. No entanto, ela se senta com dificuldade, limpa a garganta com um pigarro e fala com a voz mais clara que pode:

— Alô, Jounas.

— Você estava dormindo?

— Não, imagine! Se estivesse, você não teria ligado, não é mesmo?

O sarcasmo não vale de nada. A irritação de Jounas Smeed fica evidente quando ela o ouve respirando fundo pelas narinas.

— Por que você ainda não entrou em contato? — pergunta ele, com rispidez. — Não combinamos que você me manteria informado?

Karen esfrega os olhos e desvia o olhar para a bandeja na mesa de cabeceira. Com um suspiro resignado, ela se levanta da cama, pega a chaleira e vai até o banheiro.

— Sim. Inclusive eu ia ligar ainda hoje para você, só que um pouco mais tarde.

Com o aparelho preso entre a orelha e o ombro, ela liga a torneira e enche a chaleira.

— Que diabos você está fazendo? Xixi?

— Pensei em fazer uma xícara de chá, se não se importar. E você está certo, eu estava dormindo. Talvez já tenha passado da hora do almoço onde você está, mas aqui são cinco e vinte da manhã.

O que você com certeza sabe, pensa ela.

— Então culpe a si mesma. Pois se tivesse me ligado, como nós...

— Tá bom — ela interrompe. — Ainda não tenho muita coisa, então ia esperar até hoje à noite, mas posso resumir o pouco que sei, se você quiser.

— Manda...

Ela liga a chaleira e se senta na beirada da cama. Em seguida, pega o bloco de notas na mesa de cabeceira e começa:

— Não sei quanto você já sabe, então vou recapitular os fatos: Fredrik Stuub, 72 anos. Encontrado morto numa antiga pedreira inundada em Karby, logo ao norte de Skreby. Tanto no local onde foi encontrado quanto no cadáver, há sinais claros de que Stuub foi arrastado pelo chão e depois jogado pela beirada da encosta. Antes disso, segundo Brodal, ele havia recebido um forte golpe no queixo, ou melhor, um belo de um soco na cara, depois parece ter levado um chute na cabeça antes de ser arrastado por cerca de dezoito metros. Ele foi então empurrado pela tal encosta, quando teve seu crânio esmagado contra uma rocha protuberante da mina e aterrissou num platô. Foi lá que sua irmã, Gertrud Stuub, o encontrou.

— Prossiga — diz Jounas Smeed, com a voz firme.

Então é assim que você vai querer me tratar, pensa ela. Até há alguns meses, ele a tratava de um jeito diferente. Irônico, e até provocativo, mas, pelo menos, era humano. Às vezes humano até demais, especialmente depois de uma noite em que, após uma bebedeira, os dois dormiram juntos num motel. Um grande erro, tanto na forma quanto no conteúdo, como ela fez questão de deixar bem claro, mas depois que ele, o diretor da polícia e o promotor cometeram um erro durante uma operação que por pouco não tirou a vida de Karen, Jounas Smeed também passou a demonstrar seu outro lado. O sarcasmo e as tiradinhas foram diminuindo, e os sinais de arrependimento e conciliação ficaram mais claros quando ele a visitou no hospital. Então as reflexões de Karen sobre pedir uma transferência, ou simplesmente demitir-se, resultaram, no fim das contas, na decisão de que ela retornasse ao serviço, uma vez terminada a licença médica.

Naturalmente, durante a longa reabilitação, ela se perguntou como eles iam conseguir trabalhar juntos outra vez; mas, até o momento, não encontrou uma resposta. Muitas noites ela se perguntou como Smeed pretende exercer sua liderança sobre alguém com quem dormiu e por quem se sente culpado. E, além de tudo, uma pessoa por quem sua filha, sem motivo aparente, tem mais afeição do que por ele próprio.

Eis a resposta, pensa Karen. *Você vai ficar na minha cola. Controlando tudo o que eu faço. Demonstrar seu poder exigindo uma justificativa para cada passo meu, sem esperar que eu decida por mim mesma se há algo a ser relatado. Essa é a sua vingancinha. Já que é assim, você vai ter exatamente o que está querendo.*

Ela folheia as anotações e retoma o relatório com um tom excessivamente formal:

— Tanto Thorstein Byle quanto o resgate chegaram rapidamente ao local. Byle mora em Skreby, por isso o policial de plantão o notificou na mesma hora. O legista, Sven Andersén, chegou pouco depois das dez da manhã, quando Stuub fora a óbito há cerca de duas horas, de acordo com sua avaliação preliminar. Isto significa que o assassinato fora cometido em algum momento entre...

— 7h30 e 9h30 — interrompe Smeed.

Pelo menos você pensa rápido, reflete ela, levantando-se para despejar a água fervente sobre um saquinho de chá. Dois bolos de aveia embrulhados estão num pequeno prato à sua frente, então ela rasga o pacote com os dentes.

— Disso tudo, eu já sei — continua Smeed. — Eu falei com Larsen ontem à noite, que, de um modo geral, me relatou o mesmo que você.

Seu desgraçado. Você me deixa aqui sentada, às 5h30 da manhã, narrando fatos que você já conhece. Em voz alta, ela diz:

— Só de um modo geral, chefe?

— Sim, ele também disse que alguém havia vasculhado a propriedade de Stuub. Ao que parece, os técnicos encontraram um laptop. Mas, ao que parece também, você não considera esse pequeno detalhe tão importante...

O nível de açúcar no sangue, já baixo pela manhã, cai um pouco mais. Por um momento, ela cogita dizer que não foi Sören Larsen quem encontrou o computador de Fredrik Stuub, mas decide não o fazer. Longe dela querer dar a Smeed a satisfação de descartar sua discordância como mesquinhez. Além disso, não foi exatamente ela quem o encontrou.

Ela dá uma mordida no bolo de aveia o mais silenciosamente possível.

— E você teria conseguido essa informação de mim também, se não tivesse me interrompido — diz ela, com um ar calmo. — Enviamos o computador para os peritos, falei com o promotor responsável, que pediu que o histórico de ligações de Fredrik Stuub fosse entregue. Mas, como você sabe, entre o Natal e o Ano-Novo, é difícil entrar em contato com o pessoal, muitos resolveram tirar uns dias de descanso...

A outra ponta da ligação fica em silêncio. *Um a zero para mim*, pensa Karen, e continua:

— A grande questão é se era mesmo o computador de Stuub ou algo completamente diferente que o assassino estava procurando. Assim que tivermos uma resposta, ou pelo menos uma teoria...

— E o que você descobriu de relevante quanto ao possível motivo ou sobre o criminoso? — interrompe Smeed, como se não estivesse escutando. — Agora está comendo também? — ele acrescenta, contrariado.

Karen controla a vontade de arremessar o telefone contra a parede. Em vez disso, apoia o bolo e decide retribuir na mesma moeda. Ela respira fundo e continua em voz monótona:

— Thorstein Byle e eu conversamos com Gertrud Stuub. A conversa aconteceu ontem entre 13h45 e 14h25. Além de nós, estava presente o padre Erling Arve.

Com riqueza de detalhes, ela reproduz toda a conversa de modo a enervá-lo, e depois continua a explicar o que mais tem feito:

— Ademais, a autópsia foi realizada ontem. Já expliquei as conclusões, e o relatório final será, como sempre, entregue diretamente ao senhor pelo legista Kneought Brodal. Hoje, vou analisar o caso com nossos colegas locais, e depois Thorstein Byle e eu vamos nos encontrar com o neto de Stuub, Gabriel, de mesmo sobrenome. Como herdeiro do falecido, ele é um forte suspeito; e mesmo que se descubra que ele não tem nada a ver com o assassinato, sabemos que ele se encontrou com o avô na véspera de Natal. Dependendo do resultado dessa conversa, pretendo definir como abordar o resto da investigação.

Karen faz uma pausa e fita longamente a xícara de chá, mas Jounas Smeed não fala nada, então ela continua no mesmo tom formal:

— Enquanto isso, naturalmente, aguardamos a resposta da perícia, que pode demorar um pouco mais do que o normal. Sören Larsen salientou que, provavelmente, só teremos alguma resposta depois do Ano-Novo, mas o chefe, com certeza, já deve ter ouvido isso do próprio Larsen.

— Não me venha com essa coisa ridícula de "chefe" para cima de mim, Eiken. Imagino que não tenha nenhum problema em me manter informado.

— Claro que não. Vou resumir cada detalhe da investigação em um relatório diário. Você o receberá em sua caixa de entrada todas as noites até, no máximo, as 20h em ponto. Deseja mais alguma coisa?

Quando o chefe desliga, ela se dá conta de que, pelo visto, era só isso.

Por que diabos eu fui dormir com esse idiota?, pensa ela.

20

TRÊS OLHARES DESCONFIADOS VIRAM-SE SUBITAMENTE QUANDO A ouvem pigarrear e respirar fundo. Thorstein Byle, da melhor forma que pôde, apresentou-a a seus subordinados, enfatizando a importância da cooperação e do trabalho em equipe que serão necessários.

Passam alguns minutos depois das 8h e eles estão reunidos na delegacia de polícia em Lysvik para sua primeira reunião conjunta. A julgar pelos olhares que a saúdam, não é uma "cooperação próxima e confiante" que os colegas locais veem diante deles.

— Bem, Thorstein já relatou o que precisam saber agora — diz Karen. — Eu sei que alguns de vocês estão pensando que a Polícia Nacional virá correndo e assumirá a investigação, mas também acho que todos estão cientes de que essas são as regras do jogo quando se trata de crimes graves.

Karen faz uma pausa e mira todos em torno da mesa.

— A autópsia foi realizada ontem em Ravenby e, segundo o legista, é muito provável que seja um assassinato — prossegue ela.

— "Muito provável"? Então ainda não se sabe ao certo, mesmo com a ajuda da capital?

A voz vem de um homem de cerca de 35 anos, sentado na outra ponta da longa mesa na sala de reuniões. Ele cruza os braços musculosos e se inclina para trás, esticando as pernas à frente. Alguém ri, mas transforma o som em uma tosse após o olhar fulminante de Byle. Karen suspira e procura o nome em sua memória por alguns segundos antes de encará-lo. Byle disse que era o detetive Robert Röse.

— Não, e como você já deve estar ciente, raramente é tudo preto no branco, mas há indícios suficientes para considerarmos a morte de Fredrik Stuub como uma suspeita de assassinato, portanto devemos aprofundar nossa investigação.

Karen repassa as conclusões de Kneought Brodal sobre as lesões no rosto da vítima, os arranhões em seus pés e os hematomas sob as axilas. Ela pede para passar uma pilha de fotografias ao redor da mesa, algumas da cena do crime e outras da mesa de autópsia.

— A investigação forense também reforça a teoria de que Stuub foi morto — diz ela. — Provavelmente só teremos os resultados do laboratório após o final do ano, mas a perícia pôde verificar marcas de arrasto no local do crime que correspondem às lesões no corpo de Stuub. Formalmente, o caso é classificado como suspeita de homicídio, mas quase não há dúvidas de que estamos lidando com um assassinato, ou no mínimo um homicídio culposo.

— Havia alguma marca de sapato ou pneu?

Desta vez a pergunta vem de um homem que poderia muito bem ser o irmão mais novo de Röse. O mesmo cabelo raspado e bíceps superdimensionados. A voz, no entanto, não tem nenhum traço do tom arrogante de seu colega. Mais uma vez, Karen tenta lembrar do momento que Byle disse. *Era Andersson? Röse é o idiota, Andersson parece ser de boa, e qual era mesmo o nome da moça calada com o rabo de cavalo? Ella qualquer coisa, Svanberg; não, Svanemark. Bom, ela certamente parece atenta*, Karen reflete, enquanto lança um olhar para os rabiscos no bloco de anotações.

— De acordo com Larsen, não devemos ter esperanças em relação a qualquer prova pericial — continua ela, voltando-se para Andersson. — Além de muitas pegadas do cão de Fredrik Stuub, que pulava de um lado para o outro, encontraram algumas pegadas de sapatos que parecem ser de Gertrud Stuub, e outras, que precisam ser analisadas. Assim que obtivermos informações sobre tamanho e modelo, podemos começar a procurar por correspondências. Espero que a resposta não demore a chegar. Quanto às marcas de pneus, infelizmente há muitas delas na rotatória, por ser um lixão a céu aberto; portanto não compensa perder tempo com isso. E, além de todas as impressões digitais, há, é claro, pegadas e marcas de pneus daqueles que chegaram primeiro ao local, isto é, a equipe de resgate e o médico...

— ... e do meu carro — acrescenta Byle. — Estacionei junto ao depósito de lixo. Portanto, algumas das pegadas dos sapatos provavelmente também são minhas. Lamento, mas não pensei onde estava pisando...

Ele se interrompe com uma voz resignada. As cadeiras rangem, as pessoas desviam os olhares para as xícaras de café e para os copos com água. É evidente que o reconhecimento do chefe pelo equívoco cometido deixa todos bastante desconfortáveis.

— Mas graças ao bom trabalho de Thorstein em isolar e monitorar rapidamente a cena do crime, o local foi mantido o mais intacto possível, apesar das circunstâncias — enfatiza Karen, notando um leve sorriso no rosto de Byle. — Além disso — ela prossegue —, a casa de Fredrik Stuub foi isolada rapidamente, enquanto não chegavam os reforços e a perícia. Isso foi de extrema importância, pois conseguimos constatar que a casa foi revistada, ao que tudo indica, pelo próprio criminoso. Se isso foi antes ou depois do crime, ainda não sabemos. Também não sabemos o que estava sendo procurado ou se alguma coisa desapareceu: estamos aguardando respostas da perícia quanto a possíveis vestígios. No entanto, vale dizer que Thorstein e eu estivemos na casa ontem e que o laptop de Fredrik Stuub ainda estava lá. Ele está a caminho de Dunker neste exato momento.

— Então é certo que o assassino não foi lá depois disso — diz Ella Svanemark. — Mas por que os peritos não levaram o aparelho logo de cara?

Karen pensa bem antes de falar qualquer coisa:

— Estava escondido numa gaveta secreta na cozinha. Foi Thorstein quem a encontrou.

Há algumas risadas dispersas na sala e Karen ouve Röse dizer algo sobre "esses sulistas".

Ela olha para seu relógio.

— Bem, como podem ver, temos muito trabalho a fazer. A tarefa de vocês, a princípio, será bater de porta em porta a fim de verificar informações desencontradas e possíveis álibis. Vocês receberão mais instruções de Thorstein e continuarão a se reportar a ele. O conhecimento, a experiência e os contatos de vocês nessa região serão de suma importância para esta investigação. Só será possível solucionar este caso se houver um esforço conjunto.

Alguma coisa muda naquela pequena sala. Röse ainda parece mais cético do que interessado, mas os outros parecem ter esquecido, pelo menos temporariamente, que a mulher diante deles, apesar de sulista, é também uma expatriada da odiada sede de Dunker. Contudo, esse curto momento de glória se esvai assim que Röse abre a boca novamente:

— E quanto a você? — ele diz com uma voz arrastada. — O que você vai fazer?

Karen se inclina para a frente e fixa seu olhar nos olhos dele. Vira o rosto ligeiramente, de modo que o azul penetrante com a borda amarela ao redor da íris se destaque graças à luz que vem da janela. Ela utiliza o olhar que calou homens mais fortes do que Robert Röse.

— Eu decido que medidas serão implementadas — diz ela. — Eu lidero e delego as tarefas. Em outras palavras, eu estou no comando. E você pode começar me chamando de inspetora-detetive Eiken Hornby. "Chefe" também serve.

21

— MAS AS TERRAS DELES NÃO ACABAM NUNCA? — PERGUNTA KAREN, olhando pela janela do passageiro.

A propriedade de Gabriel Stuub fica do mesmo lado do rio Skreby que a casa de seu avô materno, mas no lado oposto da estrada principal.

A pergunta de Karen é retórica; Byle já lhe disse que as propriedades da família Huss e seus descendentes, em sua maioria, se estende desde Skreby até a fronteira com a região de Gudheim.

Em vez de responder, Byle acena para uma casa à direita.

— A propósito, aí está o cafofo do Gabriel. Não é exatamente o que você estava esperando, é?

A casa logo à frente é feita de madeira amarela e parece ter sido construída, no máximo, há dez anos, em nítido contraste com seus arredores.

— Por que isso, meu Deus...

— Não me pergunte — diz Byle, tirando as chaves da ignição. — Havia aqui uma bela casa de pedra, que eles demoliram para abrir espaço para essa coisa horrorosa.

Eles abrem o portão e seguem pelo caminho de cascalho em direção à casa. Tudo parece limpo e bem conservado, mas nada combina com nada.

Demorou quase quatro minutos e mais uns vários toques na campainha até Gabriel Stuub abrir a porta, e só mais três segundos para Karen perceber que o homem à sua frente não só acabara de acordar, como está numa baita ressaca. O cabelo loiro-avermelhado está, de um lado, todo achatado no rosto e, do outro, todo ouriçado; os olhos estão inchados e semicerrados por conta da luz. Um fedor azedo do álcool da noite anterior emana de sua boca quando ele, sem êxito, tenta abafar um bocejo. O rapaz está sem camisa e é um testemunho de muitas horas de treinamento de força. Ele tenta abotoar as calças com pressa com uma das mãos, enquanto agarra o celular com a outra.

— Bom dia — diz Karen, com um amplo sorriso. — Somos da polícia. Podemos entrar?

Gabriel Stuub vira-se sem responder e sai andando à frente deles para dentro de casa. Karen e Byle sentam-se cada um num canto de um sofá de couro preto.

Gabriel está prestes a se sentar em uma cadeira giratória, quando interrompe o movimento e desaparece a passos largos em direção à entrada. Byle faz menção de segui-lo, mas Karen o detém com um gesto de cabeça.

Os dois ouvem pacientemente os sons de vômito vindos do banheiro. Após alguns minutos, eles ouvem a descarga, a porta sendo aberta, passos pesados em direção à cozinha, o som da porta da geladeira e da efervescência de uma latinha; segundos depois, Gabriel Stuub aparece na frente deles no vão da porta, agora com o cabelo úmido e penteado para trás e segurando um energético.

— Podemos começar? — pergunta Karen, sorrindo.

Gabriel senta-se lentamente na poltrona e coloca os pés sobre o apoio. Ele se inclina para trás e toma um gole da lata.

— Pode falar — responde ele. — O que vocês querem?

— Estamos aqui, como você bem sabe, por causa da morte do seu avô. Deixe-me começar oferecendo meus pêsames por sua perda.

Gabriel acena sem responder.

— Antes de tudo, precisamos de algumas informações a seu respeito.

Ela faz as perguntas iniciais em ritmo acelerado, e Gabriel responde com uma expressão de apatia e cansaço. Trinta e cinco anos, dois filhos, Loke e Lava, seis e quatro, separado da esposa Katja há alguns meses. Ela se mudou para a casa dos pais em Thorsvik, perto de Heimö. Não, ela não é de Noorö originalmente. Por que ela se mudou e não ele? Porque é tudo dele, claro. Ele herdou o terreno da mãe e construiu a casa sozinho. Katja não contribuiu com nem um tostão. Ele fica com os filhos fim de semana sim, fim de semana não, nem mais, nem menos. Sim, ele foi informado da morte do avô, tanto pela polícia de Noorö quanto pelo padre, no mesmo dia. Sim, até onde sabe, ele é o parente mais próximo de Fredrik; não, ele não sabe se Fredrik deixou algo de valor, pois não eram muito próximos. Por quê? Bem, parece que Fredrik não achava que ele fosse o neto ideal.

— No entanto, vocês se encontraram um dia antes da morte? — instiga Karen, mantendo o olhar fixo com as sobrancelhas levantadas.

Gabriel hesita.

— Sim, mas era véspera de Natal — diz ele, por fim, batendo as mãos, como se tivesse que pensar.

— Então você tinha um contato esporádico com Fredrik e a irmã, Gertrud, a ponto de se encontrarem de vez em quando?

— Bem, não era sempre, tipo... não todos os dias, quero dizer... mas claro que nos víamos de vez em quando. Principalmente nos feriados. Somos uma família, porra... e moramos a poucos quilômetros uns dos outros.

— Então você foi a casa da Gertrud na véspera de Natal. Isso você confirma?

— Ela me ligou na parte da manhã, e as crianças estavam aqui, então... sim, eu fui até lá. Achei que eles também deveriam conhecer minha parte da família, não apenas a da Katja. Eu iria a Thorsvik e, depois, deixaria os meninos na casa da mãe no dia seguinte.

— Você fez isso? Deixou as crianças na casa da Katja?

Gabriel Stuub toma um longo gole do energético e limpa a boca com a palma da mão.

— Isso aí — responde ele.

— E a que horas você saiu de casa?

— Aí eu já não sei. Por volta das oito, talvez oito e quinze. Só sei que deu tempo de pegar a balsa das nove horas. De toda forma, minha vida virou um inferno.

— O que você quer dizer com isso?

— Com a Katja. Ou melhor, com os pais dela. Eu havia prometido deixar as crianças até as nove, e cheguei quase meia hora atrasado.

— Havia muitos conflitos entre vocês? Para que eles ficassem tão chateados, digo...

— Como assim? Isso não tem nada a ver com o assunto.

— Em que você está trabalhando?

A tática funciona. Por um momento, Gabriel Stuub parece confuso com a súbita mudança de assunto. Fica olhando entre Karen e Byle, como se estivesse decidindo em quem se fixar.

— Na Groth — ele responde com calma. — Com envasamento e entregas.

— E quem é seu chefe imediato?

Gabriel parece pensar por um instante:

— Jens, eu acho. Acho que ele é algum tipo de gerente de vendas, mas nós nos viramos por conta própria.

— Sobrenome?

— Groth, é claro. Jens Groth, filho do Björn, que é dono de toda aquela merda.

Karen anota em seu bloquinho.

— A que horas você saiu do seu avô?

Desta vez, a mudança no foco das perguntas parece ter um efeito muito físico. As maçãs do rosto de Gabriel ganham uma cor esverdeada, e ele se agarra firmemente nos apoios de braço, como se estivesse tentando se segurar. Por um momento, Karen teme que ele vá vomitar outra vez. Então ele passa a mão na testa e nos olhos, e abana a cabeça devagar.

— Não estou entendendo o que quer dizer. Quando você diz?

— À tarde, na véspera de Natal. Você levou seu avô para casa, se eu entendi bem. Ou você esteve lá várias vezes depois disso?

Com algum alívio, Karen vê o rosto de Gabriel voltando à sua cor normal. Gabriel a mira no fundo dos olhos.

— Não, eu não estive. Eu o deixei na entrada e fui direto para casa com as crianças. Não tenho ideia de que horas eram, mas eu chutaria por volta das 15h30. E não, eu não o vejo desde então.

— E não voltou mais à casa dele? Procurando por algo, talvez?

— Procurando? Que diabos eu ia querer na casa dele?

— Um computador talvez?

Gabriel solta uma gargalhada. *Um pouco forçada*, pensa Karen.

— Tem certeza de que ele tinha um negócio desses? Ele ainda tinha um daqueles televisores antigos e um rádio transistorizado.

— Eu sei, mas seu avô lecionou na universidade. E parece que ele também fez um grande trabalho de pesquisa. Está sugerindo que ele fez seu trabalho só usando caneta e papel?

— Claro que ele devia ter um computador no trabalho. E provavelmente outro a ponto de ir para um museu em casa.

— Você tem alguma ideia de onde possa estar?

— Pode ter certeza de que não roubei nenhum computador. O velho deve ter escondido em algum lugar. Sinceramente, acho que ele ficou um pouco senil após a morte da minha mãe.

— Como isso se manifestava? A senilidade do seu avô, quero dizer.
Gabriel demonstra irritação quando se dá conta de seu breve comentário.
— Eu não sei. Acho que era apenas porque ele parecia totalmente focado nesta ilha de merda e num monte de porcaria histórica. Ele falava sem parar sobre como costumava ser e como hoje em dia as pessoas só estão interessadas em ganhar dinheiro e não se importam com mais nada. Ele só estava um pouco gagá, simples assim.

Para mim, ele estava mais lúcido do que gagá, pensa Karen.

— Ele dirigia sua raiva a alguém em particular? — ela o indaga.
— Não sei, eu fingia que não ouvia quando ele começava com isso. Óbvio que ele não era um burro qualquer — Gabriel acrescenta de repente. — Apenas velho. Agora ficou claro o bastante para você?

Karen percebe o tom de voz, percebe o olhar dele, e sente sua coragem desvanecer-se. Será que esse cara, que no papel é forte candidato para ser o assassino, poderia realmente ter matado o avô? Pode até ser, mas se for assim, ele tirou a vida de alguém com quem se preocupa mais do que está disposto a admitir.

Ela decide mudar o foco:
— Sua mãe faleceu cedo, segundo me disseram.
Gabriel desvia o olhar com uma risada amarga.
— Sim, câncer de fígado devido à hepatite C, mas agulhas contaminadas não são consideradas uma das causas da morte. Isso meio que põe a culpa na própria pessoa.
— Então sua mãe era viciada?
Um encolher de ombros confirma sua pergunta e aumenta a distância entre eles.
— Heroína, reabilitações, recaídas e toda essa merda. Ela estava limpa nos últimos anos de vida, mas já era tarde demais.

Ele parece fixar o olhar em algum lugar no meio do tapete. Karen o observa em silêncio e sente uma pontada de piedade. Atrás dos músculos e da arrogância, ela vê o filho de uma mãe viciada em drogas; o neto que foi uma decepção para o avô. O motivo poderia estar aí? Um assassinato resultante de um súbito ato de coragem, desencadeado pelo desdém do avô?

— E seu pai...?
— Sim, o que tem ele?
— Eu estava me perguntando, quem é ele?
— Você já ouviu os boatos e ficou se perguntando se é mesmo Allan Jonshed?

Karen apenas espera que ele continue, e percebe, com o canto do olho, como Byle fica constrangido.

— Realmente seria o melhor dos mundos — diz Gabriel, insinuando um sorriso sem graça —, se a vítima tivesse uma conexão com o presidente da OP, mas você não tem tanta sorte assim, sinto muito.

Aparentemente, não, pensa Karen.

— Então, quem é? Quem é seu pai — diz ela.

— Segundo minha mãe, ou era um baterista de Newcastle ou um cara que ela conheceu na balsa. Ou seja, não tenho ideia. E também não dou a mínima.

Karen lança um rápido olhar para Byle com as sobrancelhas levantadas, que significa "você gostaria de fazer alguma pergunta?". Como esperado, ele nega com a cabeça, e Karen suspira em silêncio. Thorstein Byle é amigável e prestativo, mas ela não pode contar com ele quando a coisa fica séria. *Em breve, precisarei de reforços da Polícia Nacional. Karl Björken, Cornelis Loots, Astrid Nielsen ou quem quer que seja, até o maldito do Johannisen já ajudaria. Pensando bem, acho que o Johannisen não é uma opção.*

— Certo — conclui ela. — Uma última pergunta: você consegue pensar em alguém que pudesse querer o mal do seu avô? Alguém que lucraria com a morte dele?

— Além de mim? Não, ninguém.

Era o que eu imaginava, pensa Karen. *Ele não deveria ter achado que foi um acidente?*

E como se ele pudesse ler a mente dela, Gabriel acrescenta:

— Mas o que você quis dizer com isso? Eu pensei que ele tivesse caído.

— Temos de ir à destilaria amanhã — diz Karen, quando voltam para o carro, vinte minutos depois.

— Você está pensando em William Tryste?

— Sim, eles são parentes, de certa forma, e ele também esteve com Fredrik na véspera do Natal. De acordo com Gertrud, William e a esposa, Helena, apareceram com uma flor. E também gostaria de falar com alguém que trabalhe com Gabriel. Alguma coisa não está batendo na história desse cara.

22

UM CLIMA DE FIM DE TARDE PAIRA NO LANTERN PUB QUANDO KAREN se senta numa das mesas vazias perto da janela. Ela olha para o salão lotado, onde cerca de quarenta homens de várias idades queriam apenas um momento de paz. Algumas mulheres também encontraram seu refúgio no Lantern esta noite, duas, para ser exato, incluindo a própria Karen. *Provavelmente, solteironas*, ela pensa e observa a mulher de meia-idade lendo um livro no canto, acompanhada de meia garrafa de vinho tinto.

Por um momento, Karen se lembra das celebrações de Natal na Inglaterra com a família Hornby. Em seguida, com um misto de gratidão e irritação, os pensamentos inconvenientes de Karen são interrompidos pelo toque do telefone. Ela olha para o relógio: 19h10. Ela prometeu enviar as atualizações diárias para Smeed até as 20h. *Ou será que ela disse às 19h? Se ele ligar e pedir agora, eu não vou conseguir ser educada*, ela pensa, enquanto tira o telefone do casaco. Sente-se aliviada ao ver que não é o nome de Jounas Smeed na tela.

— Oi, Aylin! — ela atende, inclinando-se para trás. — Você não tem ideia de como estou feliz por ser você.

Uma risada na outra ponta. Curtinha. Hesitante.

— Pois é, então, não sei direito porque estou ligando. Eu só tinha uns minutinhos, aí pensei...

Uma súbita sensação de tristeza. Como se algo que Karen quisesse alcançar estivesse prestes a se desintegrar e sumir de vista. Era a isso que tinham chegado? Agora precisavam de um motivo especial para ligar uma para a outra? Após dez anos de amizade? Elas se conheceram na época em que Karen, devastada pela dor, retornou a Doggerland. Aylin tinha acabado de se divorciar do irmão de Eirik. E Eirik vinha travando uma guerra com três frentes de batalha: estava decidido a trazer Karen de volta à vida e consolar sua ex-cunhada, ao mesmo tempo em que lutava com o desgosto de seus pais pelo que chamavam de seu "estilo de vida". Magoados e arrasados, os três encontraram consolo uns nos outros, como um frágil banco de três apoios.

Alguns anos mais tarde, Marike juntou-se ao grupo de amigos, e desde então, Kore virou a vida de Eirik de cabeça para baixo. E, da mesma forma, Bo Ramnes havia virado a vida dela; mas, em vez de se tornar um novo membro do grupo de amigos, sua aparição na vida de Aylin acabou fazendo com que ela se afastasse de todos. Bo Ramnes não estava interessado em sair com um casal gay, uma artista dinamarquesa e uma policial. E eles sentiam o mesmo por ele.

Talvez eu devesse ter feito um esforço maior, pensa Karen.

— Você pensou certo — diz Karen. — Já faz muito tempo. Não nos vemos desde o meu aniversário, não é?

— Na verdade, eu fui ao hospital, mas você estava grogue.

— Pois é. Agora me lembrei.

— Eu sei que deveria ter entrado em contato mais cedo, mas tem sido tão...

Mais uma vez, Aylin deixa a frase morrer.

— Está tudo bem, eu entendo que você tenha muita coisa na cabeça. Você não ia voltar a trabalhar, agora que as crianças conseguiram vagas no jardim de infância?

— Sim, essa era a ideia, mas depois decidimos que eu ficaria em casa por um pouco mais de tempo, pelo menos durante o verão.

"Nós", pensa Karen, lembrando como Aylin estava feliz quando lhe disse que finalmente poderia voltar a trabalhar. É claro que é Bo quem a quer acorrentada ao fogão, enquanto ele cresce sendo advogado de políticos.

— Mas então... — diz Aylin. — Queria saber se você estará em casa amanhã de manhã. Se eu posso dar um pulinho aí uma hora dessas?

A pergunta é tão repentina que Karen fica sem palavras por alguns segundos. Já faz anos que Aylin sugeriu que elas se encontrassem dessa maneira. *Será que já temos alguma coisa para falar?* Então a alegria suplanta tais pensamentos. *Aylin deu notícias e quer se encontrar; é claro que elas têm muito o que conversar.*

— Seria ótimo — diz ela, em tom sincero. — Mas estou em Noorö. Houve um homicídio na região que precisa ser investigado, então tive que vir.

— Você já voltou a trabalhar? Pensei que ainda estivesse de licença médica.

— Sim, e, para falar a verdade, achei bom quando tive a oportunidade de fugir de todas aquelas celebrações de Natal. Se bem que agora estou começando a ficar entediada, porque aqui não é tão divertido assim.

— Posso imaginar.

Paira um silêncio por alguns instantes.

— Havia alguma coisa em particular sobre a qual você queria falar? — pergunta Karen. — Não é comum você aparecer de repente nessa época do ano — acrescenta ela, ao mesmo tempo que deseja não ter dito isso.

A explicação vem logo em seguida:

— Não, eu sei, mas Bo vai viajar por alguns dias, então eu pensei em aproveitar a oportunidade. Como eu disse, era mais para tomar um café e ver como você está.

— Eu estou bem, a não ser pelo meu joelho, que ainda dói de vez em quando, e pelo meu chefe, que decidiu exigir relatórios diários, mas e quanto a você? Não me parece muito feliz.

Nessa hora, Aylin dá uma risada.

— Estou apenas cansada. As crianças tiveram uma gripe, e eu estou com dor de cabeça e resfriado, então é possível que tenha chegado a minha vez...

— Minha nossa, sei bem como é, tenho sorte de ter...

— Olha só — interrompe Aylin. — Bo está tentando me ligar, então preciso desligar, mas nos vemos na casa de Eirik e Kore no Ano-Novo.

Karen estava prestes a dizer que provavelmente não iria, quando Aylin desliga o telefone. Há grandes chances de que ela passe o final do ano sozinha, num quarto de hotel em Noorö. E é claro que Bo teve que interromper a conversa, logo agora que Aylin conseguiu dar um sinal de vida.

Com um longo suspiro, Karen pousa o telefone na mesa e levanta a trava do seu laptop. De qualquer forma, ela não teria tempo para ficar conversando com Aylin, se pretendia entregar aquele maldito relatório até as 20h.

23

— SE TIVER UM TEMPO, POSSO LHE MOSTRAR QUANDO TERMINARMOS aqui? Infelizmente, não acontece muita coisa no fim do ano e fora de temporada, mas ficarei feliz em lhe mostrar a região.

O homem na frente deles olha com um sorriso cheio de expectativa ao estender a mão. De corpo longo e ligeiramente franzino, o homem está vestindo jeans e uma camisa azul que reflete a cor exata de seus olhos. O cabelo é curto num estilo que sugere uma queda de cabelo incipiente, mas as mechas curtas e escuras cobrem cada centímetro da cabeça de William Tryste. *Chega a irritar de tão bonito que ele é*, observa Karen.

— Parece legal, mas infelizmente não temos tempo hoje. Quem sabe numa próxima — ela acrescenta com um sorriso.

Por uma porta dupla larga, eles entram numa ampla recepção e atravessam a destilaria até o que parece ser um misto de sala de reuniões e escritório.

Após um gesto de boas-vindas de seu anfitrião, Karen e Thorstein Byle se instalam em extremidades opostas de um longo sofá de couro marrom-escuro. William Tryste espera educadamente até que eles se sentem para, então, levantar as pernas das calças e se acomodar em uma das grandes poltronas na frente dos policiais. Um tampo de vidro grosso sobre dois barris de carvalho formam uma mesa de centro, onde são colocados uma bandeja com três xícaras, um bule e um prato de biscoitos.

— Você já esteve aqui antes? — pergunta Tryste.

— Não — responde Karen, olhando ao redor. — Mas conheço bem os seus produtos — ela acrescenta, com um sorriso irônico. — Você já esteve aqui antes? — pergunta ela a Thorstein Byle.

Ele acena com a cabeça para confirmar.

— Sim, já, mas acho que faz uns dez ou quinze anos.

— Ah, mas muita coisa mudou desde então — diz William Tryste, inclinando-se para a frente para encher as xícaras de chá. — E ainda há mais por vir. Leite?

O olhar de Karen se dirige para a janela. O escritório de William Tryste, na destilaria Groth, é o completo oposto da paisagem do terceiro andar do "Bunker" que abriga o Departamento de Investigação Criminal da Polícia Nacional de Doggerland, onde ela trabalha. Karen tira os olhos da vista e volta sua atenção para o anfitrião.

— Você trabalha aqui há muito tempo?

William Tryste faz um gesto de negação.

— Há pouco mais de um ano. Trabalhei por muitos anos em diversas destilarias na Escócia, e até cheguei a ir para o Japão, mas depois tive esta oportunidade e tive que aproveitá-la.

— Pelo que entendi, a grande oportunidade foi da família Groth ao contratá-lo — diz Thorstein Byle, com um sorriso. — Você tem uma bela reputação no setor por ter um dos olfatos mais apurados.

William Tryste faz um gesto de falsa modéstia e devolve o sorriso.

— Digamos que a satisfação é mútua — diz ele. — Para mim, foi a oportunidade de voltar pra casa e fazer parte de um empreendimento incrível. A destilaria Groth é pequena em comparação à maioria de seus concorrentes, mas sempre foi sinônimo de qualidade. E agora, como eu disse, temos grandes planos para o futuro.

— Pois é, ouvi rumores de que você está planejando expandir — diz Byle. — Dobrar a produção, ou mais ainda? Dizem que vêm muitos empregos por aí.

— Não apenas isso. Creio que seria melhor deixar Björn Groth contar sobre todos os planos de expansão, mas infelizmente ele não está aqui hoje. Agora, se você estiver interessado, tenho alguns esboços e projetos que eu posso...

Karen decide pôr um fim à conversa fiada sobre o orgulho da ilha e, em vez disso, a direciona para sua verdadeira agenda:

— Infelizmente, não temos tempo para isso — interrompe ela. — O motivo de termos pedido para encontrá-lo é, como você sabe, um pouco diferente.

— Sim, claro — responde William Tryste, e o sorriso entusiasmado, de repente, desaparece. — É terrível o que aconteceu. Erling Arve me contou hoje à tarde. O padre, quero dizer — acrescenta ele, para explicar a Karen de quem está falando.

— Sim, já conversamos com ele — diz ela. — Na casa da Gertrud Stuub. E essa é na verdade uma das razões para estarmos aqui. Segundo Gertrud, você passou lá para cumprimentá-los, ela e Fredrik, na véspera de Natal. Foi isso mesmo?

— Claro. Minha esposa e eu fomos com nosso filho, que estava bastante relutante. Não ficamos lá por muito tempo, talvez meia hora. A irmã de Helena e sua família iam chegar para passar a noite de Natal conosco, então tivemos que voltar rápido pra casa. Acho que fui eu quem sugeriu ir até lá e dar um oi. Você sabe como é, Natal é Natal, e família é família.

Karen olha para os nomes e flechas em seu caderno de anotações:

— Sua avó era irmã da mãe de Fredrik e Gertrud, se bem entendi. Você e Fredrik eram próximos?

William balança a cabeça negativamente.

— Não exatamente. Depois que meus pais se divorciaram, minha irmã e eu nos mudamos com nossa mãe para a Inglaterra. Minha mãe tinha família lá, então parecia a coisa certa a se fazer; já do lado do meu pai, a família tem profundas raízes aqui na ilha. O pai da minha avó era dono de uma mina e meu pai acabou tendo a ingrata tarefa de assumir o negócio. Ele ficou para salvar o que restava da mineração, quando as coisas começaram a sucumbir, mas foi apenas uma tentativa frustrada, como vocês provavelmente sabem. Minha irmã e eu viemos para cá nas férias e, desde então, passei a visitar nossa família daqui várias vezes. Apesar disso, só agora consegui me mudar de vez. E para responder à sua pergunta, não, eu não conhecia Fredrik muito bem.

— Certo, mas voltando à véspera de Natal, você notou algo incomum no Fredrik? Ele parecia preocupado ou perturbado de alguma forma?

O olhar de William Tryste se volta para a janela, como se ele estivesse buscando em sua memória.

— Não — ele responde lentamente. — Acho que não. Ou... não, provavelmente não é nada.

— Nós decidimos isso. Em que você estava pensando?

— Tive a sensação de que Fredrik e Gabriel tinham discutido pouco antes da nossa chegada. Não que eu tenha ouvido alguma coisa, mas o ambiente estava um tanto tenso entre eles quando chegamos. Helena e eu até conversamos sobre isso no carro, voltando para casa.

— Mas você não tem ideia do que se tratava a discussão?

— Nem de longe. Como eu disse, foi apenas uma sensação.

Karen suspira. Terá de falar novamente com Gertrud e Gabriel.

— Gabriel trabalha aqui na destilaria, certo?

— Isso mesmo. Com envasamento e envio de cargas, mas se você quiser saber mais sobre como ele está se saindo, terá que perguntar a Jens Groth. Ele é o responsável pelas questões burocráticas, depois que fui promovido a *sommelier*. Inclusive, talvez ele esteja por aqui hoje, mas, qualquer coisa, vocês o encontrarão no armazém. O escritório dele fica lá.

— E qual é exatamente a sua função?

— Bem, pode-se dizer que eu sou responsável pelo controle de qualidade. Mas eu também sou responsável pela comercialização dos produtos Groth no setor. O marketing para os clientes e as vendas em geral são de responsabilidade de Björn e Jens. Björn Groth — completa. — Ele é dono de tudo, junto com os filhos, Jens e Madeleine. A Groth é uma empresa familiar.

— Certo — responde Karen, lentamente, quando William Tryste finalmente para de falar. — Então tenho apenas mais uma pergunta: você pode me dizer onde esteve na manhã de Natal entre 7h30 e 9h30?

Alguns segundos se passam antes de William Tryste perceber de que se trata a pergunta.

— Onde eu estava? Você está falando sério?

— Receio que sim. Mas, por outro lado, é uma pergunta que temos que fazer a todos com quem falamos. Até mesmo para poder excluí-los, quando não há nenhum motivo específico. No caso de confirmarem que houve um crime por trás da morte de Fredrik.

William Tryste ainda parece pouco convencido.

— Então acho que estou com sorte. Normalmente eu estaria dormindo, mas naquela manhã eu estava em Lysvik.

Karen levanta as sobrancelhas, insinuando para que Tryste continue.

— Não fui muito honesto antes. Uma das razões pelas quais Helena e eu decidimos voltar para Noorö é que nosso filho Alvin tem tido muitos problemas com drogas. Moramos em Glasgow durante nossos últimos anos na Escócia, e tráfico de drogas é o que não falta por lá. Nunca chegou a se tornar um problema muito sério, mas percebemos que tínhamos de tomar uma atitude mais drástica. Assim, quando a oportunidade aqui na Groth surgiu, tomamos a decisão.

— E o que isso tem a ver com o dia de Natal?

— A questão é que prometemos a Alvin pagar por uma carteira de motorista e comprar um carro, sob a condição de ele trabalhar e permanecer limpo. Vimos que seria impossível fazê-lo voltar a estudar, pelo menos por enquanto. Portanto, ele trabalha no asilo em Lysvik como ajudante: auxilia na limpeza, os velhinhos a se levantar e sentar e até fica de vigia quando necessário. Em todo caso, ele tinha que estar lá às sete da manhã no Natal, e não havia ônibus no feriado, então prometi dar uma carona para ele. Ou melhor, deixei-o treinar direção comigo. Vocês podem perguntar a ele.

— Ele chegou às 7h, você disse? O que você fez depois de deixá-lo lá?

— Visitei meu pai. Ele tem Alzheimer e mora no asilo, então aproveitei a oportunidade para cumprimentá-lo, mesmo que mal se lembrasse de que dia era. E se você prometer não contar ao pessoal, posso até confessar que levei um presentinho para ele.

Por um momento, Karen pensa sobre o triste destino de Ivar Tryste. Neto do velho barão da mineração, mas aparentemente sem seu poder e influência. A esposa o deixou e levou as crianças para o exterior; e agora que o filho se mudou de volta, ele está demasiado senil para saber disso.

— É claro que temos tentado levar meu pai pra casa de vez em quando — continua William Tryste. — Mas agora ele está tão distante que arrancá-lo de seu ambiente habitual parece fazer mais mal do que bem. Mesmo assim, ele é meu pai, e eu pensei que ele deveria ao menos ter um arenque e uma bebida para o Natal.

— Arenque e *brennivín* às sete da manhã?

Karen se arrepende do comentário.

— Sim, os hábitos de café da manhã do passado podem ser um pouco indigestos — diz William Tryste, com um sorriso —, mas aquela seria a única

89

chance do dia, então eu pensei que não faria mal ter algo que o fizesse lembrar dos velhos tempos. E quando cheguei, ele provavelmente já estava acordado há algumas horas. Continuou acordado quando eu saí, se quer saber, mas é claro que não dá para perguntar isso a ele, porque na maioria das vezes ele nem me reconhece mais.

— Algum dos funcionários o viu? — intervém Thorstein Byle.

— Eu duvido. Entrei com o Alvin, mas depois cada um seguiu seu caminho. Ele trabalha na enfermaria, mas é a mesma entrada. Pode ser que alguém tenha me visto, mas eu não estava querendo chamar muita atenção. Acho que o pessoal não ficaria muito contente com uma bebida alcóolica, mesmo que fosse só para fazer um agrado.

— E quanto tempo você ficou? — Karen pergunta, observando que William Tryste não parece ter nenhum motivo óbvio para querer matar seu parente distante, mas ele claramente não tem um álibi.

— Uma hora, talvez. De qualquer forma, eram quase 8h quando voltei para o carro. Lembro disso porque eu havia prometido ligar pra Helena, para acordá-la naquela hora.

Karen sente sua ousadia indo embora.

— Você ligou de Lysvik para casa? Do seu celular?

William Tryste parece genuinamente surpreso.

— Sim... — ele diz com hesitação, mas logo parece compreender o motivo da pergunta. — Claro, você pode verificar, ou algo assim.

24

AYLIN RAMNES ABRE A CAIXA COM BASES DE DIFERENTES TONS DE pele. A da cor de sua pele já está quase acabando, talvez ela devesse comprar embalagens separadas para cada tom, mas tê-las todas na mesma caixa é mais prático. Especialmente quando se tem hematomas em diferentes estágios.

A marca do polegar no pescoço está quase invisível, mas o hematoma na bochecha parece nunca desaparecer. Ela olha para a paleta de cores, analisando qual sombra escolher enquanto tenta ignorar o som das batidas do seu coração. Talvez um rosa-claro sobre o azul, aí um verde para suavizar a rachadura vermelha no lábio. Ou será o contrário?

Concentre-se! Você sabe fazer isso.

Uma fadiga repentina deixa seus braços pesados, como se ela não conseguisse levantá-los. Por um momento ela pensa em desistir, agora que não vai se encontrar com Karen, pode só deixar para lá.

Foi ontem que eu falei com a Karen?, ela pensa. Tudo parece tão surreal. *Ela ficou feliz ao saber que era eu. Surpresa no início, mas depois... bem, feliz.*

A garganta dói quando engole, e ela não pode deixar de se perguntar se é porque está prestes a chorar ou se pela pressão dos polegares de Bo contra sua laringe.

Por que, em nome de Deus, ela ligou? Tão inútil. Tão arriscado, mas já sabia disso quando procurava o número de Karen nos contatos do seu telefone; sabia que se ligasse, não teria mais volta.

Agora não consegue nem se lembrar sobre o que conversaram. Deve ter deixado a boca entrar em piloto automático, enquanto esperava a conversa terminar. E ela continuou pressionando o polegar firmemente para não esquecer que tinha de apagar o número de Karen da lista de chamadas realizadas antes que Bo visse. Ela ainda não estava livre.

O que eu achei que fosse acontecer?

Dessa vez Karen a teria feito falar se elas se encontrassem. É claro que ela já sabia disso quando ligou. Ela se sentou com o telefone na mão por quase uma hora, hesitando, mudando de ideia, mas enfim cedeu ao desejo. O desejo de ouvir uma voz de um passado distante. Desejo de botar para fora toda a verdade pútrida da derrota e da humilhação. Desejo de que a ira de Karen se manifestasse e a carregasse no colo, agora que ela própria não era mais capaz de nutrir nenhum tipo de raiva.

O pensamento de que Karen tem seus próprios problemas lhe dá um momento de alívio. *Não sou a única com problemas, todos lutam contra os próprios demônios.* Então sua realidade se faz presente outra vez: *mas não dessa maneira.*

Pessoas normais nunca acabariam nessa situação. *Karen não teve controle sobre o que aconteceu com ela há dez anos, mas eu só posso culpar a mim mesma. Karen nunca entenderia. Ela deve achar que existe uma saída, uma solução, uma salvação.*

Como se alguém pudesse vencer Bo Ramnes.

O pensamento a traz de volta à realidade: Aylin olha rapidamente para seu relógio de pulso. Em meia hora, tem que começar a preparar o jantar.

Talvez sarasse mais rápido se eu não usasse tanta base o tempo todo, passa pela sua cabeça, mas ela sabe que, apesar de a ideia ser divertida, isso nunca daria certo. As crianças perguntariam. Além disso, Bo ficaria furioso se ela o obrigasse a ver como ela fica sem maquiagem. Ainda mais agora que ele está passando por um período difícil, toda hora estressado com o trabalho, e todas as exigências do partido recaindo sobre ele.

Provocá-lo agora é a última coisa que ela iria querer.

25

— CLARO, SERÁ FÁCIL VERIFICAR COM A COMPANHIA TELEFÔNICA — diz Karen em voz baixa para Byle, dez minutos depois, enquanto seguem William Tryste pelo pátio, a cerca de cinco passos de distância. — Ele fala muito, você não acha? Até parece um vendedor ambulante supermotivado.

Thorstein Byle sorri.

— É verdade — diz ele. — Mas eu seria igual se tivesse o trabalho dele. Deve ser mais divertido ficar sentado bebericando um puro malte o dia inteiro do que andar por aí distribuindo multas por excesso de velocidade e para alguém que esteja fazendo cerveja em casa. Ainda mais num lugar desses — ele acrescenta, apontando com a cabeça para a vista.

O entusiasmo de William Tryste é, ao mesmo tempo, compreensivo e maçante.

Quando deixam o edifício principal, Tryste os conduz a passos largos até o armazém onde, segundo consta, Jens Groth estaria trabalhando hoje. Ao passarem por um longo edifício de dois andares, ele para e dá meia-volta.

— Vocês têm certeza de que não têm tempo para uma visita guiada?

— Infelizmente, não — adianta-se Karen. — De qualquer forma, hoje não, mas noutro dia, com certeza — acrescenta ela.

Os dois continuam acompanhando a rápida marcha de William Tryste e, subitamente, param do lado de fora de outro grande edifício de tijolos vermelhos. Finalmente, William Tryste para diante de uma porta, e Karen se surpreende por eles não terem encontrado nenhum funcionário pelo caminho.

— A maioria deles tirou um tempo livre entre o Natal e o Ano-Novo — diz ele em resposta à pergunta não dita, mas Jens deveria estar aqui. Tryste dá algumas batidas curtas no batente da porta, depois abre sem esperar pela resposta. — Olá, Jens — diz ele. — A polícia está aqui e gostaria de lhe fazer algumas perguntas. — Ele acrescenta, dirigindo-se a Karen: — Tudo bem se eu me retirar? Minha esposa ficará feliz se eu chegar em casa na hora, pelo menos uma vez na vida...

— Claro, sem problemas. Nós entramos em contato caso haja necessidade.

Atrás de uma grande mesa angulada, encontra-se um homem loiro com os óculos na testa. Seu cabelo está arrepiado, como se tivesse acabado de passar as mãos em sinal de frustração. Ele se levanta e estende a mão com um sorriso amigável e ligeiramente perplexo.

— Jens Groth — diz ele. — Sejam bem-vindos, embora eu não saiba exatamente como posso ajudá-los.

Enquanto Karen e Byle se instalam em cadeiras separadas por uma mesa coberta de pilhas de papel, ela observa que, apesar de Jens Groth ser um dos coproprietários, seu escritório é bem menos imponente do que o de William Tryste.

— Há muita burocracia neste negócio — diz Jens Groth, com um sorriso cansado, referindo-se à papelada. — Então, como posso ajudá-los?

— Gabriel Stuub — diz Karen, retirando o bloco de notas do bolso. — Ele trabalha aqui, não é mesmo?

— Sim, trabalha. Ah, sim, eu ouvi falar do avô dele. É por isso que estão aqui? Mas foi um acidente trágico, pelo que entendi.

Karen não responde à pergunta implícita.

— Você pode nos falar um pouco sobre o Gabriel? — pergunta ela, notando que o olhar de Jens Groth está voltado para Byle, como se estivesse em busca de uma explicação.

— Gabriel? Ele é suspeito de alguma coisa?

— Falamos com todos os que tinham algum parentesco com Fredrik Stuub — responde Byle, de forma evasiva.

A irracionalidade dessa afirmação não parece surpreender muito Jens Groth.

— Ah, entendi — diz ele. — Bem, o que querem saber?

— Há quanto tempo Gabriel trabalha aqui? — Karen pergunta, tirando a tampa da caneta esferográfica e apoiando a mão na borda do bloco de notas. A experiência lhe diz que a visão do bloquinho tende a afiar a memória daqueles com quem ela fala.

Groth dá de ombros.

— Toda a vida dele, eu acho. Toda a vida adulta, pelo menos — acrescenta, com um sorriso. — Não somos adeptos do trabalho infantil.

Karen sorri de volta sem dizer nada, e Jens Groth prossegue:

— Eu acho que ele tinha uns dezessete ou dezoito anos quando começou a trabalhar aqui. Eu mesmo estava na universidade nessa época, então não tenho certeza, mas se for importante, posso verificar, sem problemas.

Eles devem ter aproximadamente a mesma idade, pensa Karen. Um foi para a universidade, o outro foi direto para o trabalho na fábrica.

— Não, não é tão importante assim, mas se ele está aqui há tanto tempo, presumo que você esteja contente com o trabalho dele...

— Sim, bem... Não é um trabalho que exige muita qualificação, mas o Gabriel sabe o que tem que fazer. Ele e o outro cara são encarregados de encher as garrafas, encaixotá-las e, depois, realizam o carregamento delas, mas hoje os dois estão de folga.

Há algo evasivo na voz de Jens Groth. Como se ele não tivesse nenhuma reclamação direta a fazer, mas ainda assim achasse difícil elogiar o trabalho de Gabriel Stuub.

— O que você sabe sobre a vida privada dele?

Jens Groth dá de ombros mais uma vez:

— Não muito, eu acho, eu sei que ele está no meio de um divórcio com dois filhos. E mora em algum lugar a oeste de Skreby.

Karen sente a irritação crescer. Jens Groth parece ter decidido dizer o mínimo possível. Então ela resolve ir direto ao ponto:

— Gabriel tem alguma conexão com a OP?

Nenhuma mudança na expressão facial, nenhum olhar cintilante, nem mesmo um estremecimento. Em vez disso, Jens Groth pausa, como se um balde de nitrogênio líquido tivesse sido derramado sobre ele. Por um momento, Karen tem uma sensação macabra de que a figura diante dela corre o risco de se espatifar até mesmo com uma suave brisa.

— Certo — diz ela. — Tomo isso como um sim.

Ainda sem resposta. Apenas um leve movimento da ponta dos dedos de uma mão. A petrificação parece ceder aos poucos e Jens Groth move lentamente a cabeça para o lado. No segundo seguinte, sua respiração parece ofegante:

— Não!

Eles o observam em silêncio. Aguardam uma continuação que enfim vem, com uma voz ligeiramente hesitante, mas estável e monótona:

— Não sei se Gabriel tem alguma ligação, mas sei que não temos problemas com eles. Nenhum. E se não houver mais nada, eu posso acompanhá-los até a saída...

Jens Groth apoia com firmeza as duas mãos sobre a mesa e se levanta. Karen percebe grandes marcas de suor debaixo dos braços dele.

— O que você achou daquela reação? — pergunta Byle, cinco minutos depois, enquanto puxa lentamente o cinto de segurança.

Quando voltaram para o carro, Karen, sem pensar ou pedir a permissão do colega, entrou no banco do motorista, que ele havia ocupado na vinda. Byle se sentou no banco do passageiro sem protestar.

— Acho que precisamos ter outra conversa com o jovem senhor Stuub — diz ela, com o olhar fixo em algum lugar distante do para-brisas sujo.

— Sim, creio que ele seja o culpado mais provável. Motivação ele tem, por ser um dos herdeiros, mesmo que Fredrik não tenha deixado muito.

— Você descobriu algo mais a esse respeito?

— Ainda não; mas, de acordo com o escritório do porto, ele estava, de fato, na balsa das 9h, de Lysvik a Thorsvik, na manhã de Natal, exatamente como ele afirmou.

— Pelo registro das placas que pegaram a balsa, o carro certamente estava lá — diz Karen. — Teremos que pedir as imagens das câmeras de segurança para ver se era mesmo ele no volante. Mesmo assim, daria tempo de ter matado o avô e ainda chegar a Lysvik. Ao menos, em tese.

— Você quer dizer que ele deixou as crianças em casa, saiu, matou o avô, pegou as crianças e depois dirigiu até a balsa? Ou você acha que ele dirigiu até o lixão, foi até a pedreira e matou o avô enquanto as crianças esperavam no banco de trás?

Thorstein Byle soa tão cético diante de tal possibilidade quanto ela própria, então Karen olha para o para-brisas sem responder. Ela pensa consigo mesma por alguns segundos, depois decide não dizer nada sobre o que acabara de ver: Byle claramente não percebeu que Jens Groth os seguia.

Nem ela havia notado quando eles atravessaram as portas do armazém; mas, durante a visita, o sol havia mudado de ângulo, revelando uma sombra tênue na parede ao lado da porta. Uma tinta preta em spray que alguém havia tentado limpar. Ela notou quando se virou para apertar a mão de Jens Groth. E, quando acompanhou o olhar dela, ele fez uma tentativa desajeitada de ficar de pé a fim de ocultar a marca. Ainda assim, ela conseguiu ver a tempo.

Estava escrito o número "um" acompanhado do sinal de "por cento". *Odin Predators*. Ou os *One Percenters*.

Karen pragueja consigo mesma e gira a chave na ignição.

26

— **AH, AÍ ESTÁ VOCÊ! ESTAVA ME PERGUNTANDO QUANDO IA APARECER** novamente. Era isso que você estava procurando?

Ingeborg Eiken segura o lenço xadrez com uma das mãos e o puxador da porta com a outra.

— Olha, que bom. Devo ter esquecido aqui da última vez. Onde você o encontrou?

— Onde você o colocou, imagino. Enfiado atrás das botas no corredor.

Karen aceita o cachecol sem responder. Nunca é uma boa ideia discutir com sua tia, especialmente quando ela está certa.

— Você me convida para um café? — ela pergunta em vez disso.

Quinze minutos depois, a cafeteira está sobre a mesa, junto com duas xícaras e uma torta de amora, bolinhos de açafrão e dois enroladinhos de massa folhada crocante.

— Espero não estar incomodando por aparecer de repente. São escondidinhos de maçã? — diz Karen, olhando fixamente para as trouxinhas de massa folhada. — Não como um desses desde...

Interrompendo a fala, ela olha em silêncio para a tia, que se inclina para trás com as mãos entrelaçadas sobre o avental azul de algodão, sem fazer menção alguma de servir o café.

— Olha só, Karen — diz ela. — Você vai me falar por que veio? E não venha me dizer que foi por causa daquele lenço que você esqueceu, ou que estava ansiosa para comer trouxinhas de maçã.

— Tudo bem, então — diz ela, espelhando o movimento da tia. — Eu preciso da sua ajuda.

Sem uma palavra, Ingeborg se levanta, pega uma tigela de cubos de açúcar do aparador e uma garrafa sem rótulo do armário. Karen observa que não há copos na mesa e balança a cabeça em negação.

— Estou dirigindo — explica. — E, além disso, estou no meu horário de trabalho.

— Isso nunca impediu ninguém — retruca Ingeborg Eiken, colocando dois cubos de açúcar em sua própria xícara.

Em seguida, ela desenrosca a tampa e encharca generosamente os cubos de açúcar antes de jogá-los no café. Primeiro na xícara de Karen, depois na sua.

— Tem certeza? Ah, não! Esqueci que você deixou de beber café com aguardente no continente. Deve ser *espresso* e *capuchongo*, ou seja lá como vocês chamam aquele negócio.

Karen sorri sem corrigir a tia ou salientar que Heimö está bem longe de ser considerada parte do continente.

— Preciso que você me conte tudo o que sabe — começa Karen. — O que dizem aqui sobre o pessoal da região.

— Então você quer fofocas? Claro, foi o que eu imaginava, mas os meninos não têm nada a ver com esse tipo de coisa, eu posso garantir.

— Não, o que eu preciso saber sobre meus parentes, eu descubro sozinha — diz Karen, e Ingeborg arregala os olhos. — Estou falando das famílias Stuub, Tryste, Huss e Groth, e mais quem quer que seja. Não dou conta de acompanhar todos esses nomes e quem é parente de quem.

Decide não comentar sobre o fato de Thorstein Byle já ter tentado explicar parte dessa confusão para ela. Até porque ela não lembra nada do que ele lhe disse.

— Bem, podemos começar reduzindo a duas famílias: Huss, na verdade, é o mesmo que Tryste e Stuub. O velho Huss só teve filhas, uma delas se casou com um norueguês chamado Tryste; a outra, se casou com um Stuub.

— Hum, eu até cheguei a ver que o Complexo ainda está lá — diz Karen, soprando o café.

Ingeborg emite um som que parece uma mistura de risada e grunhido.

— Sim, aquela monstruosidade provavelmente vai resistir ao deslizamento de Gudheim... mas eu lembro que você achava o lugar bonito quando era pequena. Você deveria ter se casado com William, aí estaria morando lá hoje.

Karen fica espantada, enquanto Ingeborg se diverte sozinha e pega sua xícara.

— Você quer dizer William Tryste?

— Sim, quem mais? Ele voltou para cá recentemente. Você não se lembra dele? Costumava correr com os meninos, até que um dia a mãe o proibiu.

Karen tentava se lembrar de alguma coisa. Não lhe vinha nada familiar à mente a respeito do homem empolgado da destilaria. *Claramente, a ficha não caiu para ele também, ou é provável que sua cordialidade tivesse sido ainda maior*, pensa ela.

— Não, você era muito jovem para se lembrar de todas as crianças que se aglomeravam nas fazendas. E, além disso, você só tinha olhos para o Finn. É mesmo, meu Deus! — O sorriso de Ingeborg expressa uma mistura de nostalgia e orgulho ao pensar no filho mais velho.

Karen pigarreia discretamente.

— Então William brincava com os meninos? Como ele era?

— Igual a todo menino nessa idade. Lembro que ele era muito falador e muito educado. E também poderia ter sido uma pessoa melhor, se a mãe não tivesse levado ele e a irmã para a Inglaterra. Eu o vi em Lysvik no outro dia, pálido e magro. Um belo de um fracote; parece mesmo um inglês.

— Por que a mãe dele se mudou para lá? — Karen pergunta, vendo a figura de William Tryste como se estivesse diante dela.

"Fracote" não era a palavra que ela escolheria para descrever aquele homem alto de olhos azuis. Irritantemente falador, sim, mas não tinha nada de errado com sua aparência.

— Bem, acho que pertencer à família Huss não era algo muito glamouroso depois que as coisas começaram a ir por água abaixo — cogita a tia.

— A mãe dele era inglesa de nascimento.

— O pai de William ainda está vivo, pelo que eu fiquei sabendo — diz Karen.

— Ivar, sim. Se é que pode chamar isso de vida; o coitado está há vários anos no asilo de Lysvik. Acho que ele tinha pouco mais de sessenta anos quando começou a ficar gagá.

— Parece Alzheimer.

— Bem, agora tudo tem que ter nome estranho. Esclerosado, diziam no meu tempo. Antigamente, as pessoas simplesmente envelheciam sem nada disso. Agora parece que você ouve falar o tempo todo dessas doenças, mesmo em gente jovem que mal chegou aos cinquenta.

Ingeborg empurra a cestinha.

— Sirva-se, meu passarinho — oferece ela. — Pelo menos um de cada.

Karen morde um pedaço de bolo de açafrão e tira algumas migalhas do canto da boca com a língua. Ela preferia ter ido direto para as trouxinhas de maçã, mas não quer arriscar tomar uma bronca. Come-se o que for oferecido, sem fazer perguntas.

Agora, refletindo sobre o caso, as desgraças dos Tryste parecem ser um território inofensivo. Karen pensa em suas reuniões com William Tryste e Gertrud Stuub. Um é entusiasta de uísques; a outra, uma mulher profundamente religiosa, lamentando a morte do irmão. Depois, tem Gabriel Stuub, um motociclista que trabalha no armazém.

E como se pudesse ler a mente da sobrinha, Ingeborg continua:

— Não, meu cordeirinho, essa família não é tão simpática se olhar de perto. Eles também têm merda na bunda, como dizem. E eu sei de um monte de coisa que os tiraria rapidinho do alto de suas torres de marfim...

— Me conta, então — diz Karen, rapidamente, recebendo um olhar arregalado da tia. — Estou apenas tentando entender toda essa gente e seus antepassados, qualquer coisa que você me disser pode ser útil. Achei que você seria a melhor pessoa para me ajudar — acrescenta ela.

Outro olhar lhe diz que a tia podia ver além da sua bajulação. Ingeborg Eiken respira fundo, deixa o ar sair com um suspiro e prossegue:

— Bem, eu não posso dizer que *sei* de alguma coisa, por assim dizer. O papai suspeitava de que o velho Huss estava fazendo negócios com os alemães durante a guerra. Ele disse que viu alguma coisa quando estava no barco. Mas nunca abriu a boca sobre o que era, e levou o segredo com ele para o túmulo.

Karen olha com ceticismo para a tia e pergunta:

— Mas por quê? O vovô odiava os nazistas.

— Provavelmente porque teria matado toda a ilha se tivesse revelado o que Huss andava fazendo.

— Então o vovô ficou caladinho — diz Karen, incrédula. — Mas que filho da...

— Olha lá, eu não vou aceitar esse palavreado — interrompe Ingeborg, bruscamente.

Karen decide mudar de assunto.

— Fredrik Stuub e você deviam ter a mesma idade. Você o conhecia bem?

Ingeborg Eiken faz uma pausa com a xícara de café a meio caminho da boca. Então ela continua o movimento, toma um gole e, devagar, coloca a xícara na mesa.

— As pessoas falam demais. O que você já ouviu? — ela pergunta, com veemência.

— Nadica de nada. Pelo menos não sobre você e Fredrik Stuub, mas você o conhecia?

— Sim, quando éramos jovens, é claro. Não é uma ilha tão grande assim. Admito que tivemos um romance breve, mas isso foi muito antes de ele se casar. E antes de eu me casar também, é claro.

— Vocês se viram alguma vez nos últimos anos?

— Não, é claro que não. Eu disse que ele era basicamente um Huss.

— Não achei que Fredrik fosse muito esnobe, se é o que você quer dizer — Karen ousa contestar. — Nem a irmã, que é apenas muito religiosa.

— Pffff... Acredite, passarinho, as mulheres daquela família sempre caminharam com o nariz erguido. Os homens eram melhores, claro. Ivar foi sempre muito afável, coitadinho, e Fredrik... ele era...

Ela se interrompe, e Karen apenas espera.

— Fredrik era um bom rapaz — diz ela, brevemente. — Não entendo como alguém pôde matá-lo.

Algo faz com que Ingeborg Eiken rapidamente vire o rosto para longe. Depois ela se levanta e vai até a mesa da cozinha.

— Não, agora não tenho mais tempo para ficar aqui conversando.

Dez minutos depois, Karen olha para o pacote de papel alumínio no banco do passageiro. Não houve tempo para fazer perguntas sobre Gabriel Stuub ou sobre a família Groth. Sem perguntar, Ingeborg Eiken pegou o rolo de papel alumínio de uma das gavetas embaixo da pia da cozinha, enrolou as trouxinhas de maçã e as entregou à sobrinha.

— Não adianta começar a brincar com o passado — disse ela.

E Karen se lembrou do que sua mãe sempre dizia:

"*Só Deus sabe de quem o pequeno Odd puxou o cabelo ruivo. Certamente não foi do Lars.*"

27

O ORGANISTA JÁ COMEÇOU A TOCAR AS PRIMEIRAS NOTAS REVERBE-
rantes. Karen senta-se na extremidade do banco da última fileira, olha depressa para a lousa em frente ao coral e abre no hino 302. Obediente, ela começa a cantar: "Vinde, cantemos com júbilo ao Senhor".

Assim que todos os versos do hino terminam de ser arduamente entoados e o padre passa a dirigir a palavra aos fiéis, Karen deixa seu olhar perscrutar as fileiras de nucas. A Igreja de Skreby está cheia. Como manda a tradição em Noorö, todos os membros da congregação comparecem, quer conheçam o falecido, quer não.

Somente agora foi possível deixar Fredrik Stuub descansar em paz. No dia seguinte seria véspera de Ano-Novo, e esperar até depois do feriado não seria visto com bons olhos. Os vivos sujeitam-se aos mortos — não o contrário.

Como era de se esperar, algumas fileiras à frente ela vê Thorstein e Solveig Byle. Ao curvar-se um pouco para o lado, avista Gabriel ao lado dos cabelos grisalhos de Gertrud Stuub. E se não está enganada, é o pescoço curto de William Tryste que ela vê logo atrás deles, ao lado de uma mulher de cabelos escuros. No meio, está um rapaz de pescoço pequeno, que recebe algum tipo de bronca dos pais. *Alvin? Era esse o nome do filho de Tryste?*

Erling Arve toma seu lugar no púlpito. Encontrar-se com o padre era o motivo de Karen estar ali. Havia ligado para Arve, que prometera conversar com ela na casa paroquial, bem ao lado da igreja, logo após o funeral. E Karen, que já estava planejando analisar os convidados do funeral a uma distância segura do lado de fora da igreja, não pôde simplesmente dizer que não tinha intenção de comparecer à cerimônia.

Depois de uma hora e dez minutos ouvindo o sermão sobre eternidade, penitência e esperança, além de algumas palavras sobre a profunda ligação de Fredrik com Noorö, Karen é a primeira a sair pela porta da igreja.

Agora o sol está radiante, mas o ar, gélido. O painel do carro leu menos quatro graus no caminho para cá, e de acordo com as notícias matinais, a temperatura vai cair mais alguns graus nos próximos dias.

Karen vigia os fiéis, que, tendo cumprido seu dever, agora apertam o passo até o estacionamento. Depois dali, não haverá reunião fúnebre, segundo os velhos costumes doggerlandeses. A cerimônia religiosa encerra o adeus.

Ela abotoa o casaco e acaba de começar a enrolar o lenço no pescoço quando vê Solveig e Thorstein Byle descendo os degraus da igreja, acompanhados por uma mulher alta, na casa dos trinta anos, com duas meninas pequenas. Karen reconhece as crianças de sua visita ao lar dos Byle. Agora estão bem-vestidas, com casacos idênticos de lã azul e, obedientemente, calçam as luvas que sua mãe lhes dá.

Trocam algumas palavras sobre o frio, do qual agora não conseguem proteger-se, e convidam Karen para um jantar mais bem planejado. Em seguida, com um sorriso no rosto, mas sem esconder um certo tom de desaprovação, Byle pergunta:

— Você veio para a missa ou só para espionar os convidados do funeral?

Karen é e continua sendo uma forasteira.

— Ambos, na verdade — diz ela. — Vou me encontrar com Erling Arve daqui a pouco. Eu gostaria de ouvir o que ele tem a dizer sobre a família Stuub.

Byle hesita por um momento, lançando um rápido olhar para a esposa, filha e netas, que agora estão um pouco distantes deles e lutam para conseguir colocar os lenços e as luvas.

— Se quiser, eu posso acompanhar...

— Não precisa — ela o interrompe calmamente. — Será só uma conversa informal, mas seria bom se pudéssemos nos encontrar na delegacia amanhã antes de eu partir — acrescenta ela.

— É claro. Então quer dizer que você vai pra casa? Pensando bem, não há muito que possamos fazer aqui, pelo menos não até obtermos uma resposta da perícia. A propósito, você já teve alguma notícia deles?

— Nada. Falei com Sören Larsen ontem, mas provavelmente não teremos resultados até depois do feriado, por isso vou passar o Ano-Novo em casa.

Ambos combinam de se encontrar às oito da manhã, e os Byle caminham juntos até o carro. Karen lança outro olhar em direção à porta da igreja, onde os últimos convidados do funeral descem os degraus com cuidado.

Como é costume em Noorö, os parentes mais próximos deixam a igreja por último, então Karen agora vê William Tryste e sua família, seguidos de perto por Gabriel Stuub — pálido e com os olhos franzidos por causa da luz. Ele olha para os demais convidados do funeral e faz uma pausa ao se deparar com Karen. Então ele desce a escada em três passos e caminha rapidamente na direção do estacionamento, sem olhar para trás.

Gertrud Stuub é a última a sair, apoiando-se levemente no braço de Erling Arve. Eles permanecem por um momento próximos aos degraus da igreja, enquanto Arve estica o pescoço procurando alguém. Logo em seguida, ele acena para Karen, antes de dar um aperto suave no braço de Gertrud e se afastar dela. Karen sente um pequeno remorso. Talvez a solicitação para conversar com Arve tenha impedido Gertrud de ter a indispensável companhia dele.

Sem preâmbulo, Karen indaga a esse respeito, assim que cumprimenta o padre.

— Não, não se preocupe com ela — responde ele, com um sorriso reconfortante. — A Gertrud queria um tempo sozinha.

— Tem certeza?

— Absoluta. Vou encontrá-la hoje à noite. Sem falar que, assim que terminarmos de conversar, vou sair daqui direto para comprar uma chave de fenda numa loja depois de Thorsvik. Eles estão com uma oferta especial.

O olhar espantado de Karen parece entretê-lo.

— Você pode me acompanhar até meus aposentos para continuarmos nossa conversa?

A casa paroquial de Skreby é menor do que ela imaginava: uma casa de calcário de dois andares, que à primeira vista não se destaca muito do restante das moradias. O interior também carece da grandiosidade que ela imaginava haver nas residências clericais. Além da galeria de retratos de seus antecessores, que Arve manteve em uma das paredes da sala de estar, não há nada que testemunhe aquele velho esplendor sacerdotal. O padre a convida para sentar-se numa confortável poltrona estofada com um tecido vermelho vívido, avisando que logo retornará.

Cinco minutos depois, Arve está de volta. Agora vestindo calças de veludo cinza-claro e um casaco na mesma cor. O clérgima cerimonial é substituído por um pequeno colarinho sacerdotal sob a camisa preta.

— Você se importaria se eu esquentasse um pouco de comida enquanto conversamos? Não como nada desde hoje de manhã — diz ele, já se dirigindo à cozinha. — A propósito, você está com fome?

— Não, obrigada. Tomei um café da manhã tardio — mente ela, quase de forma automática.

Ela o segue até a grande cozinha com decoração antiquada e nada prática, embora belíssima. Em seguida, puxa uma cadeira e se senta à grande mesa de carvalho. Karen observa em silêncio o padre pegar uma panela esmaltada e o vasilhame plástico com comida da geladeira.

— Posso lhe oferecer um almoço mesmo assim? São apenas sobras de ontem — diz ele —, mas está uma delícia. Guisado de um veado que eu mesmo cacei, e cogumelos também colhidos por mim.

— Agradeço, mas pode comer enquanto conversamos.

— Tem certeza? Tenho também compota caseira de groselha — diz ele, se virando com a vasilha de plástico na mão e as sobrancelhas levantadas.

Karen sorri. Aquela rigidez típica de um homem de Deus, que ela observara ao encontrá-lo mais cedo, foi jogada para debaixo do tapete assim que ele tirou o traje sacerdotal. Além do mais, é quase uma hora da tarde e ela está faminta.

— Pelo visto, então, não vou poder recusar — diz. — Eu adoro groselha.

Erling Arve coloca a panela no fogão e abre um dos armários acima da pia da cozinha.

— Diga-me, sobre o que você queria falar comigo? — pergunta, enquanto retira dois pratos.

— Quero que me diga tudo o que sabe — ela responde, gentilmente. — Sobre Fredrik, e principalmente se consegue pensar em algo que possa explicar por que alguém o queria morto. E depois quero que me conte tudo o que sabe sobre o neto dele.

Arve põe a mesa, como se quisesse ganhar tempo.

— Você sabe que eu jurei segredo, certo? — diz ele, calmamente.

— Só peço que me diga o que sabe como cidadão privado. Nada que tenha sido dito a você como padre, mas eu não acharia ruim se dividisse comigo alguma informação privilegiada — acrescenta ela, com um sorriso maroto. — Comece por Fredrik. Se ele disse algo em segredo a você, a confidencialidade já deve ter perdido a validade.

— Não é assim que as coisas funcionam, a morte não faz diferença. Mas, por outro lado — ele diz, dando a volta —, Fredrik não era do tipo que se confessava comigo. Ao contrário da irmã, ele não era um homem religioso. Na verdade, nem sei ao certo se ele acreditava em alguma coisa, mas imagino que isso seja por causa de sua profissão.

— Como professor, você quer dizer? Existem muitos professores religiosos. Pelo menos até onde me lembro, de quando frequentava a escola.

O padre ri.

— Sim, mas Fredrik Stuub não era um professor qualquer, ele dava aula de biologia na Universidade de Ravenby, e eu não acho que o que ele ensinava era particularmente compatível com a narrativa criacionista.

Sem redarguir, ela sorri de volta.

Eles comem em silêncio, e Karen fica espantada com as incríveis habilidades recém-reveladas do padre. *Sabe caçar, colher cogumelos e fazer geleia*, pensa ela.

— Mas quando se trata de Fredrik — continua Arve, um pouco depois —, não acho que tenha sido a biologia que o ocupou nos últimos anos. Ele estava muito interessado na história de Noorö.

Karen o observa atentamente enquanto mastiga.

— Mas, infelizmente, não foi assim que nossos caminhos se cruzaram — o padre continua. — Não era tanto a herança ecumênica que interessava Fredrik, mas as relíquias pagãs. Segundo Gertrud, ele estava muito interessado nas pedras rúnicas antigas e passou muito tempo no barco de pedras em Gudheim. Um grande pecado, segundo sua irmã.

Karen lembra-se de algo que Byle disse.

— Sim, ouvi dizer que tem havido vandalismo naquelas bandas — diz ela. — Alguém fazendo furos nas pedras antigas.

Arve confirma com um aceno.

— Claro que isso não deixou apenas Fredrik aborrecido. Sempre tivemos problemas com gangues de jovens que rondam aquela região, às vezes fazem pichações e tentam derrubar as pedras, mas o que ocorreu foi muito mais sério.

— Há quanto tempo foi?

— Foi o próprio Fredrik que descobriu esses vandalismos, no dia anterior à véspera de Natal, mas ninguém sabe ao certo quando foram feitos os furos; na minha opinião, tudo deve ter acontecido alguns dias antes, no máximo.

— E por que você acha isso?

— Bem, sabemos que é principalmente no verão que os *hippies* vão até lá, mas alguns também gostam de ir no solstício de inverno. Portanto, esses caras teriam notado algo de diferente nas pedras, se os buracos já estivessem lá.

— Foi relatado à Administração do Patrimônio Cultural?

— Creio que sim, mas não tenho certeza. Fredrik registrou a ocorrência na polícia de Noorö, mas o que aconteceu depois disso, você deve saber melhor que eu.

Provavelmente, não, pensa Karen, com certa melancolia, lembrando-se das palavras de condenação de Byle sobre vandalismos e depredações.

A polícia local provavelmente não se esforçou muito para fazer uma investigação séria. Ela decide mudar de assunto.

— Então, o que você sabe sobre Gabriel? Sei que ele trabalha na Groth, que herdará o que Fredrik deixou e que vive numa casa moderna que parece ter sido jogada de qualquer jeito no meio do milharal. E que ele está se divorciando também — acrescenta ela.

— Pois é, do Gabriel, também não soube nada em caráter confidencial, mas pelo que dizem na cidade, parece ser uma história bem feia. Muitas discussões e brigas, segundo os vizinhos, até que a esposa o abandonou: pegou os filhos e voltou para a casa dos pais em Thorsvik. Acho que um deles tinha que comprar a parte do outro, e tem também as brigas por causa das crianças.

— E há mais alguma coisa a dizer sobre Gabriel? Ele tem algum outro... interesse? — pergunta Karen, raspando a última garfada de seu prato. — Nossa... isso estava uma delícia, a propósito!

— Vou avisar o cozinheiro — diz Arve, com um sorriso irônico. — Interesses? Está se referindo àquele bando de motociclistas?

— Não estou me referindo a nada, só escutando tudo. Sabe de algo sobre isso?

— Na verdade, não. Pelo menos não de um ponto de vista policial. Eu não tenho provas de nada, mas há rumores de que Gabriel tem uma relação bastante próxima com esses caras. Aparentemente, ele passa muito tempo na fazenda deles, em Tyrfallet, mas esse é o tipo de informação que deve ser ouvida com um pé atrás...

Erling Arve hesita por um momento.

— Alguns dizem que ele está fornecendo parte do estoque da Groth à OP — ele diz, olhando-a diretamente nos olhos. — Mas isso é apenas um boato.

Ela sabe que não terá uma resposta, mas pergunta assim mesmo:

— E de quem você ouviu esse boato?

Como era de se esperar, Arve apenas sorri em resposta.

— Certo — diz ela. — Você sabe se os proprietários da Groth estão cientes desses possíveis desvios? Se houve alguma ameaça contra eles?

— Não sei; mas, se eu fosse você, acho que valeria a pena perguntar a eles — responde Arve, levantando-se. — Agora, se você não tiver mais perguntas, terá que me dar licença. Posso lhe dar uma carona a algum lugar?

— Não, meu carro está no estacionamento da igreja. E agradeço muito pela refeição e por tudo que me contou. Imagino que nossa conversa ficará entre nós, certo?

— Naturalmente. E espero que você seja prudente ao interpretar as fofocas da cidade.

Enquanto Karen caminha até o estacionamento, pega o telefone e encontra o número que discou alguns dias atrás. Ela hesita por um momento, talvez seja melhor esperar um pouco antes de abrir essa porta em particular, mas ela decide que mais vale entrar com o pé na porta do que rastejar para dentro dela.

Com um suspiro profundo, ela pressiona o botão verde do telefone.

28

TERRENO NEUTRO, PENSA KAREN, OBSERVANDO O SALÃO DO PUB. AO lado do balcão, ela vê as madeixas louras platinadas de Ellen Jensen, e na mesa mais próxima à TV, estão os mesmos rostos da noite anterior.

Ele está sentado em um canto do salão. Quando Karen finalmente avista o primo, ela acena de longe, vai até o balcão e faz seu pedido antes de se sentar em frente a ele.

— Obrigada por ter vindo — diz, desenrolando o lenço do pescoço.

Odd Eiken toma um gole de cerveja, inclina-se para trás e a observa sem responder. Todo o carinho e alegria ao vê-la no primeiro encontro parece agora ter desaparecido. Há uma atmosfera de total desconforto; será tão difícil quanto ela temia, então resolve ir direto ao ponto:

— Você sabe por que eu quero falar com você, não sabe? — pergunta ela.

— Acho pouco provável que seja para relembrar os velhos tempos — diz ele. — Parece que perdeu a importância para você. Assim como você não dá a mínima para nossos laços de sangue, pelo que percebo.

— Se isso fosse verdade, estaríamos sentados na delegacia, não num pub.

— Não me venha com essa — protesta ele, irritado. — Se você acha que vai arrancar alguma informação de mim só porque somos parentes, pode esquecer.

Ao mesmo tempo, Ellen Jensen chega com o pedido de Karen. Ela coloca na mesa a caneca de cerveja e uma tigela de amendoins e sai sem dizer nada. Karen toma dois longos goles.

— Você está certo, Odd — diz ela. — Pelo menos em parte. Como você sabe, estou investigando o assassinato de Fredrik Stuub, e não há nada que sugira uma ligação direta com a OP. Pelo menos, ainda não, mas parece haver uma conexão entre você e Gabriel Stuub.

— Ah, é mesmo?

— Você confirma?

— Por que eu faria isso?

— Então Gabriel não está envolvido com a OP? É isso que está me dizendo?

— Nunca ouvi falar desse cara.

Karen suspira e toma outro grande gole. Ela se inclina para trás e fica encarando o primo.

— Beleza, Odd, eis o que vamos fazer. Eu falo o que eu acho, e você me diz se estou no caminho certo. E o motivo para me dar ouvidos é que você não vai querer que eu mande chamar a cavalaria. Basta eu dizer um "A" e toda a ilha será invadida pelos meus colegas, que têm um enorme interesse nas suas atividades. E eles terão a ajuda de auditores e especialistas em crimes financeiros, que examinarão cada pedacinho de papel que encontrarem nos escritórios e nas casas de todos os envolvidos. Geralmente, eles não têm os recursos necessários para analisar a fundo esses casos, mas quando se trata de uma investigação de assassinato...

... provavelmente o caso jamais tomaria essas proporções, pensa ela, com a mente tranquila. Um ligeiro ar de preocupação transparece nas feições de Odd, antes de conseguir disfarçá-la com um sorriso indiferente.

— E imagino que não seria nada bom para a popularidade se seus comparsas do clube soubessem que foi justamente a sua prima quem trouxe essa dor de cabeça até eles — ela rapidamente acrescenta.

— Pode continuar — diz ele, rispidamente.

— Sabemos que Gabriel obtém seus suprimentos graças ao estoque da Groth.

— É mesmo? Se eu trabalhasse lá, provavelmente faria o mesmo; mas, como já disse, não conheço o cara.

— Pelo que eu entendi, o álcool não é a principal fonte de renda da OP. Vocês parecem mais interessados na chamada "proteção aos infelizes donos de restaurantes". Violência, extorsão, lavagem de dinheiro em corrida de cães, um pouco disso, um pouco daquilo, mas suponho que vocês não lidem com uísque maltado no mercado clandestino. Estou certa?

— Talvez eu concorde com o que você falou por último — diz Odd, tomando um gole da sua cerveja.

— Portanto, Gabriel roubar da Groth é algo que ele faz por iniciativa própria — diz ela. — Um tanto para uso próprio e outro tanto para revenda com lucro razoável, suponho. Talvez até mesmo algumas vendas para alguns dos pubs de Dunker e Ravenby. Um jeito de ganhar uma graninha, pura e simplesmente.

Odd a observa com ar irônico. Karen continua:

— No entanto, o símbolo pichado no armazém da Groth sugere que a OP está envolvida e que vocês tinham motivos para informar à Groth que não é hora de dar com a língua nos dentes.

Por um momento, Odd Eiken para de mastigar e olha incrédulo para Karen, parecendo estar realmente surpreso.

— Que porra de símbolo?

— Qual você acha? Um número um acompanhado de símbolo de porcentagem. Até eu sei que é isso que vocês usam para marcar o território. Eu o vi várias vezes do lado de fora de alguns pubs em Dunker.

Odd inclina-se para trás, suspira e diz em voz alta como se estivesse falando com uma criança:

— Ok, Karen. Digamos que exista esse tal símbolo, cuja existência não estou confirmando. Nesse caso, parece ser um marcador de território, como você está dizendo. Algo para manter os russos e os bálticos longe uns dos outros. Quantos deles você já viu aqui em Noorö?

— Digamos que eu acredite no que você está dizendo — diz Karen, olhando fixamente nos olhos do primo. — Mas duvido que isso impediria um membro solitário de usar o símbolo para impor respeito. Talvez para avisar alguém que o esteja seguindo, ou dando uma de teimoso. Talvez alguém que esteja ameaçando ir à polícia. Hipoteticamente, é claro.

Odd Eiken levanta as sobrancelhas e baixa os cantos da boca numa expressão que sugere que tudo é possível. Karen toma um bom gole de seu chope.

— Vamos continuar seguindo esse raciocínio? — pergunta ela.

— Com prazer. Basta ter em mente que ainda estamos falando de forma puramente hipotética. A OP não está envolvida em nada criminoso, somos apenas um grupo de homens interessados em motocicletas, nada mais.

Karen dá uma risada alta.

— Sem dúvida — responde ela, sorrindo. — Mas então vamos supor que alguém no seu clube de anjinhos motociclistas tenha a ideia de infringir a lei e roubar de seu empregador. Digamos, por exemplo, que ele trabalhe no asilo ou numa biblioteca. Não, a propósito, vamos fazer de conta que ele trabalhe num armazém de uísque! Só para dar um exemplo.

Odd prende um bocejo.

— Isto vai demorar muito? Eu sou um fumante de merda.

— Também sou, vou ser breve.

— É um pouco tarde para isso, não? Você tem noção de que só estou aqui por um motivo, certo? — diz ele, olhando-a diretamente nos olhos.

Sem pestanejar, ela encontra seu olhar.

— Eu também, Odd.

Os dois se encaram por alguns segundos em total silêncio. Então Karen respira fundo e continua:

— Não sei exatamente que cargo você ocupa no clube, mas presumo que tenha muito a dizer depois de todos estes anos. E agora eu tenho uma sugestão.

Nenhuma reação. Karen prossegue:

— Vocês evitam que eu arraste para cá todos os policiais disponíveis; evitam que suas casas sejam alvos de buscas, com uma condição.

Ainda nenhuma reação.

— Você me conta tudo o que sabe sobre Gabriel Stuub.

— Pode esquecer, eu não vou denunciar um irmão.

— É claro. Ainda bem que você acabou de dizer que Gabriel Stuub não é um membro e, portanto, não é um "irmão". Você não o conhece direito, então imagino que não terá problemas em me contar tudo o que sabe sobre ele.

Odd não responde.

— E, para mim, seria ótimo não ter que vasculhar o clube nem as casas daqueles rapazinhos tão educados. Seria bom também evitar envolver familiares nisso e interrogá-los sobre o que sabem sobre as atividades da OP. E seria ótimo para você se ninguém descobrisse que a policial por trás de tudo isso é sua prima. Tudo isso pode ser evitado se você apenas me disser o que sabe sobre a possível conexão do jovem senhor Stuub com o assassinato do avô.

Ela faz uma pausa.

— Estamos combinados? — ela pergunta.

— Que vaca do caralho você se tornou, Karen.

— Vou entender isso como um sim.

29

KAREN DÁ UMA OLHADA NO ESPELHO RETROVISOR ANTES DE VIRAR na saída para a rodovia com um sentimento de alívio. Eram apenas 11h20. Teria pela frente quase dois dias longe daquelas casas cobertas de fuligem e de uma investigação estagnada.

O relatório enviado a Jounas Smeed na noite anterior era um resumo claro e objetivo da investigação que concluía que agora era necessário aguardar os resultados do departamento de TI e da perícia. Como não havia o que fazer por conta própria, ela ia passar o feriado em casa, mas pretendia retornar a Noorö dali dois dias.

Para sua surpresa, seu celular soou um alerta de nova mensagem poucos minutos depois.

```
Ok. Jounas
```

A reunião na delegacia, naquela manhã, trouxe apenas uma novidade, mas que, no fim, serviu só para atrasá-los. Meia hora antes, para sua surpresa, Karen havia recebido notícias da companhia telefônica. Sim, o celular de William Tryste havia se conectado, de fato, à antena de Lysvik na manhã de Natal, entre 08h01 e 08h03. Uma das enfermeiras do lar de idosos também confirmou que tinha visto William Tryste entrar para ver seu pai, Ivar Tryste, logo após as 7h daquela manhã.

— A declaração de William Tryste também parece bater — Karen concluiu, sem poder esconder sua decepção.

Confirmado um álibi, um possível suspeito estava descartado. Em seguida, Karen encerrou a reunião e desejou a todos um feliz ano-novo. Claro que seu encontro com Odd Eiken não fora mencionado.

Agora, dirigindo numa velocidade constante em direção a sua casa, Karen sente o mesmo alívio que sentiu quando dirigiu na direção oposta, há cinco dias. Seu humor melhora um pouco ao pensar que não terá de dormir no quarto de hotel florido por algumas noites e pode, em vez disso, ir à festa de Ano-Novo de Eirik e Kore naquela noite.

Ela desliga o rádio, pega o telefone e coloca o fone nos ouvidos. Leo Friis atende após oito toques.

— Eu estava no banho — diz ele. — Acho que usei o último resto do xampu.

— Estou a caminho de casa, tirei alguns dias de folga.

— Puta merda, quando você vem?

Você vai ter tempo para arrumar a casa, pensa ela.

— Daqui umas duas horas, estou na estrada agora. Como estão as coisas aí? Como está a orelha do Rufus?

— Já melhorou. Fizemos exatamente como você disse, mas é um inferno segurá-lo, ele detesta aquela pomada.

"Fizemos", pensa ela. Quer dizer que Sigrid ainda está lá.

— Preciso comprar alguma coisa no caminho?

— Fomos às compras hoje de manhã, portanto, está tudo tranquilo. Na verdade, achamos mesmo que você voltaria para casa, mas esquecemos de comprar leite.

Ela percebe que Leo está falando com alguém ao fundo. Logo em seguida, ele volta a falar ao telefone.

— A Sigrid está dizendo que também estamos quase sem detergente.

30

— VOCÊ PRECISA DE UM VALHACOUTO — DIZ MARIKE, ENQUANTO puxa as meias-calças. — Que merda, elas ficaram pequenas!

As duas estão sentadas no salão do ateliê de Marike. Karen faz uma pausa e olha pela janela para a neve contínua. A temperatura caiu mais alguns graus, e os aquecedores não são ligados há dias, mas a sensação de frio pode ser porque ela está usando um vestido sem mangas. Enquanto isso, fica hipnotizada ao observar as tentativas frustradas de Marike de subir as meias-calças por seu corpo de 1,80 metro.

Ela é uma boa ouvinte, pensa Karen. Durante 45 minutos, Marike a deixou falar sobre sua frustração com Leo e Sigrid. Num minuto, quer que eles estejam lá, e no outro, só quer saber de ficar sozinha. A alegria que ela havia sentido há algumas horas quando entrou pela porta de casa e foi recepcionada pelo som das vozes e pelo cheiro da comida no fogão.

— Bem-vinda ao lar! — exclamou Leo, entregando-lhe uma cerveja.

Ela baixou o olhar para esconder a mistura de pânico e alegria que tomou conta dela ao aceitar a garrafa. Tudo seria mais fácil se eles não estivessem por lá. Tão mais silencioso. "Bem-vinda ao lar", as palavras a atingem como um soco no estômago.

E depois do jantar, Sigrid fez a pergunta que Karen temia: se ela podia alugar o quarto de hóspedes e se mudar para lá. Ela cogitava ir para a universidade, portanto, se vendesse a casa que herdara da mãe, não teria de contrair empréstimos estudantis.

— Eu tenho dinheiro para o aluguel, e vou ficar estudando a noite toda. Você nem vai perceber que estou aqui.

Karen não sabia como responder, e viu a decepção crescer lentamente nos olhos de Sigrid enquanto esperava as palavras que Karen não conseguia dizer: "Sim, é claro que pode vir para cá".

— O que diabos é um "valhacouto"? — ela diz, agora. — Dá para falar igual gente, para que eu possa entender? Eu sei que você consegue.

Marike deixa o vestido cair no chão com um suspiro e se vira. Então ela diz com grande articulação:

— Um esconderijo, ué. Um lugar para onde ir quando a coisa ficar feia em casa. Um apartamento para pernoitar. Aqui em Dunker. *Sacou?*

Karen responde com um sorriso.

— Então poderíamos nos encontrar um pouco mais, sem ter que voltar para casa depois do primeiro copo — continua Marike.

— E já pensou em como isso seria possível? — Karen pergunta com certa aspereza. — Quase todas as moradias desta cidade estão dentro de condomínios. E eu não posso me dar ao luxo de comprar um apartamento lá em Gaarda ou Moerbeck para desfrutar da minha solidão.

Ela é uma boa amiga, pensa Karen, *mas não faz ideia do que é viver com um salário de policial.* Por isso decide mudar de assunto:

— Você já está pronta? Posso chamar o táxi? Eirik ficará furioso se chegarmos atrasadas.

Karen ouve o desânimo em sua própria voz. Todo aquele papo sobre uma casa alternativa, um lugar onde pudesse se refugiar, fez seu humor festeiro ser substituído por uma sensação de desesperança. A conversa, ao mesmo tempo, mostrou exatamente do que ela precisava e como era impossível alcançar tal objetivo: um "valhacouto".

— Sim, claro, pode chamar — diz Marike tranquilamente, puxando suas meias-calças.

Meia hora depois elas tocam a campainha de uma das maiores casas de Thingwalla. Construída por um rico armador em meados dos anos 1920, Kore e Eirik puderam comprá-la por uma bagatela, mas depois gastaram pelo menos o dobro da quantia para trocar toda a parte elétrica e hidráulica do imóvel. A decoração da casa é tão distinta nos andares superior e inferior que é difícil acreditar que seja habitada pelas mesmas pessoas. Os quartos do andar de cima são marcados pelos gostos convencionais de Eirik, enquanto Kore, no andar de baixo, foi mais ousado com um estilo claramente baseado no design industrial.

É por isso que eles dão certo juntos, Karen pensa, enquanto se senta. Em vez de conciliarem vontades e gostos desiguais, um preza pela satisfação do outro.

Os outros que, como Karen, ocupam seus lugares ao redor da mesa esta noite, com semblantes cheios de expectativa e roupas desconfortáveis, são em parte rostos familiares: Marie, Harald, Stella, Duncan, Aylin, Bo, Gordon e Brynn. A pedido de Eirik, o código de vestimenta era traje a rigor, mas Karen desconfia que alguns dos homens tirarão suas gravatas assim que o jantar terminar.

Ele parece estressado, pensa Karen, olhando as bochechas vermelhas de Eirik; mas, apesar disso, o jantar segue tranquilamente.

Exatamente como esperado, os alimentos são convencionais, mas incrivelmente deliciosos. Até mesmo Aylin parece estar aproveitando a noite, embora seu sorriso se apague quando o marido, Bo, se inclina e sussurra algo em seu ouvido.

Karen pensa no que Marike disse há alguns meses:

"Acho que ele está batendo nela. Ela está se isolando naquela casa. Quando foi a última vez que ela saiu para beber uma taça de vinho?"

Karen protestou, atribuindo aos filhos pequenos o fato de Aylin não sair como antes. Mesmo assim, ela questionara Aylin à queima-roupa, fazendo uma visita, certo dia, quando sabia que Bo não estaria em casa. Recebeu uma risada de resposta. Segundo Aylin, Bo tinha um temperamento violento e às vezes ficava nervoso, mas é claro que ele não batia nela.

É claro que não.

Mas Aylin é a única mulher nesta noite festiva usando um vestido de manga comprida que vai até o pescoço. Karen deixa seu olhar vagar da amiga para o marido. Bo, que acabou de cruzar o olhar atencioso de Karen, levanta a taça para um brinde.

— Feliz ano-novo, Karen — diz ele com o olhar fixo no dela. — Você não está pensando em nada desagradável numa noite como esta, está? Isso seria uma tolice.

— *Vá para o inferno* — ela diz com os lábios sorridentes, sem fazer som, ao erguer a taça para ele sem beber.

31

SE A REFEIÇÃO FICOU A ENCARGO DE EIRIK, O RESTO DA NOITE É TODA de Kore.

Eles mal conseguem engolir o café antes que a casa esteja repleta de pessoas. Um rock de romper os tímpanos reverbera nos alto-falantes, e a dança começa rapidamente na sala de estar. Karen observa Aylin rindo, tentando dizer não a um homem que insiste em dançar com ela. Ela acaba cedendo instantes depois e o segue para a pista, fazendo um gesto de resignação para Bo, que não parece muito feliz.

Não há mais uma única luz acesa na casa, nem mesmo na cozinha ou nos banheiros. Em vez disso, vários candelabros grandes fornecem a única iluminação da casa, fazendo com que as paredes de tijolos pareçam brilhar.

No jardim, atrás de um balcão de bar iluminado, dois caras mais jovens, com velhas jaquetas de couro e luvas com as pontas dos dedos cortadas misturam bebidas. Alguns dos convidados ficam no bar em vez de correrem para dentro com as bebidas, pois há grandes suportes com lâmpadas de calor que aparentemente criam um microclima tolerável.

Karen vai até um dos jovens de jaqueta de couro, pede um gim-tônica e se vira enquanto espera. Aylin e Bo caminham em direção à outra ponta do grande jardim. Ele aperta com força o antebraço dela, mas solta quando percebe que Karen os observa. Eles param e parecem estar discutindo sobre alguma coisa. O olhar de Bo alterna entre o bar e Aylin, que fica ouvindo tudo cabisbaixa. Karen vira a cabeça, mas os observa de soslaio. Após alguns minutos, eles voltam a caminhar até a casa. Bo coloca o braço em volta dos ombros da esposa e sorri ao passarem por Karen, Aylin apenas desvia o olhar.

Um pouco além do balcão, Kore e seus colegas de banda estão com um convidado recém-chegado. Karen toma um susto quando vê quem é: Jason Lavar, produtor responsável pelo sucesso de vários músicos estrangeiros — ele é o responsável por Kore e Eirik conseguirem comprar uma das maiores casas do bairro e decorá-la exatamente como queriam.

— Tietando?

Karen tem um sobressalto ao ouvir aquela voz grossa misturada com a respiração quente em seu pescoço e se vira rapidamente. Leo Friis segura uma garrafa e tilinta contra o copo dela com um sorriso travesso.

— Você? Há muito tempo que você deixou de ser conhecido — retruca ela, com uma surpresa dissimulada.

Porém ela se arrepende do que disse. O fato de Leo Friis ter sido o vocalista da banda The Clamp é um assunto no qual eles nunca tocam. Claro que ela sabia do sucesso internacional da banda doggerlandesa, embora na época morasse em Londres e tivesse outras coisas em que pensar, porém não se inteirou quando ele desaparecera de repente.

Aquele sem-teto, que Karen conhecera durante uma investigação, agora vivia no chalé de hóspedes de sua casa, e está livre de drogas mais pesadas que o álcool. Que, graças à ajuda de Kore, conseguiu uma série de bicos como músico, o que permitia que ele fosse capaz de pagar o aluguel e suas despesas pessoais.

— *Touché* — diz Leo, com um meio-sorriso. — Então, quais são seus desejos para o novo ano? Além de eu me mudar, é claro...

Ele estende um maço de cigarros e ela pega um.

— Eu disse isso?

— Não diretamente, mas eu sei ver quando uma mulher se sente pressionada. O que entrega você é essa expressão que parece uma mistura de lebre na mira de um caçador e um macaco enjaulado.

— Que lisonjeiro.

— O único problema — continua Leo — é que a cada dois dias você parece um cachorro pedinte. Se não fosse assim, eu teria saído de casa há muito tempo.

Karen dá uma risada alta.

— Para onde? De volta ao cais em Nyhamnen?

Leo dá de ombros.

— Estou sempre pensando no assunto. Agora, falando sério, Karen, se você realmente acha que eu deveria...

Ele levanta os braços, mas não diz nada. Em seguida, ela abre a boca, mas volta a fechá-la. Os dois permanecem em silêncio, mexendo-se de lá para cá por causa do frio, enquanto dão as últimas baforadas em seus cigarros.

Não é uma má ideia que ele se mude, pensa ela. *Simplesmente desaparecer da minha vida, tão rápido quanto apareceu.*

— Vamos entrar? — Leo pergunta, jogando a bituca na neve.

Nada mais foi dito, mas ela continua pensando. *Se eu não disser algo agora, ele já terá ido quando eu voltar pra casa*, pensa ela. *Então tudo voltará ao normal. Terei a casa toda para mim novamente. Tranquila e aconchegante. E silenciosa.*

Sem ter decidido, ela se ouve dizer:

— É bom quando você está lá.

Mas Leo já se virou para entrar e não a ouve.

32

A PRIMEIRA COISA QUE ELA SENTE É O CHEIRO DO TAPETE. UM CHEIRO de lã fechada e empoeirada. Um cheiro familiar, nostálgico e acolhedor, a inesperada calmaria após uma tempestade. E então a constatação de que não haverá nada depois. Sem tempo para suspirar aliviada, sem abrigo ou porto seguro, sem tempo para reunir suas forças e consertar o que foi quebrado. Sem depois; apenas o antes. Talvez levem dias ou até semanas antes do próximo evento.

Ou, quem sabe, poucas horas.

Sem abrir os olhos, um som chama sua atenção. Ela prende a respiração e reza para que nenhuma das crianças abra a porta do seu quarto, mas o único som que ela ouve do andar de cima é exatamente o que faz seu coração acalmar. Bo Ramnes deixou a porta do quarto aberta, e os roncos pesados confirmam que ele vai dormir por um longo tempo.

A franja do cobertor felpudo pinica sua bochecha e ela abre um olho. A escuridão do inverno visível pelas janelas impede que se tenha noção do horário; pode ser tanto meia-noite quanto 7h30 da manhã. Ela fixa os olhos nos números digitais do DVD player: 4h43 da manhã, e só agora ela percebe que está prendendo a respiração há muito tempo e que a visão de um dos olhos está desfocada. Ela deixa o ar sair lentamente e respira de novo. E agora vem a dor.

Como já é de costume, ela faz os principais movimentos enquanto se senta cuidadosamente, abrindo e fechando as mãos primeiro, balançando os punhos, dobrando os cotovelos, levantando os ombros. Uma onda de dor de sua escápula esquerda e a habitual pontada na parte de trás do peito, mas não parece haver nada quebrado desta vez. Nada mais grave do que uma sensação de contusões e dores por todos os lados, como se tivesse sido jogada numa betoneira.

Está tudo girando ao se levantar, então ela se apoia no braço do sofá. As almofadas foram atiradas ao chão e um dos encostos do sofá também caiu. Ela recolhe tudo e pega a calcinha. Depois vai para a cozinha, joga-a na lixeira embaixo da pia, curva-se e espalha a borra do filtro de café por cima, pois assim consegue disfarçá-la melhor. Sabia que Bo ficaria uma fera se a visse jogá-la fora; sabia que, se ele a visse, ela jamais poderia usar de novo uma daquelas. *E ele está certo*, ela pensa, *esse é o problema: eu não faço o que ele diz.*

Um som do andar de cima a faz congelar. *Que não seja uma das crianças, ainda não... por favor, meu Deus, eu preciso de tempo.* Instintivamente prende a respiração de novo, com todos os seus sentidos em alerta. Passos pesados percorrem o piso de madeira, e não são de Tyra nem de Mikkel. São dele. Ouve agora a porta do banheiro ser aberta, a tampa do vaso sanitário ser levantada; ela fecha os olhos e começa a rezar novamente. *Querido Deus, não permita que ele desça agora, eu não aguento mais. Agora não.* Só quando, cinco minutos depois, torna a ouvir o ronco vindo do andar de cima, é que Aylin se atreve a relaxar as mãos agarradas à bancada da cozinha. Um ronco profundo de quem está de ressaca.

Cinco dias, apenas cinco dias desta vez. Durante muito tempo, semanas se passavam entre um acometimento e outro; no começo, eram meses. Naquela época, tinha tempo para se restabelecer, para manter os machucados escondidos.

Marike já desconfiava. Na primavera, tinha feito alguns comentários sobre as mangas compridas e as golas altas, justo no calor de maio. Karen perguntou diretamente algumas semanas depois. Mais tarde, Aylin arrependeu-se de ter replicado com uma risada tão convincente. Sentiu como se aquela gargalhada estivesse afastando a única boia salva-vidas que alguém lhe lançava em muito tempo.

A questão é que Bo está certo. Não em tudo, mas no que importa. Bo deu a ela tudo o que sempre sonhou, tudo o que ela nunca teria tido sem ele: Tyra e Mikkel. Essa noite, ele gritou tão alto que ela teve medo de que os dois acordassem. Assim que a babá entrou no táxi, ele começou:

— Sem mim, você não teria nada. Você não seria nada. Você me ouviu bem? Você não seria nada. E é assim que você me agradece? Agindo como uma putinha de merda?

Quanta estupidez da parte dela.

Dessa vez ele nem sequer chegou a se conter até que entrassem no quarto. Não havia música para abafar o som. Ela mal sentiu o golpe, apenas registrou com relutância quando ele a penetrou e o alívio depois que terminou.

As crianças não sabem de nada, pensa ela, enchendo um copo com água. Ainda são muito pequenas para entender. Então ela acha que precisa tomar um banho, mas em silêncio, para não o acordar. Precisa deitar-se ao lado dele, estar pronta quando ele acordar. Confortá-lo quando a ansiedade bater, mostrar-lhe que ela não teve nenhuma ideia besta.

Aylin Ramnes coloca cuidadosamente o copo na pia e vai para a sala. Basta colocar o pé no primeiro degrau para que ela perceba que tudo mudou.

O ursinho de pelúcia branco com patinhas vermelhas e macacão azul estão largados perto do corrimão, até parece que ele desceu correndo as escadas e sentou-se ali. Era o ursinho de pelúcia de Tyra, ela não o largava de jeito nenhum, pelo menos não em situações normais. Só quando via algo muito assustador, a ponto de fazer com que se esquecesse dele. Aylin sabe disso antes mesmo de notar a pequena poça de xixi no degrau superior.

33

— PUTA MERDA! — EXCLAMA MARIKE, APOIANDO A TESTA SOBRE A mesa.

Karen enche uma xícara para cada uma, desliga a cafeteira com um clique e a empurra para trás.

— Beba isto — diz ela, jogando uma aspirina efervescente num copo com água. — Um sanduíche e um pouco de café vão fazer você se sentir melhor.

As duas comem em silêncio. Tudo o que se pode ouvir é o som das mastigadas; uma ruminação intencional, pois entraram num consenso de que qualquer conversa seria supérflua. Em vez disso, cada uma recapitula interiormente os acontecimentos da noite anterior. Karen começa de trás para a frente: chegaram no ateliê às 3h15.

Estava muito bêbada — embora menos do que Marike. Agora sentia dores no joelho e provavelmente estava com bolhas nos pés. Será que havia dançado? *Não*, ela pensa, *eu não danço... não danço há mais de dez anos*, mas depois ela se lembra. Sim, *eu dancei*. Com Brynn e Eirik. E, enfim, com Leo.

Agora ela se lembrava de que ele havia tocado. Contra sua vontade, a convite de Jason Lavar. Kore, pego de surpresa e estressado, tentou evitar — dividido entre querer agradar Jason Lavar e proteger Leo, que deixara bem claro que não queria jamais voltar a tocar para uma plateia.

Por fim, Leo subiu ao palco com relutância. Karen viu as mãos dele tremerem enquanto passava a alça do violão sobre o ombro, percebeu seu olhar vagando pela sala, como se procurasse uma rota de fuga de última hora.

Mas ela também notou como sua ansiedade pareceu diminuir depois de meia canção. E como um leve sorriso foi-se desenhando logo na introdução da música seguinte. Ela viu o alívio dele quando tudo acabou e desceu do palco, mas antes disso, ela viu algo mais: que aquilo também fazia parte de Leo.

Pouco depois, ela pediu que ele a acompanhasse.

— Músicos não dançam — disse ele.

— Nem eu. E, a propósito, você é bem-vindo para ficar lá em casa, se quiser.

— Está bem, então.

Marike estica a mão até a cafeteira e vê que está vazia. Com muito esforço, ela se levanta da cadeira, ergue a jarra com um olhar incerto e recebe um aceno silencioso em resposta. Nenhuma das duas tem energia para falar. Marike serve o café recém-passado, observa o olhar ausente de Karen e quebra o silêncio com as seguintes palavras:

— Mas que merda, vai logo transar com ele!

Karen bate o copo contra os dentes.

— Ou vai continuar dando bola apenas para quem você não gosta?

Na mesma hora, ouve-se um barulho bastante familiar. Karen levanta-se rapidamente, agradecida pela interrupção, encontra sua bolsa sobre a bancada da cozinha e pega o celular. Sente-se despertar assim que lê o nome na tela:

— Oi, Thorstein — diz, logo percebendo que a conversa não trará boas notícias.

A voz de Byle está tensa, e o forte sotaque de Noorö deixa isso ainda mais evidente.

— Oi, Karen, desculpe incomodá-la, infelizmente você terá que voltar mais cedo do que imaginava: Gabriel Stuub está morto, foi assassinado.

34

DESTA VEZ, KAREN EIKEN HORNBY ENTRA NO CARRO SENTINDO-SE CA-rente daquela sensação de liberdade. A constatação de que ela não deveria dirigir nas próximas horas a faz agarrar com mais força o volante e verificar o velocímetro de tempos em tempos. Sente-se aliviada por não ter tanto trânsito e porque a pista não está muito escorregadia, apesar da forte nevasca do dia anterior.

Ela levanta o braço e cheira a axila. Não há tempo para ir até sua casa em Langevik e fazer as malas. A única maneira de chegar a Gudheim antes do anoitecer era entrar imediatamente no carro. Ao terminar a conversa com Thorstein Byle, vestiu a mesma roupa que estava quando saiu de sua casa a caminho do ateliê de Marike. Provavelmente está com restos da maquiagem de ontem sob os olhos e, se bobear, um pouco do confete dourado da meia-noite embolado nos cabelos.

Então bate de novo a consciência pesada: por que diabos ela foi tirar aquela folga? Óbvio que deveria ter ficado em Noorö. Depois veio a outra voz — aquela a que preferia dar ouvidos naquele momento: *não faria diferença se tivesse ficado lá, você não é guarda-costas de ninguém.*

Ela dá sorte com a balsa: apenas dois minutos após embarcar em Thorsvik, o motor já estava ligado. Desta vez há muito mais carros no trajeto. Ela conta quatorze além do seu.

Karen liga o rádio e batuca impacientemente no volante, enquanto a balsa avança pelas águas descongeladas. Ela olha para o relógio e, ao mesmo tempo, ouve o locutor da rádio:

— São 13h, e aí vão as notícias: um homem de 35 anos foi encontrado morto esta manhã na destilaria de Gudheim, em Noorö. O chefe da polícia de Noorö, Thorstein Byle, não dá mais detalhes, mas confirma que a polícia iniciou uma investigação preliminar.

O repórter faz uma pausa, e continua:

— Agora, o clima. Um vasto sistema de baixa pressão está se aproximando pelo oeste e espera-se que avance sobre a região ocidental do país e sobre Noorö durante a noite. Os meteorologistas alertam para a possibilidade de tempestades e uma forte nevasca. Espera-se que a tempestade se intensifique durante a manhã e depois avance...

Alerta de tempestade.

— E tem mais essa agora — Karen murmura consigo mesma.

Resta ficar com os tênis encharcados ou usar o par de galochas de Marike, pelo menos dois números maiores que o pé dela. E usar um par de jeans gastos e uma malha de lã que chega aos joelhos para prestar seus sentimentos aos colegas e responder às dúvidas que estarão no ar. O joelho doendo por causa da idiotice de dançar na noite anterior, e a dor de cabeça latejante pela ressaca. Ela definitivamente não está preparada, nem para a virada do clima, nem para investigar um assassinato.

Byle parecia pressionado ao telefone, e ela logo entendeu que era por causa do incomum alvoroço causado na mídia: mais de vinte pessoas estiveram na destilaria quando Gabriel Stuub fora encontrado com a garganta cortada.

35

A BALSA ATRACA COM UM LEVE TREMOR, E OS CARROS COMEÇAM A se dirigir calmamente para a terra firme. Karen hesita por um instante na rotatória que leva à estrada principal rumo ao norte. Ela vira à direita e para do lado de fora do *pub*. Decide fazer o *check-in* no mesmo lugar que da última vez, a cerca de dez quilômetros do local do crime mais recente. Está longe de ser o ideal, mas ela não quer correr riscos. Certamente não haverá tempo para procurar outro lugar em Gudheim.

Dali dez minutos, Ellen Jensen confirma que o quarto está disponível, se Karen quiser reservá-lo novamente. Assim que volta para o carro, Karen percebe o estresse crescendo dentro de si e olha de relance para o relógio. Com as estradas congeladas, levará mais de uma hora para chegar a Gudheim, mas apenas uma hora depois, já terá anoitecido.

A neve agora vai caindo cada vez mais próxima, espalhando-se sobre o para-brisas como um véu branco entre uma passada e outra do limpador. Suspirando, ela olha para a placa antes de virar para a autoestrada:

GUDHEIM 63 KM

Karen acelera o tanto que sua coragem permite.

Já são 15h15 quando ela chega ao cruzamento e avista a placa que marca o fim da estrada principal e indica as três direções possíveis:

CENTRO DE GUDHEIM 1,2 KM
COLINAS DE GUDHEIM 2 KM
DESTILARIA 0,6 KM

Ao lado da indicação para a destilaria, alguém pichou: *Deus seja louvado!*

Karen vira à direita numa estrada pavimentada e, dali a uns quinhentos metros, avista a destilaria rodeada apenas por céu e mar. Do lado de fora da fábrica, próximo a um muro baixo, há dois carros estacionados e uma van. Acelerando o máximo que pode pela rua estreita, vira em frente ao portão, baixa o vidro da janela e mostra seu distintivo a um policial uniformizado. Ele a cumprimenta e aponta para o terreno.

O pequeno estacionamento está cheio, cerca de dez carros estão parados onde, na outra metade do ano, parece haver um gramado exuberante. Agora é apenas um terreno de barro endurecido com uma camada de dez centímetros de neve. Ela estaciona ao lado de uma das viaturas, pega a bolsa no banco do passageiro e calça as galochas lamacentas. *O cardigã vai ter que esperar*, pensa ela, puxando o zíper da jaqueta de camurça.

A dor se espalha do joelho até o quadril enquanto ela caminha lentamente pela neve em direção ao prédio principal. Thorstein Byle olha na direção dela assim que a claridade das janelas a ilumina, e vem caminhando ao seu encontro.

— Finalmente — diz ele. — Você já comeu alguma coisa?

Karen aperta a mão estendida do colega e balança a cabeça.

— A metade de um sanduíche.

— Tem bastante comida lá dentro, muitos restos da festa de ontem à noite. Talvez seja melhor começarmos com você colocando alguma coisa no estômago, assim eu posso ir falando o que já sabemos enquanto você se alimenta.

— Onde está o corpo?

— A cerca de quinhentos metros daqui, mas está isolado e vigiado por dois homens. De toda forma, não há nada que possamos fazer até que o médico-legista e a equipe forense cheguem ao local.

Byle tem razão, e ela não quer deixar Sörcn Larsen ainda mais furioso do que já está rompendo o cordão de isolamento só para satisfazer sua curiosidade.

— Praticamente não há dúvida do que aconteceu, por isso eu a chamei de uma vez. Como eu disse, nosso amigo teve a garganta cortada; até eu posso ver.

— Existe algum lugar onde possamos conversar a sós?

— Sim, os Groth têm sido muito prestativos. Vamos até aquela sala onde nos reunimos com William Tryste da última vez que estivemos aqui.

— E onde eles estão?

— Björn Groth mora com a esposa aqui ao lado da fábrica, o filho Jens vive com a esposa do outro lado. Eles estão em suas respectivas casas. A filha Madeleine e seu marido moram um pouco mais longe, em Gudheimby.

— E os outros convidados? Você comentou que teve uma grande festa.

— Festa da empresa, na verdade. Estão todos hospedados no hotel perto do campo de golfe, a meio quilômetro daqui. Eu também mandei alguns guardas para lá, para garantir que ninguém tente fugir.

— Qual é o nosso efetivo?
— Trouxe sete homens no total. Pessoas, aliás, já que duas são mulheres.
— Ótimo — diz Karen. — Muito bem, Thorstein. Vamos entrar?

Sem procurar seus anfitriões, eles caminham pela recepção e pelas instalações da destilaria e entram no enorme escritório de William Tryste. Dois policiais sentados à mesa de reunião se levantam rapidamente quando Karen e Byle se aproximam, limpando a boca e batendo continência enquanto terminam de mastigar e tentam engolir.

— À vontade — ela logo diz, notando que um deles olha discretamente para suas galochas e calça jeans puída antes de sentar-se de novo à mesa.

Karen percebeu que Byle não tinha exagerado. Se eram apenas os restos de uma festa de funcionários, os Groth realmente esbanjaram. Grandes bandejas de frios, queijos, patês e frutos do mar estão dispostos sobre a mesa de reuniões. Numa das extremidades, há diversas cestas com vários tipos de pães e garrafas de água mineral e cerveja, além de duas enormes garrafas térmicas.

Karen serve um prato cheio com todo tipo de iguarias e pega duas garrafas d'água, ao passo que Thorstein Byle se senta no sofá de couro na outra ponta da sala. Ao sentar-se ao lado do colega, ele acena com a cabeça para os dois policiais, que ainda estão sentados em silêncio, distraídos enquanto terminam de mastigar.

— Eles podem ficar ou devo pedir que saiam?
— Mesmo que estivessem atentos, acho que não conseguiriam ouvir nossa conversa daqui — diz Karen, passando manteiga numa fatia de pão de centeio. — Pode ir falando — ela pede.

Logo Byle começa explicando que a destilaria Groth realizou uma festa para a qual todos os funcionários e seus cônjuges foram convidados. Além de Björn e Laura Groth, seus dois filhos Jens e Madeleine e seus respectivos cônjuges, e William Tryste e a esposa, a empresa é composta de onze colaboradores e seis ajudantes. Vinte e cinco pessoas no total, das quais 21 estavam presentes na hora da virada. Dois casais foram embora mais cedo. A esposa de William Tryste manteve-se sóbria e levou o marido para casa pouco antes de 1h. No carro com eles, também foi a secretária Eva Framnes, para quem o casal deu carona até a casa dela, em Skreby. A herdeira da empresa, Madeleine, e seu marido, Elias, deixaram a festa por volta de 1h30, enquanto o resto da família passou a noite em suas respectivas casas na propriedade. Os outros hóspedes passaram a noite no "hotel" perto do campo de golfe. Desta vez, Byle faz aspas com os dedos para enfatizar as péssimas acomodações.

De acordo com o que havia sido relatado até o momento, a festa tinha sido tranquila e o ambiente estava agradável. Deve ter sido exatamente por isso que ninguém notou que um dos convidados tinha desaparecido.

Primeiro, no café da manhã, alguém comentou que Gabriel Stuub não aparecera, a opinião inicial de todos era que de ele provavelmente ainda estava dormindo depois de tanto ter bebido. Só quando a equipe de limpeza terceirizada chegou, depois das 9h30, que descobriram que Gabriel Stuub nunca chegou a dormir em seu quarto. Uma das faxineiras, andando com um saco de lixo para pegar copos vazios, achou que o homem deitado debaixo de um dos pinheiros nodosos tinha adormecido e devia ter morrido congelado. Apenas quando se aproximou, ela viu que a neve debaixo do homem era vermelha, e que seu pescoço parecia aqueles dos veados que seu pai costumava pendurar no galpão de casa após a caça de outono.

— Pois bem — diz Karen, tendo ouvido tudo o que Byle tinha a dizer. — Então ainda há um número considerável de hóspedes no hotel. Não podemos manter todo esse pessoal sob custódia por mais uma noite.

— Não, eu inclusive já falei com o Röse. Ele e o Svanemark estão no hotel e disseram que os ânimos estão ficando à flor da pele.

— Vocês ainda não começaram a colher os depoimentos?

Byle parece constrangido.

— Só pegamos as informações de contato. Pensei em esperar até você chegar aqui para que não houvesse divergências. Imaginei que nossa tarefa principal aqui seria a de vigiar.

Karen suspira profundamente. *Não seja tão banana*, pensa ela.

— E você fez muito bem essa função — diz ela. — Só uma coisa, Thorstein. — Karen faz uma pausa enquanto procura as palavras certas. Em voz alta, diz: — Eu não vou criar problemas se você tomar a iniciativa, desde que mostre bom senso e siga as regras. Você é um policial experiente e eu preciso da sua ajuda. Está bem?

— Claro.

— Então pode começar mandando seu pessoal colher as informações básicas das testemunhas, e depois podemos deixar os convidados irem para casa. Então, vamos precisar de uma amostra de DNA de todos.

— Pode deixar. Vou pedir que comecem imediatamente, mas eu preciso ter gente de plantão tanto no local das buscas como na entrada da garagem. Só sete policiais não darão conta do recado.

Karen abana a cabeça.

— Pensando bem, isso vai demorar demais. Eu mesma começarei a entrevistar a família Groth, mas realmente vou precisar de pelo menos dois...

No mesmo instante, ouve-se uma voz familiar vinda da porta.

— Fala, minha cara Eiken — diz Karl Björken. — Aí está você, saboreando um patê. Eu que pensei que tínhamos um assassinato para investigar.

36

UM GRANDE ALÍVIO TOMA CONTA DE KAREN QUANDO VÊ O HOMEM alto e de cabelos escuros que parece preencher o vão da porta, e ela tem que se conter para não lhe dar um forte abraço.

Depois de apresentar o chefe da polícia de Noorö, Thorstein Byle, ao detetive Karl Björken, da Polícia Nacional, eles concordam que Byle se juntará a seus colegas no alojamento, enquanto Karen e Björken dividem o interrogatório inicial dos vários membros da família Groth.

— Mas eu gostaria de ver Stuub primeiro. Onde diabos estão Sören e Kneought? — diz Karen, irritada.

— Calma, Eiken — diz Karl Björken, tirando um pedaço de presunto serrano de seu prato. — Eles estavam na mesma balsa que eu. Devem ter ido direto para o local do crime.

Enquanto descem até onde o corpo de Gabriel Stuub fora encontrado, Karen relata os fatos que ela mesma acaba de receber de Byle, e depois resume brevemente os eventos em torno da morte de Fredrik Stuub.

— Já estou bastante familiarizado com esse caso — diz Karl. — Smeed mandou seus relatórios por e-mail, e já dei uma folheada neles na balsa. Não é exatamente uma leitura agradável...

Karen olha surpresa para ele.

— Eu não sabia que você era tão sensível.

— Estou me referindo à linguagem que você usou. Como você não costuma usar palavras tão pomposas, eu estava quase pegando no sono.

— Smeed está colhendo o que plantou — responde ela com rispidez.

Karl Björken lança um olhar para a roupa de Karen.

— Você tem noção de que seus cabelos estão cheios de *glitter*? Além disso, você não para de mancar — ele observa após outra olhadela. — Ainda está sentindo muita dor?

— Às vezes, não sinto nada, mas agora está doendo pra cacete. Fiz a besteira de dançar ontem à noite... de salto alto, ainda por cima... e, ficar andando por aí com essas botas não é a coisa mais confortável do mundo.

Os dois param diante de uma fita zebrada em vermelho e branco crepitando com o vento. Dois holofotes já estão montados e outros dois estão sendo instalados nos outros cantos do cordão de isolamento. Desta vez, Karen vê que Larsen também chamou reforços, notando a presença de cinco homens com trajes de proteção brancos que carregam pesados sacos cheios de equipamentos. O próprio Larsen parece bem calado e concentrado, enquanto ordena a um dos policiais que ajuste melhor as luzes.

Fora do perímetro, encontra-se outra figura bastante familiar de semblante sisudo: Kneought Brodal inclina-se com dificuldade ao lado do grande saco preto, levanta a fita do isolamento e sai andando sem olhar para trás.

— Nosso querido raio de sol — diz Björken, com um sorriso. — Acho que podemos ver melhor dali.

O colega de Karen aponta na direção de um penhasco do outro lado da área isolada, e depois de darem a volta, percebem que ele estava certo. Dali os dois conseguem ver claramente o corpo de Stuub. Está de lado, os joelhos encolhidos e os braços esticados para os lados.

— Ele provavelmente estava sentado, as costas apoiadas no tronco da árvore, quando alguém lhe cortou a garganta e ele caiu de lado — diz Karen, erguendo a mão para proteger os olhos dos holofotes.

— Ou desabou quando foi feito o corte. Não, aliás... acho que sua teoria está certa. Ele deve ter sido morto onde estava, ou os braços não ficariam nessa posição. Ainda não encontraram a arma, certo?

Karen abana a cabeça devagar, olhando fixamente para o cadáver. Com um riso contido, ela observa Kneought Brodal, todo atrapalhado, ajoelhando-se ao lado do corpo para iniciar o exame preliminar. Se ele já ficara de mau humor por ter vindo quando Fredrik Stuub morreu, aquilo não foi nada se comparado ao quanto estava possesso agora.

— Não — diz ela. — De acordo com Thorstein Byle, não havia armas próximo à vítima. E, de toda forma, não acredito que vamos encontrar alguma coisa. — Karen acena com a cabeça em direção às rochas. — Mas a autópsia deve ficar pronta amanhã, né? — acrescenta ela, deixando a pergunta no ar ao levantar as sobrancelhas e dar um sorriso que imagina parecer inocente.

— E, é claro, que você quer que eu confirme isso logo para que seja dispensada... Quer que eu convença o Brodal ao som de ossos sendo serrados?

— Muito obrigada por tamanha generosidade — diz ela, rapidamente. — Já basta o que tive de aguentar no outro dia. Vamos subir? Se eu começar pelo Björn Groth e a esposa, você pode ir falar com a filha Madeleine e o marido? Pelo que consta, eles moram em Gudheimby, portanto, você consegue chegar lá em cinco minutos. Também vou ver se dá tempo para dar uma palavrinha com Jens Groth.

— E quanto ao William Tryste e a esposa?

— Eles terão que esperar até amanhã. Demora muito conversar com aquele cara. Ele gosta de entrar em detalhes sobre a maltagem e a brasagem. Além do mais, ele tem um álibi para o assassinato de Fredrik Stuub.

— E temos certeza de que os dois assassinatos estão relacionados?

— No caso, prefiro apostar que sim.

Karen começa a descer a colina e tropeça com aquelas botas enormes, cerrando os dentes com força de tanta dor. Assim que ela chega à parte plana, enfia as mãos geladas nos bolsos do casaco e ergue os ombros para se proteger do frio. Aquele seria o momento ideal para tomar um bom uísque. Um *single malt* envelhecido em barris de xerez ou *bourbon*, não importa. Qualquer bebida que aqueça e alivie a dor.

37

AO CHEGAR À ALA LESTE DA PROPRIEDADE, KAREN BATE NA PORTA de entrada e o próprio Björn Groth atende com um grande guardanapo na mão. Exatamente como o filho, o homem diante dela é muito forte, quase parece gordo, mas não se vê nada da figura corpulenta de Jens; a alta estatura de Björn Groth comporta cada quilo extra. Na cabeça, uma juba sem nem um fio de cabelo grisalho, embora ele pareça ter mais do que sessenta anos. O contraste com o rosto enrugado é tão acentuado que Karen, por um breve instante, se pergunta se a cor do cabelo é natural.

— Não conseguimos comer nada até agora — explica ele. — Tudo bem se continuarmos nossa refeição enquanto conversamos com você? Ou talvez queira se juntar a nós?

Depois de recusar, ela o segue pelo corredor. Eles continuam até uma sala onde há uma grande mesa de jantar de mogno com oito cadeiras sob um grande lustre. Numa das pontas da mesa, encontra-se sentada uma mulher de sessenta e poucos anos. Quando Björn e Karen surgem no vão da porta, ela imediatamente pousa o copo de vinho tinto que estava segurando, levanta-se e vai ao encontro deles.

— Laura Groth — diz ela, com um sorriso e a mão estendida. — Bem-vinda! Você é a delegada Eiken, certo?

— Detetive, se for para entrarmos em detalhes. — Karen sorri. — Vocês não preferem que eu espere em outro lugar para que possam terminar sua refeição em paz?

— Acabamos de terminar — diz Laura Groth, e Karen nota Björn olhando longamente para seu prato pela metade. — Vamos para o salão — diz ela —, lá ficaremos mais à vontade. Meu marido já perguntou se podemos oferecer alguma coisa? Talvez um café, uma xícara de chá. Suponho que não deva perguntar se podemos oferecer algo mais forte.

— Infelizmente, não.

— Quem sabe outra hora.

O "salão" é, na verdade, uma sala de estar com dois sofás cinza-claros e uma imponente coleção de obras de arte.

O casal Groth se senta num dos sofás e Karen, no outro.

— Vocês são os únicos que moram nesta ala da propriedade? — pergunta ela.

— Sim. Para falar a verdade, ficou grande demais agora que as crianças se mudaram — diz Björn Groth. — Mas continua sendo nosso canto, porque é uma tradição que o proprietário da destilaria more aqui.

— Inclusive, somos a terceira geração — acrescenta sua esposa. — Foi o avô de Björn que começou tudo isso, na época.

Laura Groth fala com clareza, mas de um jeito um pouco artificial.

— E seu filho, Jens? Ele é o gerente de vendas?

Björn Groth confirma com a cabeça.

— Isso mesmo. Ele e a esposa moram aqui na propriedade, na casa do outro lado. Sandra provavelmente está dormindo, mas eu acho que Jens está no escritório.

— Sandra está acamada com febre e uma terrível dor de cabeça — explica Laura Groth, com tom de preocupação. — Receio que ela esteja gripada e, sinceramente, não sei se está podendo falar... — Ela não chega a terminar a frase.

— Tudo bem por enquanto — Karen responde de forma evasiva. — Por ora, só quero fazer algumas perguntas básicas a você e ao seu marido.

Os dois concordam com a cabeça, em silêncio, e ela prossegue:

— Vamos começar pelo motivo de terem dado uma festa tão grande?

Björn Groth pigarreia e passa a mão pelos cabelos castanhos.

— Claro. Com tudo o que aconteceu, parece estranho dizer isso, mas nós só queríamos comemorar. O novo ano será de grandes mudanças para toda a empresa, e é importante para nós que nosso pessoal se sinta parte disso.

— Quantos funcionários vocês têm?

— Na maioria das vezes, empregamos catorze pessoas, além da família.

— E, pelo que sei, vários deles estiveram aqui ontem com seus respectivos cônjuges.

— Apenas esposas, ou namoradas, em alguns casos. Todos os nossos funcionários são homens — diz Björn Groth. — Não é que não empreguemos mulheres, mas...

Ele é interrompido pelo riso da esposa.

— Como de costume, meu marido esquece que uma de nossas funcionárias mais importantes, Eva Framnes, é, de fato, uma mulher. Ela trabalha como secretária e cuida do financeiro e da folha de pagamento.

Björn Groth, por um instante, parece um pouco constrangido, então Karen se volta para ele:

— Você falou sobre mudanças na empresa. Pode me dizer algo sobre quais são seus planos? — ela pergunta, observando como a mudança de assunto parece relaxá-lo novamente.

— Temos apenas que colocar Noorö no mapa — responde ele, inclinando-se para trás.

— Certo — diz Karen. — Lembro que a ilha já estava no meu atlas escolar.

A ironia passa despercebida para Björn Groth.

— Sim, mas pelo que somos conhecidos? Além do uísque, quero dizer. O que atrai as pessoas para a cidade?

Karen força um sorriso, mas não responde. Ela detesta perguntas retóricas.

— Exatamente! — diz Björn Groth, triunfante. — Nada! O turismo é simplesmente inexistente. Mesmo tendo o campo de golfe mais bonito do norte da Europa e um monumento milenar. As pessoas deveriam conhecer este lugar! O problema é que nós não cuidamos do que temos, não comercializamos nossa terra.

Não, pensa Karen, *com certeza não o fazemos*. Se fosse para dar um palpite, ela presumiria que a pista de golfe também estava fechada há muitos anos.

— E como podemos fazer isso se não podemos oferecer a todos os futuros visitantes um lugar para ficar? — continua Björn Groth, ainda em tom indagador.

Karen fica impaciente e olha discretamente para o relógio de pulso. Laura Groth, notando o incômodo da policial, interrompe Björn:

— O que meu marido está tentando dizer é que estamos planejando construir um centro de conferências que terá como principais atrações o campo de golfe e a destilaria.

— Um centro de conferências? Mas há público suficiente para um projeto desses na região? — indaga Karen, não escondendo o ceticismo.

— Ainda não — responde Björn Groth. E continua falando sobre terem recebido convidados estrangeiros e a família real.

Para Karen, porém, é completamente impensável que essas pessoas tivessem escolhido ir para aquele fim de mundo.

Em resposta à pergunta dela, o homem fica entusiasmado no outro sofá.

— Estou vendo que não acredita em mim — diz ele.

— Eu nem sabia que a pista pertencia a você.

— Ah, sim! O campo foi construído por meu falecido pai, que era um grande fã de golfe e que já teve grandes planos. Infelizmente, ele nunca foi um grande empresário para tomar uma atitude a respeito.

— Mas ainda é possível jogar lá?

— Claro que sim. Inclusive, há um grupo seleto de visitantes que retornam todos os anos, mas jamais poderíamos ter mantido o local sem a renda da destilaria. Apesar disso, não temos outras atividades de entretenimento, e como também não oferecemos acomodações para pernoite, não tivemos muitos investimentos além dos custos básicos com a manutenção e com alguns rapazes da destilaria, que ganham uma renda extra.

— E quanto ao hotel?

Björn Groth contém uma risada maior.

— É um pouco de exagero chamar aquela velharia de hotel. Aquele lugar quase nunca nos rende nada. Também deixamos os garotos da destilaria ficarem lá quando trabalham até tarde.

— Toda a renda vem da destilaria. Mantivemos o campo de golfe mais por questões sentimentais — explica Laura Groth.

— Mas então surgiu um pessoal perguntando se poderíamos receber oito pessoas de uma empresa que queria a pista só para eles durante um dia inteiro, e se havia um lugar próximo onde um helicóptero pudesse pousar — diz Björn Groth.

— E ninguém deu maiores explicações de por que queriam vir para cá jogar?

— Pelo que entendi, a notícia da localização especial da pista e suas qualidades, de alguma forma, chegaram aos ouvidos de um dos empresários. Além disso, nosso *single malt* está recebendo cada vez mais atenção, então seria uma boa oportunidade para oferecermos amostras de alguns barris mais exclusivos — continua Björn Groth. — De toda forma, começamos a pensar se não deveríamos investir ali.

Cada vez mais desanimada, Karen ouve então o relato do casal Groth sobre a noite anterior. Sim, o ambiente estava muito agradável, desde as bebidas de boas-vindas até a sobremesa. Sim, claro que muitos abusaram, entre eles o próprio Gabriel Stuub, que ficara bastante embriagado e comera consideravelmente. Houve uma discussão desagradável, pouco antes da meia-noite, quando ele quis soltar fogos de artifício, no que Jens Groth e o supervisor da empresa, Ingemar Bergvall, uniram forças para pôr um fim. Gabriel ficou completamente bêbado, gritando e xingando seu chefe, mas, por fim, saiu de lá cambaleando com uma cerveja na mão. Para onde ele foi em seguida, nem Björn nem Laura Groth faziam ideia. A atenção de todos estava voltada para os fogos de artifício.

Depois disso, Laura estava exausta e foi direto para a cama, enquanto os outros voltaram para o armazém, onde a festa continuou. Depois de um tempo, quando Björn percebeu que Gabriel não voltava, ficou preocupado que ainda houvesse fogos de artifício que não tinham sido lançados. Ingemar Bergvall, no entanto, assegurou-lhe que todos os foguetes haviam sido lançados e que Gabriel provavelmente arrastara-se até seus aposentos e adormecera. E, de fato, ele não reapareceu.

— Sendo bastante sincero, fiquei muito grato por não ver mais o Gabriel naquela noite. Não foi a primeira vez que ele aprontou durante uma festa da empresa.

— Quer dizer que ele tinha um problema com bebidas?

— Acho que não estou apto a comentar sobre o assunto; eu não o conhecia muito bem.

— E ele tinha acabado de perder o avô — acrescenta Laura. — Acho que foi um acidente terrível.

Como se de repente fosse atingida por um pensamento, Laura Groth olha fixamente para Karen.

— Digo... porque foi um acidente, não foi? — diz ela.

Karen considera por um instante não responder diretamente à pergunta, mas desiste. De qualquer forma, a verdade viria à tona em breve.

— Infelizmente, creio que não tenha sido — diz ela. — Tudo indica que Fredrik Stuub também foi morto.

O silêncio paira na sala de estar da família Groth. Laura ainda não tinha tirado os olhos de Karen, ao mesmo tempo que o olhar de Björn perambulava pelas janelas altas, onde então parou, como se de repente tivesse avistado algo. Karen rapidamente se vira, mas não há nada além da sala de estar refletida nos vidros das janelas pretas.

— Conseguem pensar num motivo para alguém querer matar Fredrik e Gabriel? — ela pergunta.

As palavras parecem tirar Björn Groth de seu estado de perplexidade.

— Nós? — pergunta ele, indignado. — O que poderíamos ter a ver com algo tão repulsivo?

— Para começo de conversa, você conhecia Gabriel há muitos anos. Talvez também conhecesse o avô dele...

— Não — Laura responde em tom ríspido. — Não éramos próximos. Sabíamos quem era Fredrik Stuub, é claro, mas nada além disso.

— Nada além disso — seu marido concorda, com uma voz um pouco titubeante. — Isso não tem absolutamente nada a ver com a gente.

38

UMA VEZ MAIS, ELA ENCONTRA JENS GROTH SENTADO ATRÁS DA MESA abarrotada de seu escritório, nos fundos do armazém da destilaria. Sua esposa, Sandra, como disse Laura Groth, está de cama com uma febre alta. O médico de plantão não havia proibido, mas sido veemente ao aconselhar Karen a não falar com ela. Não tanto pelo bem de Sandra, mas pelo risco de se contaminar.

— É muito provável que mais convidados comecem a sentir alguns sintomas nas próximas 24 horas — ele alertou. — Mantenha a distância e lave as mãos — acrescentou, antes de fechar sua maleta preta e ir embora.

Agora, Karen olha para o inconfundível copo sobre a mesa de Jens Groth e se pergunta se o processo de degustação também faz parte de suas funções, ou se é simplesmente um sinal de que precisa de alguma coisa para acalmar os nervos.

Em todo caso, dez minutos depois, ela conclui que ele parece sóbrio o bastante para dar seu depoimento. Jens Groth basicamente só confirma o que Karen já ouviu de seus pais: a empresa está prestes a passar por mudanças incríveis, a família quis convidar os funcionários e seus respectivos acompanhantes para uma grande festa.

— Afinal, nossos funcionários são nossa maior riqueza — acrescenta ele, e Karen resiste ao impulso de revirar os olhos.

Após ouvir pacientemente essas e outras pérolas da sabedoria do homem à sua frente, ela leva a conversa justamente para a "riqueza" que acabou de ser perdida.

— É verdade que houve uma discussão entre você e Gabriel Stuub na festa?

— Sim, ele estava bêbado como um gambá e estava arruinando todo o clima. Bergvall e eu tivemos que usar de força física para impedi-lo de acender os fogos de artifício.

— Quanta força física? — ela pergunta.

Jens Groth olha para ela com irritação.

— Cada um segurou um braço dele e o puxamos para longe. No início, tentamos argumentar, mas todo esforço foi em vão. Ele ficou bravo e gritou um monte de coisas estúpidas. Por fim, Bergvall perdeu a paciência;

arrastou Gabriel para longe, empurrou-o e disse-lhe para ir para o inferno até que estivesse sóbrio.

— A que horas foi isso?

— Quinze ou vinte para a meia-noite. Bergvall e eu tínhamos descido para preparar os fogos de artifício, depois de um tempo Gabriel veio e começou a fazer esse papelão.

— E quando você o viu novamente?

— Não o vi. Só hoje, pela manhã, quando uma das faxineiras contratadas veio correndo e nos chamou aos berros. Tínhamos acabado de nos sentar para tomar o café e, no início, não entendemos realmente o que a moça estava tentando nos dizer, mas depois percebi que algo sério devia ter acontecido.

— Só aí que você foi ao local onde Gabriel foi encontrado. Quem foi com você?

Jens Groth parece vasculhar suas memórias.

— Lembro-me que Bergvall e Elias estavam lá. O marido da minha irmã — acrescenta ele. — Provavelmente havia outros — ele continua —, mas não sei dizer exatamente quem. Foi um caos geral quando o vimos ali deitado, com todo aquele sangue. E aquele maldito corte no pescoço... puta merda.

Jens Groth pega o copo de uísque, mas o apoia novamente depois de olhar para Karen. Ela percebe que a mão dele está tremendo.

— Quero que você me responda honestamente à próxima pergunta — diz ela. — Gabriel estava roubando do seu armazém?

Silêncio total.

— Vi as marcas na parede da última vez que estive aqui — ela continua depois de um tempo. — E sei o que simbolizam. Além disso, sabemos que Gabriel tinha ligações com a OP.

Nenhuma resposta ainda. Karen o observa em silêncio por um momento, depois olha para seu bloco de notas. Finge verificar alguma coisa, folheia as páginas, espera. O silêncio dura oito longos segundos.

— Está bem, mas eu não o matei!

Sua voz sai entrecortada, e, desta vez, quando a mão dele alcança o copo, ele completa o movimento e vira tudo goela abaixo.

Ele está assustado, pensa Karen. A questão é saber se está preocupado por ser considerado suspeito ou porque não sabe como a OP vai reagir agora que Gabriel está morto.

— Tem certeza disso? Você tinha muito a ganhar se livrando dele, não tinha?

Por alguma razão, a pergunta faz Jens Groth se acalmar um pouco mais. Ou talvez seja o uísque.

— Pense bem — diz ele —, a pessoa não tem que ser muito estúpida para matar um dos caras da OP? Se eu tivesse coragem, já teria acabado com essa merda há muito tempo. O desgraçado estava roubando milhares de litros de uísque por mês e eu não podia fazer nada. Ele veio me ameaçar dizendo que traria a gangue inteira e botaria fogo em todo o armazém se eu não me calasse.

Karen observa silenciosamente Jens ceder ao impulso e pegar, com as mãos trêmulas, a garrafa espremida entre um telefone fixo e uma das pilhas de papel. Algo que seu primo Odd disse mexe com seus pensamentos como uma memória confusa. *Não*, ela pensa, não foi nada que Odd disse, foi a maneira como ele reagiu. Como ele ficou quando ela mencionou o sinal do grupo pichado na parede.

— Quantas pessoas aqui sabem que Gabriel chantageou você? — ela pergunta, um pouco depois. — Seus pais, sua irmã?

— Oficialmente, nenhuma. Alguns dos caras da fábrica provavelmente suspeitam. Costumo ser rápido para me livrar das malditas pichações, mas alguém pode tê-las visto. Mesmo assim, ninguém se mete na vida do outro por aqui, e todos fingem que não é nada. Especialmente quando se trata da OP.

— E seus pais?

— Eles raramente vêm aqui no armazém, e mesmo que viessem, duvido que entenderiam o que significa o sinal. Além disso, eles não notam quando somem alguns litros aqui ou ali.

— Alguns litros — diz Karen, surpresa. — Não foi muito mais do que isso?

Se a OP estivesse por trás dos roubos, deveria ser uma quantidade muito maior do que alguns milhares de litros por mês. Gabriel deve ter agido por iniciativa própria e embolsado os lucros, tal como ela suspeitava. Ele deve ter usado a marcação de território da OP para garantir que Jens não fosse à polícia. *Talvez seja verdade que ele trabalhava para a OP*, pensa ela, *mas, nesse caso, dificilmente se trata de roubo de uísque.*

Jens Groth não parece ter tirado a mesma conclusão.

— Isso na verdade é muito dinheiro num ano — diz ele. — Mas a pior parte era a ameaça. Gabriel foi muito claro sobre o que eles fariam se eu não ficasse de boca fechada. Que diabos você acha que vai acontecer agora? A polícia, como sempre, não pode fazer nada, não é mesmo?

— Eu não acho que você precise ter medo da OP — diz ela. — Gabriel provavelmente agiu por conta própria.

E talvez você soubesse o tempo todo, pensa ela, olhando para o homem do outro lado da mesa. *Talvez seja por isso que você teve a coragem de cortar a garganta dele.*

— Você consegue pensar em alguém que tivesse motivo ou que quisesse Gabriel morto? Ou o avô dele? — acrescenta ela, enquanto analisa o semblante de Jens Groth.

Ela observa que ele não fica surpreso quando ela revela a conclusão da polícia de que a morte de Fredrik não foi um acidente. A única reação dele é um encolher de ombros.

— Como eu poderia saber? Pergunte à esposa de Gabriel — responde ele com rispidez. — Não deve ser coincidência que ela o tenha deixado, mas eu não tenho a mínima ideia de quem pudesse querer matar o cara.

— Parece que você já sabia que Fredrik Stuub foi assassinado...

Com um suspiro, Jens Groth inclina-se para a frente e, com ambas as mãos, gira a tela do computador para que Karen possa ver.

— As pessoas estão falando. Além disso, eu sei ler — diz ele, enquanto ela olha para a tela:

KVELLSPOSTEN REVELA: DUPLO ASSASSINATO EM NOORÖ
AVÔ E NETO VÍTIMAS DO MESMO ASSASSINO?
POLÍCIA NÃO COMENTA

Enquanto Karen caminha até o prédio principal, não para de praguejar consigo mesma. Não por causa das manchetes do *Kvellsposten*; ela já contava com isso desde quando Byle lhe telefonou para anunciar que houvera outro assassinato. Em vez disso, seus pensamentos se voltam para seu encontro com Odd. A memória do que tinha visto no rosto do primo, logo após o choque inicial. Os segundos de incredulidade, e depois o vislumbre de que havia algo mais; algo que ela nunca tinha visto nos olhos dele; algo imperdoável. A essa altura, Odd já tinha percebido que Gabriel usara o nome da OP em benefício próprio. Poucos dias antes de Gabriel ser encontrado com a garganta cortada.

E fui eu quem lhe deu essa informação, pensa ela.

39

— ENTÃO, QUEM COMEÇA? VOCÊ OU EU?

Os dois estão juntos no Ford Ranger de Karen no caminho de volta para Lysvik, depois de pedirem a um dos policiais para que voltasse com o carro de Karl; assim, poupariam tempo e teriam a chance de repassar todas as informações coletadas.

— Você começa — diz Karl. — Com quem você falou primeiro?

— Björn e Laura Groth.

Ela resume o relato do casal sobre a noite anterior e, em seguida, conta ao colega sobre os planos para a criação de um centro de conferências. Quando chega à parte dos convidados célebres que chegaram de helicóptero, Karl Björken solta uma gargalhada.

— Típico desses merdas — diz ele.

— O quê? Acho tão improvável, que pode muito bem ser invenção da cabeça dele.

— De jeito nenhum! Está na moda.

— Um passeio de helicóptero até Gudheim? — diz Karen, com ceticismo.

— Sim, esse é exatamente o tipo de desafio que atrai esse tipo de gente. Um campo de golfe no fim do mundo onde, com certeza, nenhum de seus amigos jamais jogou.

— Está bem, mas não acha essa demanda meio limitada? Não acho que seja o bastante para montar um negócio.

— Não é bem assim. Quando se espalhar a notícia de que esse é o novo destino da *high society*, as pessoas farão fila. Não só de helicópteros, mas de gente comum também. E eles precisarão de um lugar para ficar. Acrescente a isso um passeio guiado com degustação de uísque à destilaria e uma visita ao topo da montanha, e está formado o conceito.

— Você está começando a parecer William Tryste falando. Anda pensando em se juntar aos Groth?

— Nesse caso, só se eu fosse um degustador.

— Enfim. Tenho a impressão de que Björn Groth sabe mais do que diz, tanto sobre Gabriel como sobre o avô dele. Acho que ele está com medo ou, no mínimo, preocupado. Senti o mesmo ao falar com seu filho, Jens. Eles estão escondendo alguma coisa.

— E você não tem ideia do que seja?

Karen hesita.

— No caso de Jens, parece ter algo a ver com a OP.

— A gangue de motociclistas? Os *Odin Predators*, ou *One Percenters*, seja lá o que for.

Ela confirma com a cabeça e depois conta sobre a pichação que viu na parede do armazém, e como Gabriel costumava roubar mercadorias, ao mesmo tempo em que ameaçava Jens para ficar em silêncio.

— Mas ele roubou muita coisa?

— Não, e é aí que mora o problema. Só roubava, no máximo, alguns milhares de marcos por mês.

— Mas isso não parece obra da OP. Você acha que Gabriel estava trabalhando sozinho?

— É exatamente isso o que estou imaginando. Se for esse o caso, os caras de cueca de couro podem não ficar muito contentes.

Ela hesita novamente.

— Tenho um primo que, ao que tudo indica, está na OP.

Karl Björken vira-se para Karen com os olhos arregalados. Por uns dois segundos, ela fixa o olhar no dele, antes de voltar a atenção para a estrada.

— Você é uma caixinha de surpresas, Eiken. E tem algum outro parente criminoso?

— É bem provável que sim. Uma tia, três primos e só Deus sabe mais quantos filhos eles têm. E tenho certeza de que estão sempre tomando umas e outras daquela aguardente que produzem em casa. Todos eles moram perto de Skalvet, ao norte da fronteira com a região de Gudheim.

— Não tão longe da sede da OP, em outras palavras. Você já conversou com seu primo a respeito?

— Já, mas só um pouco, enquanto tomávamos uma cerveja. Ele pareceu genuinamente surpreso quando falei sobre a pichação, e negou que Gabriel fosse membro, mas parece que os rapazes do Byle já o viram por lá várias vezes, mas que merda... eu não queria ter que ir, mas talvez seja preciso fazer uma visita àquela gente.

— Acho que podemos deixar isso para depois — diz Karl. — Se a OP quisesse se livrar de Gabriel Stuub, eles não teriam entrado na Groth, durante uma festa, para cortar a garganta dele. Uma bala no meio da testa enquanto ele estivesse vendo TV é mais o estilo desse pessoal.

— É isso que eu tento dizer a mim mesma — Karen responde com tristeza.

— Sem falar que acho difícil ver uma conexão entre um professor de biologia aposentado e uma gangue criminosa de motociclistas. Ou tem mais alguma coisa que você não quis me contar?
— Não que eu saiba.
Ela olha para o espelho retrovisor.
— Era só o que faltava — diz ela, com um suspiro. — O carro do *Kvellsposten* está atrás da gente.
Karen diminui a velocidade na tentativa de fazer o carro do *Kvellsposten* ultrapassá-la, mas a única reação foi um farol alto na traseira.
— Desgraçados — diz Karl, irritado. — Teremos que encontrar uma maneira de nos livrarmos deles quando chegarmos a Lysvik. O que mais Jens Groth disse?
— Não muito além disso. A história dele coincide com a dos pais. Gabriel estava bêbado, houve uma briga por causa dos fogos de artifício, depois disso eles alegam que não o viram mais. Não até de manhã, quando a pobre faxineira encontrou o corpo.
— Infelizmente, também não consegui muita coisa — diz Karl. — Tudo o que me disse condiz com o que a filha, Madeleine, e seu marido, Elias, disseram. A única coisa a acrescentar é que Elias disse que várias pessoas foram até o corpo quando o encontraram. Pelo menos cinco, seis pessoas, segundo ele. Acho um pouco estranho que tanta gente quisesse chegar perto do defunto. A poucos metros já dava para ver que a garganta dele tinha sido cortada.
— Ok, e quem foi até lá?
— Ele próprio, Jens Groth, Ingemar Bergvall e pelo menos mais uns "peões", como eles dizem.
— Então eles fizeram uma fila no local do crime. Sören Larsen não vai gostar nem um pouco disso. Tomara que não tenham tocado no corpo.
— Parece que algum idiota quis tentar fazer os primeiros socorros, mas Bergvall teve o bom senso de tirá-lo dali. Pelo que entendi, foi ele quem assumiu o controle e pediu a Jens que chamasse a polícia.
— Nada mais?
— A princípio, não. Os dois deram a mesma versão que os outros — continua Karl. — Quase dá a impressão de que eles combinaram.
— Ou foi exatamente isso o que fizeram.
— A não ser pelo pequeno detalhe de que alguém, de fato, cortou a garganta do homem. Será que ninguém viu ou ouviu nada? Independentemente dos barulhos dos fogos e da embriaguez generalizada.

— Teremos que esperar até amanhã para ouvir o que Byle e seus homens conseguiram com os outros convidados. Depois, vamos ter que falar com William Tryste e a esposa.

Estacionam do lado de fora da delegacia de Lysvik e têm sua entrada admitida assim que o carro do *Kvellsposten* para atrás do Ford de Karen. O guarda que os deixou entrar logo percebe a situação e fecha a porta na cara do repórter. Em seguida, a campainha começa a ser tocada insistentemente.

— Byle não está — diz o colega em voz alta, para superar a barulheira. — Não tem ninguém. Estão todos na Groth.

— Não vamos ficar, mas também não queremos ser escoltados pela imprensa até o Rindler. Existe outra saída?

Karl ficar surpreso e se vira para Karen, mas quando ela franze a testa, ele se controla e permanece em silêncio. Quanto mais pessoas acharem que ela está hospedada no Rindler, melhor.

— Claro! Pegue o elevador e saia pela garagem. A rampa desemboca na Lotsgatan, a poucos metros do hotel. Vão logo, pois sou obrigado a deixar entrar qualquer um que toque a campainha.

Cinco minutos depois, estão andando lado a lado, com as mãos enfiadas nos bolsos do casaco, por uma das estreitas ruas transversais.

— Que tal uma cerveja no pub em que estou hospedada? — pergunta Karen. — Acho que os jornalistas estão acampados em frente ao hotel.

— Será que eles têm mais quartos? Não quero ir pro Rindler depois e dar de cara com o *Kvellsposten*.

— Nem imagino, mas não estamos exatamente na alta temporada — diz Karen, parando em frente a uma mercearia.

Ela enfia a mão nos bolsos atrás dos cigarros, pega o maço e começa a xingar.

— Puta merda. Eu deveria ter pedido emprestado algumas roupas na delegacia. Agora não tenho nem um moletom aqui comigo, porque deixei no carro. Merda, bosta, caralho — ela murmura, acende seu cigarro e dá uma longa tragada.

— Já acabou?

— Puta que pariu — acrescenta.

— Agora eu entendo porque Haugen não quer que você fale com a imprensa — diz Karl, rindo. — Ele não gosta de mulheres que falam palavrão. Nem das que fumam.

— Xingar muito é sinal de inteligência — diz ela. — Inclusive, li um estudo sobre o assunto. Isso e ser bagunceiro. Parece haver uma correlação com criatividade.

— E com infartos. Está mais calma?

Ela concorda com a cabeça e eles seguem caminho.

— Você já conversou com Kneought sobre quando será a autópsia? — pergunta ela, um pouco depois.

— Às oito da manhã de amanhã. Você terá que conduzir a reunião da manhã sozinha. Isso ou aguentar o senhor Serra de Ossos, você escolhe.

— Na verdade, eu tinha que ir até Ravenby. Preciso comprar umas roupas. E um desodorante. Não deu tempo nem de trazer uma escova de dentes. Você tem chicletes?

Ellen Jensen está falando ao telefone atrás da pequena recepção. Assim que a porta se abre, ela olha para cima e cumprimenta Karen com um aceno.

— Acho que você tem uma visita — diz a mulher, ao desligar o telefone, apontando na direção do pub.

Apesar de tudo, eles me encontraram, pensa Karen, suspirando em silêncio. Falar com a imprensa é a última coisa que ela quer esta noite. Só o que precisa é sentar e tomar uma boa cerveja.

Enquanto Karl fica para trás para ver se há um quarto disponível para ele, Karen empurra a porta para o bar com um peso na alma. Verifica o salão em busca de jornalistas sedentos e grandes câmeras a tiracolo. De repente, seu coração para por um segundo.

Numa das mesas próximas às janelas, há uma moça sentada de cabeça baixa, lendo um jornal. Ela tem longos cabelos pretos e um *piercing* no nariz.

40

UM FORTE NERVOSISMO ABATE-SE SOBRE ELA. COM QUATRO LARGOS passos, Karen chega à mesa de Sigrid.

— O que você está fazendo aqui? Aconteceu alguma coisa?

— Oi, Karen! Claro, obrigada, estou ótima. Não está feliz em me ver?

Karen não diz nada, e Sigrid faz uma cara de magoada.

— Sério? Agora que eu fico triste *mesmo* — diz ela, fazendo um bico. — Eu que dirigi desde tão longe...

Em seguida, ela se inclina e puxa uma mala enorme que estava debaixo da mesa. Levanta-a com as duas mãos e a deixa cair ao lado do copo de cerveja.

— Que tal agora? Está feliz em ver isso, não está?

Sem responder, Karen abre o zíper da bolsa e começa a revirar tudo o que há ali dentro. Encontra camisetas limpas, um par de calças azuis escuras, calcinhas, meias, seu casaco de inverno, o cachecol xadrez e o gorro peludo com abas sobre as orelhas. Horroroso, mas uma delícia. No fundo, está seu *nécessaire* e suas botas pretas de inverno. Ainda sem palavras, ela puxa uma cadeira, senta-se na frente de Sigrid, olha para ela por um longo tempo e balança a cabeça lentamente.

— Mas que porra... como você soube?

— A Marike me ligou e disse que você morreria congelada ou seria demitida se não conseguisse trocar de roupa.

— Aí você dirigiu até aqui com um tempo desses. Na verdade, foi uma grande burrice ter feito isso, ainda mais que as estradas vão ficar cheias de neve.

Sigrid arregala os olhos para ela sem conseguir dizer nada, e Karen percebe que está sendo extremamente grosseira.

— Mas obrigada! — diz ela. — Você salvou a minha vida, Sigrid.

— Tudo bem. Vá lá e me pague uma cerveja como agradecimento. Pegue uma para você também. Parece que está precisando.

Karl está no balcão, digitando a senha do cartão de crédito.

— Você conseguiu um quarto? — pergunta Karen.

— Um quarto de empregada, aparentemente. Era só o que ela tinha. Avisou ainda que só aluga em casos de emergência, mas o que a filha do chefe está fazendo aqui?

— Ela veio aqui para trazer uma sacola de roupas para mim.
— Ela deve gostar muito de você.
Karen pede duas cervejas sem responder e Karl olha sério para ela.
— Não tem problema, sabia? Que as pessoas gostem de você.
Ambos pegam suas cervejas e se sentam na mesa de Sigrid. Karen toma um gole e olha em silêncio pela janela, enquanto os outros dois conversam sobre a situação da estrada.

Ainda naquela manhã, ela havia acordado no estúdio de Marike, em Dunker — parece que foi há uma semana.

A voz de Sigrid interrompe seus pensamentos.

— É verdade que tem um assassino em massa à solta por aqui?

— Você quer dizer um assassino em série — diz Karl. — Mas não, dois assassinatos não se encaixam nessa descrição.

— Tá bom, *que seja*... Mas deve ser um maluco. Ele pode estar aqui agora mesmo...

Sigrid gesticula, com um ar de mistério, na direção das outras mesas, e Karl se vira.

— Acho que você não precisa se preocupar — diz Karl, meio sem paciência. — Eu não acho que nenhum desses sujeitos se pareça com um assassino.

— Assassinos da felicidade, talvez — diz Karen, com um sorriso. — E, mesmo assim, você resolveu ficar em Lysvik esta noite — acrescenta, apontando para a cerveja da Sigrid. — Você não pode dirigir depois disso.

Sigrid suspira.

— Posso, sim. Sou uma excelente motorista depois que bebo — diz ela, rindo de Karen.

— É tarde demais para dirigir para casa também — murmura Karen.

— Relaxe, eu reservei um quarto. É muito bom. A mulher no bar disse que era o último quarto decente que ela tinha.

Karen vê a expressão aborrecida de Karl e decide mudar rapidamente de assunto.

— Você já decidiu o que quer fazer, agora que está quase começando o semestre?

Sigrid dissera a Karen, algumas semanas antes, que tinha sido aceita no curso de Direito, mas que não sabia se realmente queria seguir aquela carreira. Karen escondeu sua surpresa por ela ter concluído o ensino médio com boas notas, apesar do excesso de faltas. Mas, para seu desgosto, Sigrid tinha começado a perguntar sobre a possibilidade de se candidatar à academia de polícia no outono. Só de pensar em Sigrid tendo de encarar um futuro de bêbados, drogados, violência doméstica e todas as outras porcarias que vinham com o trabalho, ficava aterrorizada.

Sigrid dá de ombros.

— Já disse que não sei.

— Direito é sempre uma boa escolha, independentemente do que decidir depois — Karen arrisca. — Não é verdade, Karl?

— Não me inclua nessa. — Karl levanta as mãos de forma defensiva. — Estou vendo que arranjou mais uma mãe, Sigrid — acrescenta ele, dando um gole em sua cerveja.

A mesa fica em total silêncio durante alguns segundos.

— Aí, cacete — diz Karl, batendo o copo na mesa com tanta força que se molha todo. — Eu não quis dizer... Eu só quis dizer... sinto muito.

— Está tudo bem — diz Sigrid. — Você não tem culpa que minha mãe tenha morrido.

Karen não diz absolutamente nada. Sem ousar respirar, ela permanece sentada, olhando fixamente para o nada, deixando-se levar até o fundo do poço. Não se atreve nem sequer a estender a mão e pegar sua cerveja; não ousa se mexer para não cair.

E, através do caos, vem penetrando aquela voz que sussurra sobre limites que não devem ser ultrapassados. Mathis e John ainda vivem dentro dessa redoma. Do lado de fora, não há nada. Nada que seja seu, diz a voz.

Ela não é sua filha, lembre-se sempre disso.

Agora a voz de Karl penetra sua redoma, ele se inclina para a frente e tenta fazer contato visual com a colega.

— Você está bem, Karen?

Lentamente, ela volta à superfície, ergue a cabeça e respira ofegante. Não seria a primeira vez que faz isso, portanto sabe como rapidamente desenhar um sorriso tranquilizador.

— Estou apenas cansada — diz. — Foi um longo dia. Acho melhor eu subir e me deitar.

Sem cruzar com o olhar preocupado de Sigrid, Karen se levanta e vai para seu quarto. Ela tira todas as roupas e entra no chuveiro. Somente quando abre o *nécessaire* que Sigrid arrumou, espreme um pouco de pasta de dente e olha seu rosto no espelho é que as lágrimas vêm.

41

ELA NÃO SABE HÁ QUANTO TEMPO ESTÁ ANDANDO. LIGEIRAMENTE curvada por causa do vento, ela seguiu ao norte pela sinuosa estrada de cascalho ao longo da costa, desde o porto da balsa de Lysvik. Passou por casas e cabanas escondidas entre as montanhas e o mar, conforme o sol ia nascendo. Com certo pesar, observou as ruínas do esforço coletivo para proteger as redes dos pescadores de animais de pasto. Uma luta para manter as redes intactas até que precisem ser recolocadas na água. Até que as focas as destrocem novamente. Quase pode ouvir os xingamentos de seu pai, lembrando-se da preocupação por trás dos palavrões.

Não se deixando abater, continuou com passos largos, sentindo algo crescer lentamente dentro dela, algo que ainda espreita sob a superfície, como um crocodilo num rio lamacento pronto para atacar.

Sem falar com ninguém, ela saiu às escondidas do hotel logo após acordar. Primeiro foi até o porto da balsa, onde viu um dos ruidosos colossos de aço amarelo se aproximando. Quando a balsa chegou bem perto, ela se virou e se afastou. Passou pelos cortadores e arrastões do porto de pesca, continuando pelo feio e velho porto de contêineres, onde agora só atracam os quebra-gelos e os barcos da alfândega. Pé ante pé, continuou sua caminhada, enquanto a cabeça fervia e o ar gélido queimava seus pulmões.

Agora ela para e olha as horas no relógio: vinte para as oito. Karl Björken já deve estar a caminho do centro de medicina legal de Ravenby. Em breve, precisará ligar para ele.

E para a Sigrid. Em vez de acordá-la, Karen mandou um SMS. Escreveu, apagou, hesitou a cada palavra e, enfim, enviou:

    Obrigada por ter vindo! Tive que sair mais cedo. Abraços, K.

Sigrid não respondeu, talvez ainda esteja dormindo.

Karen para e olha para além do infinito cinza e branco. Inspira calmaria e exala sinais de fumaça branca. *Se quiser chegar à reunião matinal com Byle e seus homens, tenho que voltar agora mesmo*, pensa ela. Agora ela tem que se concentrar no trabalho, suprimir os outros pensamentos e aquilo que a corrói.

Nesse mesmo instante, o telefone toca.

— Oi, Sören — ela atende, após uma rápida olhada na tela.

— Onde diabos você se meteu? Passei por aquela espelunca onde você insiste em se hospedar, mas a senhora da recepção disse que você já tinha saído. Está a caminho de Ravenby?

— Não, Karl e eu combinamos que desta vez ele participaria da autópsia.

— Covarde, mas não é por isso que estou ligando. Chegaram os resultados dos exames de Fredrik Stuub. Já, já estarão no seu e-mail; mas, se quiser, posso te dar uma ideia dos pontos principais enquanto ainda estão frescos na minha memória.

— Perfeito. O que encontrou?

— Começando pela cena do crime, conseguimos obter uma pegada parcial que não pertence nem a Byle nem a qualquer um dos socorristas. É uma bota Timberland, tamanho 42, a sola do pé direito é mais gasta do lado de fora. Na rotatória, temos muitas marcas de pneu, não tenha muita esperança. Ainda não encontramos nada no corpo de Fredrik Stuub, nada além de um pelo que não era dele nem do cão. Na casa, por outro lado... mas que merda. Seu bosta!

Karen toma um susto e afasta o celular do ouvido, enquanto Sören Larsen continua a xingar. Em seguida, ela ouve uma porta de carro batendo, passos rápidos e vozes furiosas. Larsen aparentemente ainda está com o telefone na mão, e Karen ouve de longe palavras como "olha por onde anda", "fica na sua", "não tem seguro", "sortudo de merda" e "polícia". Depois, mais alguns xingamentos de Larsen acompanhados de passos furiosos, outra porta de carro abrindo e sendo batida novamente.

— O que está acontecendo? — ela pergunta.

— Nada. Onde estávamos?

— A casa de Fredrik Stuub — diz ela, afastando o pensamento. — Ao menos me diga que você encontrou algo de útil.

— Não sei como você vai usar isso, mas encontramos mais duas impressões digitais que não batem com a de Fredrik Stuub nem com a da irmã dele. Uma delas eu já posso adiantar: pertencem a Gabriel Stuub.

Karen suspira em silêncio. Ela sabia que Gabriel tinha antecedentes criminais. Duas condenações por agressão leve e várias multas por excesso de velocidade, pelo que Thorstein Byle lhe tinha dito. Suas impressões na casa do avô poderiam ser relevantes. Se não fosse pelo pequeno detalhe de que o próprio Gabriel agora está morto.

— E quanto aos outros? — ela pergunta.

— Não há nenhuma correspondência nos registros.

— Nada mais?
— O laptop. Aquele que você e Byle encontraram. Ainda não foi totalmente analisado, mas o cara tinha muitos documentos, sobre tudo o que você possa imaginar, desde a história de Noorö, runas e estoque de bacalhau, até cotas de pesca e cimento expansivo. Tinha também alguns documentos da universidade: contratos de trabalho, partes de sua pesquisa sobre mofo e outras merdas do tipo. Você receberá cópias. E o histórico do navegador não mostra nada de espetacular, pelo que pude ver. Além do que já falei, o homem estava claramente entretido com sua pesquisa genealógica e com colheita de cogumelos. Ah, sim! E ele procurou por vermífugos para cães.

O que diabos é cimento expansivo?, pensa Karen.

— Certo, Karl e eu teremos que ler tudo com atenção e ver se encontramos algo interessante — diz ela. — Isso é tudo?

— Não, agora vem a melhor parte: Fredrik Stuub enviou uma série de e-mails que podem ser interessantes. Ou melhor, um em especial, para Björn Groth, enviado em 22 de dezembro.

Larsen faz uma pausa dramática. Karen fica em silêncio com o celular pressionado firmemente ao ouvido, esperando que ele continue.

— Vamos lá, Sören — ela diz, irritada. — O que ele escreveu?

A voz de Sören Larsen soa notavelmente empolgada quando ele continua:

— Palavra por palavra: "Eu tenho informações que podem impedir seus planos de expansão. Por favor, entre em contato comigo o mais rápido possível". Assinado com o nome e número do celular de Fredrik Stuub.

42

— **VOCÊ PODE FICAR UM POUCO MAIS?**

O barulho das cadeiras sendo empurradas abafa a pergunta, então Karen coloca a mão no braço de Thorstein Byle, assim que ele começa a se levantar.

Ele se senta de novo.

— Quero falar com você em particular — ela diz baixinho.

A reunião matinal na delegacia de Lysvik estava terminando. A revisão dos depoimentos dos convidados da destilaria desanimava por ser tão repetitiva. Assim como o casal Groth e seus filhos haviam dito, todos os convidados disseram que a festa foi agradável e o ambiente era de primeira qualidade, mas ninguém, exceto Gabriel Stuub, perdera as estribeiras. Felizmente, Jens Groth e Bergvall tomaram conta dele. Duas pessoas disseram que tinham visto Gabriel cambalear em direção ao hotel, e imaginaram que ele fosse se recolher. Depois, toda a atenção se voltou para a queima dos fogos de artifício, disparados do planalto e explodindo sobre o mar, o que, segundo todos os relatos, foi um espetáculo mágico. Não, os Groth não economizaram em nada. E não, ninguém tinha visto Gabriel Stuub depois que ele deixara o local da festa.

Ingemar Bergvall admitiu que fora bastante grosseiro quando arrastou Gabriel para longe dos fogos de artifício. Sim, ele o havia empurrado numa montanha de neve perto do armazém e o mandado para aquele lugar, mas depois Bergvall voltara diretamente para o local da queima de fogos, o que pelo menos duas pessoas puderam confirmar.

— Sendo assim, a questão é saber aonde ele foi depois disso e com quem se encontrou. Pelo menos uma das pessoas com quem falamos está mentindo — resumiu Karen, observando o sorriso debochado de Röse.

— Bem, a menos que o assassino tenha vindo de fora — disse ele. — Como você sabe que ele estava mesmo na festa? Qualquer pessoa pode ter entrado na propriedade da Groth sem que ninguém percebesse.

Temos que chamar Björn Groth hoje, ela pensa, à medida que todos vão saindo da sala e essa é uma tarefa que ela não pode delegar. No entanto, levará Karl Björken consigo para falar com o magnata. *A questão é: que ordens posso dar aos caras do Byle?*, pensa ela, olhando para suas anotações. Retomar a coleta de depoimentos dos convidados, focando em Ingemar Bergvall; retomar a coleta de depoimentos do resto da família Groth e do casal Tryste; revisar o conteúdo do computador de Fredrik Stuub. *Eu deveria falar com a irmã dele outra vez*, ela pensa, sentindo sua pulsação acelerar ao pensar naquela montanha de afazeres. *E depois tenho que falar com o Odd novamente. Afinal, o Röse tinha razão: qualquer um poderia ter entrado na destilaria sem ser descoberto.*

Karen fecha a porta e se vira para Byle, então ela conta o que Fredrik Stuub escreveu para Björn Groth.

— Ah, não — diz ele. — Mas precisamos saber se era alguma coisa importante ou apenas papo furado. Afinal de contas, a maioria das pessoas na ilha o considerava bastante grosseiro. Ele escreveu cartas furiosas para o editor do jornal local e para alguns políticos sobre os vandalismos em Gudheim. Exigiu que a polícia vigiasse o local 24 horas por dia. Imagine só, três turnos de oficiais uniformizados expostos àquela ventania.

— Pode ser que não dê em nada, mas teremos que checar assim mesmo. Vou ver por onde posso começar. Agora, vou pelo menos tentar analisar o conteúdo do computador de Fredrik Stuub.

Ela folheia suas anotações.

— Karl e eu vamos pegar o depoimento de William Tryste e sua esposa depois de Björn Groth. E alguém precisa falar com a secretária... — Karen procura o nome em suas anotações. — Eva Framnes. Você pode ir lá?

Byle concorda.

— É claro. E precisamos de mais gente. Como você sabe, ninguém aqui tem experiência com investigações de assassinatos.

— Falei com Smeed pouco antes da reunião e deixei claro que precisamos de reforços, mas não podemos esperar que eles cheguem. Vou falar com Björn Groth o mais rápido possível, e desta vez não vou me deslocar até a destilaria. Você tem alguém que possa trazê-lo esta tarde, digamos por volta das 15h?

— Já tinha designado um dos rapazes para buscá-lo, se fosse necessário. Acho que ele vai ficar feliz por ser sábado.

— Por quê?

— Acho que ele não iria gostar de encontrar funcionários ou membros do Conselho Provincial pouco antes da decisão sobre a expansão. Certamente têm muitas perguntas e o escritório deles fica do outro lado da rua.

— Mas, pelo que entendi, ele já recebeu uma resposta positiva. Já não está tudo resolvido?

— Em princípio, sim, mas formalmente a decisão só será tomada após o Dia de Reis, na primeira reunião do ano. O risco é que a conversa comece agora e atrase a votação. Os políticos tendem a ficar apreensivos quando as coisas começam a degringolar por causa da mídia.

— Mas eu não estou planejando trazê-lo para cá algemado. E a notícia de um assassinato na Groth já foi divulgada por aí.

Eles continuam revisando as tarefas do dia, e quando Byle segue seu caminho, Karen vai para a sala que lhe foi designada: uma sala apertada e sem janelas que costumava ser um depósito de bens apreendidos, e, por conta disso, metade do espaço ainda está ocupado por um cofre gigantesco. Ela encolhe a barriga para passar, coloca seu laptop sobre a mesa e faz o login na rede.

43

O RESUMO DO CONTEÚDO DO COMPUTADOR DE FREDRIK STUUB É UM dos mais curtos que ela já viu em uma investigação. Os links para os vários documentos e páginas da web cabem numa folha A4. Como disse Larsen, tanto os documentos quanto o histórico de buscas parecem se concentrar em alguns tópicos. Karen deixa para depois a parte de coleta de cogumelos e vermífugos caninos. Em vez disso, ela abre um documento chamado "A Família Huss" e vê uma árvore genealógica bem detalhada.

Karen dá um *zoom* e começa a averiguar os nomes da esquerda para a direita, observando que o nome Huss aparece pela primeira vez no início do século XIX. Até então, os ancestrais escandinavos com seu patronímico parecem predominar — campo após campo de Anderson, Nielson e Karlson, que aparentemente tentaram fazer a vida como agricultores, pescadores e, em alguns casos, funcionários da alfândega. Em 1876, entretanto, um Gerhard Huss se muda de algum lugar para a ilha e se casa com uma Hilda Andersdotter, os quais, ela constata ao percorrer a página com os olhos, deixaram um filho comum, Albin Huss, proprietário da mina.

Exatamente como Byle dissera, o velho Huss e sua esposa aparentemente não foram abençoados com nenhum filho homem, portanto tiveram que se contentar com duas filhas. Ambas se casaram e deram continuidade à linhagem, apesar de o nome Huss ter sido suprimido.

Com a crescente falta de interesse, Karen continua a leitura da árvore genealógica e percebe que Fredrik Stuub era, na verdade, primo do pai de William Tryste. Ambos descendentes de uma família que já tinha sido uma das mais ricas de Doggerland. No entanto, Fredrik só deixou pouco mais de 70 mil marcos, uma casa e vários acres de terra improdutiva na área da mina, que não têm valor real nessa região afastada.

A questão é se a relação familiar tem algum significado para a investigação, pensa Karen. William pode estar ligado a ambas as vítimas, mas, de toda forma, ele não herdaria um centavo. Além do mais, ele tem um álibi, pelo menos para o assassinato de Fredrik.

Quem se beneficiaria financeiramente com o assassinato, primeiro de Frederick e depois de seu neto, é a esposa de Gabriel, Katya. O divórcio ainda não tramitou, e ela ficará tanto com a casa em que ela e Gabriel moravam quanto com a casa que ele herdaria do avô. Agora, uma mãe de duas crianças assassinar, ou contratar alguém para matar, duas pessoas por 70 mil marcos e umas propriedades sem valor em Noorö não lhe parecia muito provável.

Karen fecha o documento e clica no link seguinte. Fredrik Stuub reuniu, em algumas pastas, documentos e fatos soltos sobre assentamentos portuários, túmulos de pedra e megálitos ao redor do mundo, juntamente com fotografias e várias teorias sobre sua função e idade. Numa das pastas, há até mesmo um mapa do nordeste de Noorö, com as estradas assinaladas em vermelho. O último documento é intitulado: *Estudo Geológico de Impacto Ambiental. Construção do hotel e do centro de conferências de Gudheim.*

Com um suspiro, ela começa a escrutinar o relatório, observando termos como área explorada, atestado de impacto cultural, realocação de estradas para o leste, custos significativos, planejamento urbano e impacto ínfimo. *Terei que pedir a outra pessoa para ler isto também*, pensa ela, reclinando-se na cadeira. Pelo que pode compreender, a conclusão do relatório é que a expansão pode ser aprovada, contanto que seja alterado o plano original de realocação das estradas. Em outras palavras, mais caro do que o previsto, mas ainda factível.

Se este era o documento que Fredrik Stuub pretendia usar para impedir a expansão da Groth, então ele realmente morava no mundo da Lua, pensa ela.

Karen continua passando em revista documento atrás de documento e prossegue para o histórico de buscas do computador. Quando encontra a pasta chamada "Trabalho", ela a abre imediatamente. O documento na tela tem o título *Emprego após a aposentadoria*, um acordo entre a Universidade de Ravenby e o professor emérito Fredrik Stuub.

Karen entra no site da universidade e pega o telefone.

44

— **JENNY FALANDO!**

A voz parece feliz e ofegante, como se a reitora da Universidade de Ravenby estivesse no meio de um treino e adoraria dividir isso com qualquer um que ligasse.

Assim que Karen se apresenta e diz o motivo do telefonema, a empolgação na voz de Jenny Older vai esmaecendo aos poucos.

— Sim, claro que sei quem é Fredrik Stuub — responde ela, ainda esbaforida. — Mas só o conheço de nome. Ele não trabalha conosco há muitos anos. Posso saber de que se trata? Não estou autorizada a fornecer dados pessoais de antigos funcionários.

Karen explica da forma mais superficial possível que Stuub foi encontrado morto perto de casa e que ela está encarregada de "reunir todo tipo de informação". Uma "medida puramente rotineira".

— Nossa! Lamento muito ouvir isso — diz Jenny Older, sem muito interesse. — Mas eu comecei aqui quando ele se aposentou, por isso só o conheço de nome, como já disse. Do que ele morreu? Ai, deixa para lá! Claro que você não pode me dizer, mas, até onde eu sei, ele já era bem velhinho.

— Sem querer me alongar — Karen prossegue —, só queria conversar com alguém que pudesse me dizer por alto em que Fredrik Stuub estava trabalhando.

Uma breve hesitação no outro lado da linha. Então, Jenny Older decide que as informações provavelmente não são consideradas confidenciais.

— Ele lecionava e fazia pesquisa na área de Bioquímica, lecionou aqui até 2012, quando se aposentou. Depois disso, fizemos um acordo para que ele continuasse com acesso às nossas instalações e equipamentos por mais cinco anos para concluir suas pesquisas. Fredrik Stuub foi uma das últimas pessoas a fazer esse tipo de acordo, temos uma nova política em relação a ex-funcionários.

— Como assim?

Jenny Older demora um pouco a responder.

— É basicamente uma questão de prioridades. Houve muita discussão sobre os prós e contras dos *eméritos*. Transmissão de conhecimento, por um lado, novas diretrizes profissionais e de alocação dos recursos, por outro.

No final, a coordenação decidiu proibir a prorrogação do vínculo com funcionários aposentados.
— E o que Fredrik Stuub estava pesquisando?
— Micotoxinas, diferentes tipos de toxinas fúngicas. A mídia o considerava um especialista. Mas ele só continuou utilizando nossas instalações por alguns anos, até o final de 2015, se bem me lembro — continua Jenny Older.
— Nos últimos anos não o vimos nem tivemos notícias dele, mas informarei imediatamente a todo o departamento. Você sabe quando será o funeral? Seria bom se pudesse me mandar essa informação por e-mail. É possível que alguém queira prestar suas últimas homenagens.
Com um suspiro, Karen finaliza a conversa.

Não é divertido ficar velha, pensa ela, enquanto continua vasculhando os links do computador de Fredrik Stuub. Ela examina conceitos e valores incompreensíveis de comparativos relativos a aflatoxinas, ocratoxinas, patulina, baudoinia, tricotecenos, zearalenona e fumonisinas sem encontrar nenhuma ligação com a destilaria Groth.

Karen nunca ouviu falar da presença de bolor em bebidas alcoólicas, mas não entende nada do assunto, terá de verificar isso de algum jeito. Parece mais provável haver bolor em construções abandonadas. *Esse tipo de coisa poderia acabar num grande escândalo, dependendo da escala e das consequências*, pensa ela. Talvez haja algo ali que esteja relacionado aos planos de expansão da Groth. Pode não ser muito provável, mas, com certeza, bastante plausível.

Vou ter que pedir a outra pessoa para olhar isto aqui também, Karen pensa com relutância, olhando para o relógio. Já era mais de uma e quinze e ela precisava comer alguma coisa, antes que a dor de cabeça piorasse. Quando ela fecha o computador, seu celular toca.

Karl Björken parece bem tranquilo para quem acabou de assistir a uma autópsia.
— Estou na balsa agora e morrendo de fome — diz ele. — Você já almoçou?

45

— **NADA?**

— Nadinha. Björn Groth nunca chegou a responder à ameaça de Fredrik Stuub, ou o que quer que fosse aquilo. O pessoal da TI também verificou todos os e-mails excluídos, mesmo aqueles que foram removidos do lixo. Não sei como diabos eles fazem isso, mas Larsen afirmou que não há mais nenhuma conversa entre Fredrik Stuub e Björn Groth.

Estavam sentados num restaurante próximo ao terminal da balsa. Karen tinha ido ao encontro de Karl, e agora eles são os únicos clientes no que alguns chamariam de "boteco portuário".

Karl Björken dá de ombros.

— Talvez ele tenha ligado para o Stuub, ou foi encontrá-lo pessoalmente, em vez de enviar um e-mail. Pensando bem, é mais provável que esse seja o caso, se o coroa realmente tivesse alguma coisa que pudesse ameaçar a tal expansão.

— É possível, temos que ouvi-lo. Então, o que Brodal descobriu na autópsia?

— Bem, não vá pensando que ele conseguiu grandes coisas — diz Karl, tomando um gole de cerveja. — Gabriel Stuub teve a garganta cortada com uma faca serrilhada. Kneought acha que, provavelmente, era uma faca de caça de dois gumes. Do tipo serrilhada de um lado e lisa do outro. Dizem que é bem afiada dos dois lados.

— De qualquer forma, já deve estar no Mar do Norte — comenta Karen.

— Seja como for, trata-se de uma facada dada na lateral da garganta e que, de uma só vez, cortou a laringe de dentro para fora.

— Que lindo. E o que mais?

— Bem, você sabe como é com nosso querido Brodal, ele nunca tem certeza de nada, mas estava bastante convencido de que Gabriel estava encostado na árvore quando foi surpreendido por trás. A teoria é sustentada por marcas em suas calças e leves queimaduras de congelamento nas nádegas.

— Em outras palavras, uma execução rápida.

— Além disso, Gabriel Stuub tinha alguns hematomas, sugerindo que ele se envolveu numa briga alguns dias antes. Portanto, nada relacionado ao crime, mas ele obviamente levou uma bela surra um ou dois dias antes.

Também tinha vestígios de cocaína no sangue e um fígado que até Kneought Brodal achou que estava em péssimo estado para um homem tão jovem.

— Sabemos que ele era alcoólatra, mas, apesar disso, parecia estar em boa forma. Esteroides?

— Foi exatamente o que Brodal considerou, mas temos que esperar os resultados do exame. Bem, acho que é basicamente isso. Vamos ver se Sören consegue descobrir alguma coisa mais tarde.

— Com certeza, vai encontrar muito DNA, que será a prova cabal para identificar quem cortou a garganta do pobre homem. E imagino que o celular dele ainda estava no bolso, certo?

Karl ri.

— Aposto cem pratas que o celular teve o mesmo destino da arma do crime. Bem, esperamos receber os registros de chamadas da operadora, mais cedo ou mais tarde. Finalmente — diz ele, olhando para o garçom.

Karen olha com satisfação para as tigelas fundas e borbulhantes colocadas à sua frente. *Pode até ser um boteco, mas, sem dúvida, parecem saber fazer uma deliciosa sopa de peixe*, pensa ela, inalando o aroma de mexilhões, bacalhau, algas e alho. Eles rapidamente devoram o almoço, chegando a queimar a língua com a sopa, mas se refrescam com longos goles de cerveja. Dali a cerca de dez minutos, Karen se encosta na cadeira e olha pela janela.

— Então, o que você andou aprontando enquanto estive em Ravenby? — pergunta Karl. — E, a propósito, o que tinha de errado com você ontem à noite?

— Eu comecei a analisar o computador de Fredrik Stuub — diz Karen, ignorando a segunda pergunta. — Há uma série de documentos e e-mails que eu gostaria que você desse uma olhada.

— É mesmo? Do que se trata? — pergunta ele, ainda de boca cheia.

— Parece que o bom e velho Stuub tinha o rei na barriga. De toda forma, como Byle bem disse, ele escrevia regularmente cartas para jornais e contatava políticos locais. Estava bastante incomodado com os horários da balsa nos fins de semana, protestava contra a decisão de cobrar uma taxa para usar o lixão de Valby, queixava-se da ineficácia da polícia com o depósito ilegal de lixo. E ainda tinha uma lista interminável de reclamações sobre excesso de velocidade e vandalismo, sobretudo quanto ao que aconteceu com a Gudheim. Há também vários outros e-mails, alguns que ele escreveu para a filha, e algumas respostas dela.

— Ulrika? A mãe de Gabriel, que morreu de hepatite?

— Sim, e é uma leitura bastante triste. Eu não consegui ler tudo, mas ele estava bastante perturbado com a doença dela, e sugeriu uma porção de tratamentos alternativos. É estranho pensar que ele não era muito próximo do neto, mas talvez Gabriel tivesse razão: Fredrik ficou um pouco louco quando Ulrika morreu.

— Ou quem sabe se fechou para a possibilidade de se aproximar de outras pessoas depois de ter perdido a própria filha. Isso acontece, não?

Um silêncio paira no ar.

Será que Sigrid contou para ele?, ela pensa, enquanto tenta formular alguma frase. *Ontem à noite, depois de eu ter ido para o quarto?* Não, ela nunca faria uma coisa dessas...

O tilintar da porcelana na cozinha é a única coisa que preenche o vazio, enquanto o tempo parece ter parado.

— O que você sabe? — ela pergunta um pouco mais tarde.

— Nada, na realidade — responde Karl calmamente. — Mas eu não sou surdo nem cego, e como policial, posso juntar dois e dois. E eu vi sua reação ontem à noite.

— Isso não foi tão estranho, foi? Afinal de contas, ela quase perdeu a mãe.

— Não estou falando da reação de Sigrid. A sua. Oficialmente, eu sei que você era casada quando morava em Londres e que voltou para cá após o divórcio.

— Então você sabe tudo o que precisa saber.

Karl se inclina para trás e a observa.

— Há quanto tempo de fato trabalhamos juntos? — pergunta ele.

Karen fica na dúvida.

— Cinco, seis anos, acho.

— Sete — corrige Karl. — Você confia em mim?

— Você sabe que sim.

— Então não acha que está na hora de me contar a verdade?

Ela sente como se estivesse sendo rasgada ao meio, sua reação instintiva é continuar mentindo. Ninguém tem que saber, ninguém do trabalho, apenas seus amigos mais próximos. Foi uma decisão tomada logo após aceitar o cargo na Polícia Nacional dez anos antes. O chefe na época, amigo de sua mãe, sabia o que havia acontecido e se certificou de que aquela fosse a verdade oficial de Karen: divorciada e sem filhos. Sem perguntas, nunca falar sobre o que tinha acontecido. Só assim ela seria capaz de continuar.

Se ela se agarrasse a essa versão, Karl nunca mais faria perguntas, disso ela tinha certeza.

Mas depois vem a fadiga sem fim. O vazio extenuante que toda mentira deixa. Karen engole em seco, abre a boca e a fecha logo em seguida.

Então ela sente o calor da mão de Karl sobre a dela, e, no instante seguinte, ouve sua própria voz. Soa robótica e ausente, como se viesse de longe até para ela mesma:

— Você sabe que eu morei na Inglaterra por muitos anos?

Karl confirma com a cabeça, e a voz continua:

— Eu tinha um marido e um filho: John e Mathis. Eles morreram num acidente de carro.

Karl parece prestes a dizer algo, mas desiste quando Karen respira fundo.

— Era eu que estava dirigindo — ela conclui olhando fixamente para ele.

Ele retribui seu olhar. Persistente, sem desviar. Esperando em silêncio.

E então ela conta tudo. Fala sobre o que não consegue falar: a manobra repentina do caminhoneiro, o fato de que tanto John quanto Mathis morreram no local, mas que ela foi tirada do carro quase sem ferimentos. Sobre a polícia, que mais tarde disse que o motorista do caminhão estava sob o efeito de anfetaminas para aguentar as longas horas ao volante. Sobre como ela não pôde ficar em Londres, que a única maneira de seguir em frente era voltando pra casa. Para Doggerland, para Langevik e para a casa onde ela havia crescido.

Tudo isso foi dito, mas nada sobre a discussão com John naquela manhã, a irritação que a levara a assumir a direção, quando era ele quem deveria estar dirigindo. Nada sobre o fato de ela nunca ter se acostumado a dirigir na faixa da esquerda, apesar de tantos anos em Londres. Nada sobre a culpa que a corroía todos os dias desde então.

Mas ela conta sobre todo o resto. Quase sem emoção, como se falasse de outra pessoa.

E ela não desmorona.

46

POUCO DEPOIS DAS 16H, ACONTECE. É INESPERADO, COMO QUANDO uma janela é aberta por uma forte rajada de vento e ameaça fechar de novo em seguida.

Uma grande sacola, nada além disso, apenas o essencial. Aylin Ramnes, com o coração acelerado, pensa na grande bolsa esportiva escondida atrás dos móveis de jardim na garagem. A bolsa preparada há menos de quarenta horas e guardada no único lugar da casa onde ele provavelmente não notaria. Ela havia percorrido os cômodos da casa em silêncio, abrindo e fechando os armários do banheiro e da cozinha, constantemente em alerta para qualquer mudança no som de seu ronco. Ao terminar, limpou o pijama molhado de Tyra.

Agora ela, mais uma vez, repassa mentalmente os itens, olhando para a parede de azulejos na sua frente. Duas trocas de roupas para as crianças, uma para ela, roupas íntimas, medicamentos, remédios para dor de cabeça, um saco com doces, dois livros de aventuras, um chip de celular pré-pago, carregadores extras, dinheiro. Os passaportes, o seu e o das crianças, ela precisa lembrar de tirar do cofre. Ela leu sobre isso na internet; não teria pensado nisso sozinha. É claro que precisaria dos passaportes. E Teddy e Bunny, se eu os esquecer, as crianças vão... Os pensamentos param.

Eu não posso fazer isso, pensa ela. *Ele tem toda a razão, não consigo fazer mais nada.*

Ela pega papel higiênico e se limpa, olhando para o relógio novamente. Já se passaram sete minutos desde que Bo, sem prévio aviso, pegou o carro e foi para o escritório. Justo num sábado à tarde. Por alguma razão, ela sempre imaginou que, se isso fosse acontecer, seria num dia de semana. Um dia comum de trabalho, em que ela teria muito tempo para organizar tudo. Agora ele só foi pegar alguns papéis e estará de volta em uma hora, talvez até mais cedo, se dirigir rápido.

Não, isso é muito pouco tempo, pensa ela. *Muito arriscado. É melhor esperar por outra oportunidade. Talvez ele mantenha a calma por mais alguns dias. Faz mais sentido se eu esperar até depois do feriado, quando ele voltar a trabalhar. Eu posso planejar melhor, em vez de apressar as crianças.*

Ela puxa as calças para cima, levanta-se e dá a descarga. Sente as partes íntimas arderem. Abre a torneira e lava as mãos, vê a água fluir sobre a aliança e correr para a pia, espiralando em torno do ralo. Então ela levanta a cabeça e encontra o próprio olhar no espelho, vê o olho direito, tão inchado que quase não consegue enxergar; a fenda preta onde o lábio está dividido; as novas marcas de polegares no pescoço. Desta vez, não houve necessidade de pegar a caixa de maquiagens, até Bo percebeu. "A mamãe escorregou da escada", ele disse ontem no café da manhã, e só obteve silêncio como resposta. Ele calmamente sorriu para Mikkel, mas não se atreveu a olhar para Tyra.

Outra rápida olhada no relógio, onze minutos já se passaram. *Se eu... não, eu não vou conseguir, vou ter que esperar. Para o bem das crianças...*

Os pensamentos são interrompidos pelas imagens que passam em sua mente: o ursinho de pelúcia de Tyra, a poça de xixi nas escadas. Ela sabia de imediato, mesmo antes de abrir a porta do quarto das crianças. Mikkel, ainda adormecido. E Tyra, escondida sob as cobertas, olhos largos e calças de pijama molhadas.

A imagem que ela nunca será capaz de apagar de sua mente.

— Está tudo bem, queridinha — disse ela, enquanto tirava as calças molhadas da filha e substituía por calças secas.

Tyra não respondeu.

— Vai ficar tudo bem, a mamãe promete — ela repetiu várias vezes, acariciando seus cabelos.

A mamãe promete.

Com as mandíbulas cerradas, Aylin Ramnes pega um pouco de sabonete líquido, passa em volta do dedo e começa a puxar o anel com o grande diamante. O anel suntuoso que ela usa todos os dias há quase seis anos, apesar de a grande pedra estar sempre no meio do caminho. O anel que sempre foi um pouco pequeno demais para o dedo dela, mas que ela nunca mandou ajustar. Nem se move, só aperta mais o dedo à medida que o pânico cresce, mais lembranças: a frustração de Bo enquanto tentava forçar o anel em seu dedo. A irritação causada quando ela sugeriu um ajuste ou talvez um anel mais simples. O primeiro lampejo de raiva. Como ela cedeu. Como ela lhe assegurou que amava o anel, que o amava, e finalmente, ignorando a luz de advertência interna, que ela havia se enganado. Não, o anel era perfeito como era, encaixava perfeitamente. Ele estava certo, era ela quem era estúpida.

Ela puxa com tanta força que por um momento tem medo de que o dedo caia, e há um estremecimento dentro dela quando o anel se solta de repente e cai na pia com um tilintar surdo. Nesse instante, quando instintivamente bate a mão na boca e a dor no dedo é seguida por aquela no lábio, ela sente algo despertar dentro dela. Algo peculiar e duro que está latente dentro dela há dois dias: o sentimento suprimido por quase seis anos; um sentimento estranho que afasta todos os outros. Nem coragem, nem tristeza, nem raiva. Parece ódio.

Ela pesca rapidamente o anel e o coloca no bolso de trás, então apaga a luz e fecha a porta. Dezessete minutos.

Ela já precisa ir ao banheiro novamente.

A porta da garagem se abre sem esforço e a bolsa ainda está onde ela a deixou anteontem, escondida atrás da grande lona, debaixo da mesa de jardim e do tecido de lona do guarda-sol gigante. Um lugar seguro no meio do inverno. Espanta-se em como a bolsa é leve ao ser colocada no porta-malas do carro. Talvez tenha pegado pouca coisa, talvez tenha esquecido algo importante.

Vinte e sete minutos.

Tyra está sentada no sofá vendo televisão, ela entra no carro sem reclamar e sobe na cadeirinha quando Aylin diz, com uma voz forçada e alegre, que eles vão viajar. A criança não pergunta para onde estão indo.

Mikkel tirou a roupa que ela vestiu nele de manhã e agora está sentado no chão da cozinha apenas de cueca, brincando de carrinho. Ele não quer se vestir. Ele não quer sair para passear. O grito que ele emite quando ela finalmente o levanta esperneando faz a adrenalina bombear e suas mãos tremerem incontrolavelmente. Por fim, ela desiste de vesti-lo e o carrega para dentro do carro.

Trinta e nove minutos.

— Eu não quero!

Mikkel tenta se esquivar da cadeirinha, a raiva traz lágrimas aos olhos. Dele e dela. Só Tyra está calma. Com um último esforço, Aylin consegue afivelar o filho, enrolar o cobertor do banco de trás em volta do corpo nu e fechar a porta contra o grito que se segue. Duas respirações antes de ela abrir a porta para o banco da frente.

Quando pega o volante, ela percebe que os passaportes ainda estão no cofre. Uma rápida olhada no relógio: sua mente dispara e seu pânico cresce quando ela percebe que não consegue se lembrar do código. Então ela se lembra e abre a porta do carro novamente. Uma mentira, para ganhar o tempo necessário:

— Nós vamos visitar a vovó e o vovô — diz ela. — Eles compraram uma surpresinha.

O código é 1872. Ela recita os números enquanto se apressa a subir as escadas, 1872, 1872. *Oh, Deus, espero que ele não tenha mudado o código.* Com as mãos trêmulas, ela é bem-sucedida na segunda tentativa. Os documentos estão em uma pequena pilha presa por um elástico de borracha. Rapidamente, ela tira o maço e devolve o passaporte de Bo ao cofre. Aylin então avista a caixa de joias em couro creme. Vira o conteúdo sobre a mesa e pega o que é seu. Enfia tudo nos bolsos do jeans e no sutiã, antes de devolver o resto ao lugar. Ela para. E o que isso importa agora? Com um último olhar para a bagunça, ela corre e desce a escada.

Quando Aylin Ramnes volta ao volante, seis minutos depois, o suor escorre pelas costas e seu coração bate com tanta força na garganta que ela mal consegue engolir. Sem dizer uma palavra, ela se afasta muito rápido da entrada e vira para a estrada.

Agora está tranquilo no banco de trás. Porém, é um silêncio assustado. Mikkel colocou o polegar na boca e seus pequenos dedos estão acariciando a orelha do coelho azul.

— Querido, desculpe por eu ter gritado — diz ela, puxando os cantos da boca num sorriso rígido.

Mikkel tira o polegar da boca, e sua voz é fina com lágrimas que pararam.

— Você acha que eles compraram um cachorro? — pergunta ele.

Tyra não diz nada.

Meio quilômetro adiante, ela dirige cautelosamente em direção ao cruzamento, morrendo de medo que o carro de Bo apareça. *Deus*, ela murmura em silêncio, sentindo as palmas das mãos suadas deslizando no volante. *Só me dê mais alguns minutos, só mais alguns minutos.* Não precisa olhar o relógio, ela sabe que o tempo deve ter se esgotado.

Está soprando um vento forte; a janela vai se fechar com uma pancada a qualquer momento. E nunca mais será aberta novamente.

47

BJÖRN GROTH OLHA PARA A PONTA DOS DEDOS COM UMA EXPRESSÃO de surpresa, como se ainda não tivesse entendido por que alguém pegou uma almofada de carimbo e uma folha de dez quadrados vazios, ele olha para o resíduo de tinta e então começa a esfregar os dedos nas pernas das calças.

— Lamento não termos equipamentos mais modernos — diz Karen. — Mas sai com água e sabão. Que bom que você pôde vir em um sábado.

— Eu tinha escolha?

— Na verdade, não — ela responde com um meio-sorriso. — A propósito, aceita alguma coisa? Café, chá?

A sala é apertada e tem apenas espaço suficiente para uma pequena mesa com o equipamento de gravação e quatro cadeiras.

A conversa com Karl, no restaurante do porto, permeia seus pensamentos. Ele não fez mais perguntas, apenas escutou como ela pediu. Nenhum detalhe, nada sobre antes ou depois, apenas os fatos. Ela teve um marido, um filho, e agora eles tinham ido embora. Sem palpitações, sem tonturas ao dizer seus nomes em voz alta. *Eu ainda existo*, pensa ela, olhando para o teto da pequena sala. *Tenho um interrogatório a fazer.*

— Não, obrigado, prefiro saber por que estou aqui — diz Björn Groth e se senta em uma das cadeiras. — Já contei tudo o que sei.

Ele passa as duas mãos pelo cabelo, como se quisesse ter certeza de que está lá.

— Nem tudo, receio — diz Karen. — Ainda tem certeza de que não quer a presença de um advogado?

— Vá em frente. Não tenho nada a esconder.

Karen espera enquanto Karl liga o aparelho de gravação.

— Entrevista com Björn Groth a respeito dos assassinatos de Fredrik Stuub e Gabriel Stuub. É sábado, 2 de janeiro, 15h04. Além de Björn Groth, estão presentes o chefe da investigação, a inspetora-detetive Karen Eiken Hornby e o inspetor-detetive Karl Björken. Vou direto ao assunto — diz Karen. — A primeira vez que falamos, você disse que não conhecia Fredrik Stuub. Você sustenta?

— Sim, eu sustento — diz Björn Groth firmemente. — Por quê?

— Ok, deixe-me reformular a pergunta. Você teve algum contato com ele? Uma vez, de alguma forma, em algum recado?

— É claro que nos cruzamos ao longo dos anos, a ilha é muito pequena. Trocamos algumas palavras sobre vento e tempo, suponho, mas não mais do que isso. Do que se trata exatamente?

Uma leve nota de incerteza penetrou em sua voz, quase imperceptível, mas Karen sabe que Karl também notou. Ela o deixa fazer a pergunta:

— Por que Fredrik Stuub te enviou um e-mail?

Ele coloca uma transcrição do e-mail sobre a mesa e recita o conteúdo:

— "Eu tenho informações que podem impedir seus planos de expansão. Por favor, entre em contato comigo o mais rápido possível", isso não me parece muito com vento e tempo.

A transformação é imediata. Em um instante, o homem à sua frente parece murchar, mas ele não diz nada.

— O que Fredrik Stuub sabia que poderia pôr fim aos seus planos de expansão?

— Nada.

— Nada? Descobriremos, cedo ou tarde, por isso é melhor nos dizer. Você entrou em contato com Fredrik como ele pediu?

— Não. E eu quero um advogado, mudei de ideia.

Karen suspira.

— Por favor, responda à pergunta.

— Não tenho mais comentários a fazer. Eu não sei o que ele queria e nunca entrei em contato com o Stuub. Eu quero um advogado.

— Muito bem, teremos esta conversa amanhã. Ou deveríamos dizer segunda-feira de manhã? Me disseram que há um monte de políticos locais por aqui nas manhãs de segunda-feira. É claro que há um risco de que você se depare com pessoas que tenham perguntas a fazer. Pode dizer agora ou voltar na segunda-feira, se preferir. Mais cedo ou mais tarde, você terá que responder nossas perguntas.

Karen se encosta no espaldar e espera, vendo Groth se debater com as opções.

— Certo — ele finalmente diz. — Eu liguei para ele.

— Você ligou para Fredrik Stuub, você quer dizer? Quando?

— No dia 19, no mesmo dia em que o e-mail chegou. Pensei que se tratava de novo daquela maldita estrada.

— Que tal nos contar sobre "a maldita estrada"? — Karl pergunta suavemente.

— O homem estava confuso — diz Björn Groth, batendo as mãos. — Ele havia imaginado que a nova estrada que estamos construindo ameaçaria aquele maldito barco de pedra. Ele corria para lá o tempo todo, agindo como se fosse propriedade dele.

— Ele estava certo? — pergunta Karl. — O empreendimento teria impacto no sítio arqueológico?

Björn Groth dá risada.

— As pedras estão lá há dois mil anos, com certeza aguentariam uma estrada a um quilômetro e meio de distância. Sim, tínhamos planos de fazer a estrada mais perto, mas as autoridades caíram em cima e nós enviamos uma nova proposta, que foi aprovada. Stuub sabia. Além disso, eu disse que ele poderia se meter em problemas se eu fosse à polícia com seu e-mail. Que isso soava suspeitosamente como chantagem.

— E ele não disse nada?

— Bem, ele me disse para não inventar um monte de mentiras e que nunca havia ameaçado ninguém, mas que certamente poderia, se quisesse. Depois desligou antes que eu pudesse falar qualquer outra coisa. Como eu falei, o velho era meio maluco.

— Bem, o que você achou? — pergunta Karen, quando Björn Groth os deixou.

— Eu digo que vou tomar uma cerveja e um maldito uísque bem forte — diz Karl com um suspiro. — Qualquer um, menos Groth.

48

— MINHA NOSSA! O QUE É ISSO?

Karl Björken inclina-se para a frente e vira o pescoço para olhar pela janela lateral. Eles desativaram a estrada principal pouco antes do sinal que marca a fronteira entre as áreas de Skreby e Gudheim. A casa, que Karl observa com uma mistura de interesse e descrença, é um prédio de quatro andares de arenito amarelo brilhante que se eleva à sua frente, mais alto e intimidante quanto mais eles se aproximam.

— O velho barão da mina, Huss, a construiu no início do século passado — diz Karen. — Uma expressão de megalomania, eu suponho.

— Ou de um pau pequeno. — Karl ri com pesar.

Eles avançam com o carro.

— Vamos acabar logo com isso? — diz Karen, olhando para o relógio.

Faltam alguns minutos para as 17h. Com alguma sorte, eles estarão fora dali em uma hora.

Mal chegam à metade da escada de pedra quando uma folha das portas duplas se abre e William Tryste sai para cumprimentá-los.

— Acho que não foi difícil encontrar, né? — diz ele, com um grande sorriso e estendendo a mão. — Não é uma casa discreta. Enfim, usamos apenas um quarto do espaço. Metade do andar de baixo e metade do andar de cima são suficientes para nossa pequena família, o resto está fechado. Vamos entrar? Minha esposa está esperando na sala de estar.

Eles passam pelo corredor, onde uma escada larga com corrimões revestidos de couro leva a um parapeito e depois se divide em duas escadas menores e íngremes.

William Tryste os conduz pelas escadas e por uma porta entreaberta até o que parece ser uma biblioteca. Uma mulher de meia-idade com cabelos compridos e escuros reunidos em um rabo de cavalo baixo levanta-se de uma das poltronas. Eles apertam as mãos e Karen percebe que Helena Tryste não exala nada da confiança com a qual seu marido foi dotado. Em vez disso, há uma pitada de incerteza, quase timidez, quando seus olhos se encontram.

— Bem-vinda — diz ela com um pequeno sorriso. — Podemos lhe oferecer algo? Café, chá?

Sem esperar por Karl, Karen rapidamente declina. Ela se lembra da primeira reunião que a eloquência de William Tryste pode ser simpática, mas também demorada, e não quer prolongar a visita por mais tempo do que o necessário.

— Obrigada, mas não vamos demorar — diz ela.

Apesar disso, Helena, sem cerimônia, vai buscar copos e algumas garrafas de água mineral de um carrinho de servir e os coloca na frente de seus convidados; de acordo com o costume doggerlandês, não servir nem água seria impensável.

— Bem — diz William Tryste. Ele levanta as pernas das calças e se senta em uma das poltronas opostas. — Entendo que vocês queiram falar sobre ontem, mas o que querem saber?

Dez minutos depois, todas as informações que a família Groth e seus convidados haviam fornecido em relação à noite anterior foram confirmadas pelo casal. A única coisa que distingue a história do casal Tryste dos demais relatos é que Björn Groth recebeu um telefonema durante o jantar, o que o fez sair da mesa.

— Mas ele não esteve fora por mais de cinco minutos, e isso foi muito antes da meia-noite — diz William Tryste.

— E você não sabe do que se tratava a conversa, eu suponho?

— Nenhuma ideia, mas achei estranho que alguém tivesse telefonado naquela hora, na véspera do Ano-Novo. Toda a família estava lá, e dificilmente poderia ter sido sobre trabalho.

— Você se lembra se ele parecia chateado quando voltou?

— Não, talvez um pouco preocupado, mas não me sinto à vontade em especular sobre esse assunto. Você mesma terá que perguntar a ele.

— Nós vamos — diz Karen, registrando que William Tryste parece se arrepender de ter dito qualquer coisa.

Ela troca um olhar rápido com Karl, inclina-se para trás e o deixa assumir o controle.

— Queremos que você nos diga o que sabe sobre quaisquer ameaças que a destilaria ou a família Groth tenham enfrentado — diz ele.

De repente, o silêncio é total. *Ele não parece surpreso*, pensa Karen, *mas quer ganhar tempo*.

— Ameaças contra a família Groth? — ele então diz, lentamente. — Como assim?

— Isso é exatamente o que estamos tentando descobrir. Por exemplo, o que Fredrik Stuub poderia saber que ameaçasse a expansão?

— Ameaçasse a expansão? Nada, é claro. Já passamos por todo o processo com todos os relatórios requisitados e as permissões de planejamento. O projeto será aprovado pelo Conselho Provincial dentro de uma semana e todos os partidos votarão a favor. Pelo menos de acordo com as informações que recebi.

— Como você pode ter certeza? A oposição não vota sempre contra? Nem que seja por causa das aparências?

— Talvez no parlamento, mas não nas províncias. Nenhum político local com instinto de sobrevivência votaria contra algo que pudesse criar empregos e...

— ... colocar Noorö no mapa — Karen conclui com um suspiro. — Isso foi o que disse Björn Groth, mas Fredrik Stuub era aparentemente contra a expansão, por alguma razão. Ele achava que representaria uma ameaça ao monumento de pedras em Gudheim, se eu entendi bem.

William Tryste inclina-se para trás com um suspiro pesado, e Karen vê pelo canto do olho que a esposa está espelhando os movimentos dele. *Com certeza, só há espaço para uma personalidade forte num relacionamento*, pensa ela.

— É isso mesmo — diz ele. — Teremos que redesenhar a estrada e torná-la mais ampla. Na prática, significa uma espécie de extensão da estrada principal, e no plano original passaria perto das pedras, o que a administração ambiental não aprovou, mas tudo isso já foi resolvido. Será muito mais caro e já causou um grande atraso a todo o projeto, mas não há dúvida de que será aprovado.

— Então não há mais um problema em relação a distância até as pedras de Gudheim? Nenhuma objeção a que a área seja construída?

— Não, que eu saiba, não.

— Talvez Fredrik tivesse medo de ainda mais vandalismo se a expansão atraísse mais turistas? — Karen sugere. — O último foi um ataque bastante sério, ouvi dizer.

William Tryste endurece. Então ele se afasta e parece estar procurando em sua memória.

— Isso explicaria... — ele diz, incerto. — Não.

— Explicaria o quê? — A voz de Karl é ríspida, e Karen vê que até Helena Tryste endurece.

— Nada, não significa absolutamente nada. Não na prática.

Eles esperam em silêncio, observando como Tryste mais uma vez parece amaldiçoar suas palavras e buscar uma frase apropriada.

— Vamos lá — Karl pede com impaciência.

— Os furos — diz William Tryste. — Eu mesmo achei estranho. Não é exatamente o que se espera dos jovens entediados. Além disso, esses moleques diabólicos dificilmente planejariam algo assim. Quero dizer, grafite é uma coisa...

— Não é preciso muito planejamento para usar uma furadeira de percussão — diz Karl.

Karen se mantém completamente quieta. Agora ela olha para o anfitrião e o vê tentando desesperadamente encontrar uma explicação diferente daquela que ele tem em mente.

— Você está pensando que os próprios Groth podem ter algo a ver com o vandalismo? — pergunta ela. — E que Fredrik Stuub sabia.

— Não — Tryste responde, parecendo pesquisar em sua memória. — Até onde eu sei, ele não pôs os pés na destilaria, ele não tinha como saber de nada.

— Certo, está na hora de você abrir o jogo — diz Karl Björken. — O que há na destilaria que pode ligar Groth aos furos no monumento?

William Tryste parece estar lutando contra si mesmo, enquanto continuam esperando por ele. Enfim, ele respira fundo.

— Cimento expansivo — diz ele, baixinho e solta um longo suspiro.

Helena Tryste ofega, como uma imitação tardia do marido.

— Cimento expansivo? — Karen repete, deixando um olhar questionador deslizar entre Karl e Tryste.

— Algo que você coloca em um furo se quiser quebrar uma pedra sem dinamite — diz Karl. — Muito útil se você quiser transformar todo o barco de pedra em cascalho, não é?

William Tryste acena com a cabeça.

— Acho que sim, mas é uma ideia absurda.

— E esse cimento expansivo está armazenado na Groth? — pergunta Karen.

— Está; eu encontrei alguns sacos em um depósito atrás do meu escritório. Não pensei muito sobre isso na época, embora não entendesse que uso tínhamos para aquilo.

— Você não perguntou a ninguém?

— Sim, acho que mencionei ao Björn, mas ele disse que não tinha ideia de como os sacos haviam chegado lá. Ele disse que com certeza não os tinha comprado.

— E Fredrik Stuub nunca esteve na destilaria. Tem certeza?

Tryste encontra o olhar de Karl e acena com a cabeça.

— Absoluta. E mesmo que ele estivesse lá de visita, certamente não teria mexido no depósito. Não sei por que pensei nisso, mas acho que é porque você estava falando sobre ameaças e sobre aqueles furos. Não, Fredrik não poderia saber sobre aqueles sacos.

Mas Gabriel Stuub sim, pensa Karen. E ele pode ter dito ao avô.

49

— ESTÁ NA CARA — DIZ KARL, ENQUANTO COLOCA O CINTO DE SEGU-rança. — A questão é saber se foi Björn quem bolou o tal plano, ou se foi alguém da família.

— Não sei se foi tão esperto assim — diz Karen. — O que eles ganhariam com isso? A estrada já tinha sido aprovada.

— Bem, suponho que não ter que mudar a estrada porque não sobrou nada além de uma pilha de cascalho lhes pouparia alguns milhões.

— Alguns buracos bem colocados, algum cimento e *buum!*, seus problemas acabaram; é isso o que quer dizer? Acho difícil de acreditar.

— Não acho que seja algo instantâneo. Leva pelo menos um dia após o preenchimento dos furos para que a pedra se quebre. A solução perfeita, se não quiser estar perto do local do crime.

Karen liga o carro e dirige em silêncio pela avenida arborizada, deixando sua mente vagar. Parece improvável que alguém da família Groth tivesse tentado vandalizar o memorial. O barco de pedra deve ser parte importante de todo o conceito de atrair turistas e visitantes para o futuro centro de conferências em Noorö. *Por outro lado*, ela pensa, *Fredrik Stuub pode muito bem ter imaginado que eles estariam dispostos a recorrer a tais meios para economizar alguns milhões*. A questão é o que ele teria ganhado se tivesse enviado um e-mail para Björn Groth em vez de entrar em contato diretamente com a polícia. Ou com a mídia. Se ele realmente quisesse impedir a expansão, teria sido muito mais eficaz espalhar boatos e arruinar o projeto.

— Talvez ele não tenha sido tão idealista — diz Karl, que claramente pensa da mesma forma. — Talvez quisesse arrancar dinheiro dos Groth.

— Se ele soube do saco de cimento, talvez haja outro motivo.

Karl não responde. Assim que Karen aciona a seta para virar na estrada principal, ressurge a lembrança adormecida em sua mente.

— Cimento expansivo — diz ela, dando um tapa no volante. — É claro! O histórico do navegador de Fredrik Stuub, ele pesquisou cimento expansivo.

Karl deixa cair o celular no colo e se volta para Karen.

— Bingo — diz ele. — Precisamos conversar novamente com Groth. Vamos para lá agora?

— Não, vamos esperar. Ele não vai falar sem um advogado.

— Será que podemos esperar até segunda-feira? — Karl não consegue esconder o tom esperançoso na voz.

— Você vai pra casa — diz Karen, calmamente. — Os Groth não vão a lugar algum. Eu levo o Byle comigo se precisar falar com eles amanhã.

— Então você vai ficar?

— Sinceramente, não estou a fim de dirigir até a minha casa. Já bastam todos os quilômetros que tenho que percorrer para lá e para cá nesta maldita estrada.

Na mesma hora, toca o celular de Karen.

— Deve ser o Smeed — diz ela, olhando para o seu relógio.

Deve ser madrugada na Tailândia, então ele não deve estar sóbrio, pensa ela, suspirando.

Mas, em vez do tom antipático do chefe, o que ela ouve pelo fone de ouvido é uma voz tão tensa que mal a reconhece.

— Oi, Karen, é o Leo. Acho que você precisa voltar para casa. Agora mesmo.

50

SEM SABER COMO, KAREN CONSEGUE MANTER O CARRO NA ESTRADA. Todos os seus instintos estão gritando para que tire o fone, ela não quer ouvir. Seja o que for, ela não quer saber.

— O que aconteceu? — pergunta ela. — É Sigrid? — ela sussurra, sabendo que o pior já deve ter passado. Caso contrário, Leo não estaria ligando.

As palavras fazem Karl Björken reagir imediatamente.

— Encoste ali — diz ele, apontando para um poste com o logotipo da empresa de ônibus. — Faça o que eu digo, Karen.

A voz determinada faz com que ela obedeça. Ela freia bruscamente e vira próximo à parada do ônibus.

— Alô? — ela ouve Leo dizer em seu ouvido. — Você ainda está aí? A ligação está péssima.

— O que aconteceu?

— Ela tem hematomas por toda parte, e está assustada. Ela está sentada aqui na cozinha, mas levou uma bela surra.

— Quem bateu nela? Se for a porra do Sam, eu vou...

Memórias do ex-namorado de Sigrid lhe vem à mente, já se passaram três meses, mas ela sabe que ele anda enchendo o saco.

A voz de Leo está de volta:

— Sam? De que diabos você está falando? Foi o marido dela. Aquele maldito Bo, ou sei lá como ele se chama.

Tudo para, e o medo se transforma em raiva.

— Aylin — diz ela, em voz baixa. — Bo bateu nela?

— Ele quase acabou com ela. Ela está com as crianças e diz que é apenas uma questão de tempo até que o filho da puta apareça aqui.

— Vou demorar algumas horas para chegar — diz Karen. — Chame a polícia imediatamente e...

— Ela se recusa — Leo interrompe. — Diz que vai embora se chamarmos a polícia. Tanto Sigrid quanto eu tentamos convencê-la.

— Ela precisa de médico?

— Também está fora de questão. Ela diz que não tem nada quebrado.

Karen range os dentes e pensa furiosamente enquanto Karl a conduz com firmeza para o banco do passageiro.

— Fique onde vocês estão. Tranquem todas as portas e janelas e cuide para que Aylin e as crianças fiquem lá em cima. Ela veio de carro ou de táxi?

— Ela veio dirigindo. Não sei como ela conseguiu, mas...

— Você tem que tirar o carro dela daí — Karen interrompe. — Desça a estrada de cascalho que passa pela minha casa e continue até o retorno. Aí você vira à esquerda, cruza um trecho rochoso e desce a ravina do outro lado do cume.

— Penhascos? — Leo pergunta, na dúvida.

— Meu pai uma vez fez um retorno com um trailer lá, então sei que é possível se você tiver cuidado. Não vai dar para ver o carro lá.

— Certo — diz Leo, com a voz tensa. — Algo mais?

— Feche as cortinas do andar de cima. É melhor se ele só puder ver você e Sigrid no andar de baixo. Esperem eu chegar, mas vá esconder o carro agora. E me liga quando voltar.

— O que está acontecendo? — pergunta Karl, já ao volante.

— Uma amiga minha foi espancada pelo marido — Karen responde, sombria. — Droga, eu deveria ter previsto!

Ela bate no porta-luvas com tanta força que abre a fechadura.

— A balsa de Lysvik parte em 28 minutos. A gente consegue?

Sem responder, Karl pisa no acelerador.

Eles chegam em cima da hora e são o último carro a embarcar. No deque, Karen pensa, pela primeira vez em anos, em sua pistola de serviço, trancada no armário do andar de cima. Somente uma vez ela a disparou e foi apenas um tiro de advertência.

— Eu chamaria alguns colegas se fosse você — diz Karl.

— Leo disse que ela vai embora se ele chamar a polícia.

— Por quê? Ela tem medo da polícia?

— Ela tem medo dele.

— Mesmo assim, eu acho que você deve entrar em contato com a polícia.

— Eu *sou* a polícia — diz Karen, jogando a bituca no mar. — E não temos certeza de que ele vai aparecer. Não posso chamar meus colegas para Langevik se o imbecil estiver sentado tranquilo em casa. Vou fazer de tudo para convencê-la a fazer a denúncia — acrescenta ela. — Ele não vai se safar dessa.

Quando a balsa finalmente chega a Thorsvik, Karen tomou o volante de novo. Ela ignora o limite de velocidade e duas horas depois deixa Karl em casa, depois de mais quarenta minutos, diminui a velocidade para entrar em Langevik. Ela observa cada movimento e luz dos faróis dos carros enquanto segue a estreita estrada de cascalho à beira-mar. A neve crepita sob os pneus à medida que, com faróis apagados, ela segue para a última casa do vilarejo. Então, inclina-se para a frente e olha para cima: as luzes do térreo iluminam alguns metros do pátio, o resto permanece no breu.

Quando ela embica para subir na entrada de veículos, Karen vê um vulto se mexer nos degraus de entrada. Tem alguém ali, agora imóvel como pedra, tentando se fundir nas sombras. Karen sente o coração disparar, bombeando adrenalina em cada músculo.

Então ela respira fundo, acende os faróis altos e enfia o pé no acelerador.

51

— **PUTA MERDA!**

Leo ergue o braço para proteger-se da luz, e Karen desliga o motor. Com passos irritados e a adrenalina ainda correndo pelo corpo, ela sobe as escadas de pedra.

— Por que você está aqui fora escondido? — ela grita. — Eu pensei que você fosse ele.

— Eu saí para fumar! — Leo grita de volta. — E quando fechei a porta, ouvi um carro se aproximando, mas não consegui ver nada. Por que você estava dirigindo com os faróis apagados? Eu estava absolutamente convencido de que era aquele maluco de merda. Você quase me matou de susto.

Eles olham com raiva um para o outro por alguns segundos. Então, quase ao mesmo tempo, ambos relaxam e riem. Constrangidos, mas aliviados.

— Você tem um cigarro antes de eu entrar? — pergunta Karen. — Estou sem nenhum e preciso me acalmar.

— Claro, Dona Pidona.

— Como ela está se saindo? — Karen pergunta depois de uma longa tragada.

— Não muito bem. Os cortes e hematomas são terríveis, mas o pior mesmo é o quanto ela ainda está assustada.

— E as crianças? Será que entendem o que está acontecendo?

— Não sei. Eles são pequenos, e Aylin parece ter o hábito de esconder as coisas deles com o de sempre: a mamãe caiu e se machucou.

— E eles fingem acreditar nela para não a incomodar mais. As crianças entendem mais do que a gente pensa.

— É verdade. Eles devem estar dormindo agora. A Sigrid lhes mostrou muitos jogos de computador novos, encheu-os com o que sobrou de chocolate do Natal e os manteve distraídos.

E antes que Karen possa reagir, Leo passa o braço em volta do pescoço dela e a puxa para perto. Ele a abraça firmemente por alguns segundos antes de soltá-la.

— Eu nunca fiquei tão feliz em ver um policial — diz ele.

Aylin está do seu lado com um dos braços em volta dos dois filhos, e Karen subitamente percebe quanto tempo passou desde que os vira.

Mikkel deve ter quatro anos e Tyra, cinco. Ela recorda com um triste sorriso como Aylin lutou para ter um filho após numerosos abortos espontâneos em seu relacionamento anterior. Como Bo Ramnes virou sua vida de cabeça para baixo e a engravidou depois de menos de seis meses. E como a entrada dele em cena fez com que Aylin desaparecesse gradualmente de sua vida cotidiana.

Ela acorda com um sobressalto, e parece que perdeu tudo.

Instintivamente, ela se levanta, apoia as costas na parede e olha aterrorizada para a porta. No momento seguinte, suas pernas parecem desistir da luta e ela escorrega lentamente, com as mãos na frente do rosto. Karen está com ela em dois passos.

— Oh, meu anjo — diz ela, ajoelhando-se ao lado de Aylin. — Vamos dar um jeito em tudo isso.

52

SEU CORPO INTEIRO DÓI SÓ DE VER AYLIN, E KAREN TEM QUE FAZER um esforço imenso para não desviar o olhar. Um olho está quase fechado por conta do inchaço, e o sangue ressecado forma uma crosta negra ao longo da ferida em seu lábio inferior. De repente, Karen percebe que o pior, na verdade, estava oculto sob o roupão grosso.

Durante quase meia hora, elas ficam ali sentadas no chão do quarto, enquanto Karen embala a amiga e delicadamente acaricia seus cabelos. Nenhuma palavra, apenas soluços silenciosos que fazem estremecer seu corpo magro, e curtos suspiros que, lentamente, se transformam em respirações uniformes. Para não acordar as crianças, Karen consegue sussurrar para Aylin segui-la até o banheiro, ajuda-a a tirar suas roupas e cerra os dentes diante daquela visão apavorante.

Ela já tinha visto coisa parecida: costas azuladas e amareladas; o único escudo contra homens violentos. Os braços com marcas de dedos, lóbulos das orelhas rasgados pelos brincos arrancados, sangue ressecado na parte de trás da cabeça por ter sido golpeada contra as paredes. Sim, ela já viu isso antes: mas nunca aqui, em seu próprio banheiro.

— Temos que... — Karen começou — ... pegar seu celular.

E com a rotina que inúmeras cenas de crime lhe deram, Karen interrompe todo o fluxo de emoções e faz o que precisava ser feito. Em silêncio e o mais rápido possível, ela tira foto após foto dos machucados ao som da água que enche a banheira, enquanto Aylin, só de calcinha e sutiã, deixa Karen fazer seu trabalho. Então Karen sai e deixa a porta entreaberta.

E quando ouve Aylin escorregar com um lamuriar silencioso na água, ela fica do lado de fora, de costas contra a parede e as mãos pressionadas com força sobre a boca.

Depois do banho, estão sentadas na cozinha. Somente o castiçal de latão, que está apagado desde o Natal, ilumina o espaço. Leo e Sigrid foram para a sala de estar e, através das portas fechadas, Karen pode ouvir o que parece um filme de ação americano.

Com o mesmo olhar vazio voltado para a toalha de mesa, Aylin agora se senta com as duas mãos ao redor de uma xícara de chocolate com um bom gole de uísque. Karen derramou uma dose em um copo de uísque simples.

— Acha que consegue falar sobre isso?

Aylin balança a cabeça em negativa devagar, levanta-a e encontra seu olhar brevemente antes de olhar para baixo novamente.

— Estou tão envergonhada, Karen. E eu sei o que você quer que eu faça, mas só vai piorar as coisas se eu o denunciar. Na verdade, a culpa é minha de isso ter acontecido desta maneira.

— Não vou te forçar a nada — diz Karen, em voz baixa. — Você decide tudo a partir de agora. Tudo, menos uma coisa.

Aylin olha silenciosamente para dentro da caneca.

— Não diga nunca mais que a culpa é sua. Nem pense nisso. Está me ouvindo?

Aylin continua sem responder, apenas dá uma fungada e limpa o nariz no punho.

— Já vi isso antes — diz Karen — e eu sei o que acontece se você voltar. É apenas uma questão de tempo.

Aylin balança a cabeça devagar.

— Ele nunca vai me deixar ir embora.

— Você escapou. Você já o deixou, o pior já passou.

E com um olhar que quase parece de piedade, Aylin levanta a cabeça, olha Karen diretamente nos olhos e sorri sem alegria com um canto de sua boca.

— É aqui que tudo começa — diz ela. — Você não entendeu?

Karen espera que ela continue.

— Você já tentou antes? — diz ela, um pouco depois.

— Duas vezes. Uma vez, quando Mikkel era recém-nascido, e, outra, no início do ano passado.

— O que aconteceu?

— A primeira vez, cheguei a alguns quarteirões de distância. Apenas peguei as crianças e saí pela porta sem saber para onde ir. Idiota, claro. Ele descobriu cinco minutos depois e nos alcançou antes mesmo de Kaupinggate.

— O que aconteceu, então?

— Ele ficou mais calmo por um tempo, como se estivesse assustado com as próprias atitudes. Prometeu que não voltaria a acontecer, bem...

— Foi a primeira vez que ele te bateu?

— Foi a primeira vez que ele arrancou sangue. Antes disso, a maior parte das vezes eram só empurrões e alguns tapas. De certa forma, ver o sangue no sofá foi provavelmente o que me fez sair naquele dia. Ele tinha acertado meu nariz — acrescenta ela. — Acho que não teve a intenção.

— E da segunda vez, o que aconteceu?

Aylin levanta a xícara mais uma vez, mas a abaixa novamente.

— Eu planejava deixá-lo. Juntei numa bolsa o essencial para as crianças e fugi assim que ele saiu para o trabalho, dirigi até Frisel, mas não demorou muito mais do que um dia para que ele nos encontrasse. Ele me disse que teve ajuda e que sempre vai me encontrar.

Aylin passa a mão na testa. De repente, ela paralisa e olha fixamente para a janela.

— A tramazeira — diz Karen, de ânimo leve, tentando esconder o fato de que ela também levou um susto. — Os galhos batem na janela quando o vento sopra. Seus pais sabem que o Bo bate em você?

Aylin mexe a caneca com uma colher e balança a cabeça negativamente.

— O papai perguntou uma vez, mas eu neguei — respondeu ela, sem olhar para cima.

O silêncio se instala entre elas.

— E desde então você não fez nenhuma tentativa de deixá-lo? — continua Karen, um pouco depois. — Até hoje, quero dizer.

Aylin respira fundo, estremecendo.

— Também não vai funcionar desta vez — diz ela com uma voz estridente. — Você não entende. Ele me encontrará, mais cedo ou mais tarde.

— Sim, provavelmente ele vai, sim — Karen responde com calma.

— Então você também acha que eu deveria ir para casa?

A voz de Aylin expressa uma mistura de desânimo e espanto. Karen inclina-se para a frente e coloca a mão sobre a dela.

— Pelo contrário. Você *nunca* deve voltar para o Bo — diz ela. — O que eu quero dizer é que precisamos ter certeza de que você está segura e que ele não possa te fazer mal mesmo que descubra onde você está. Você não está mais sozinha.

— Ele vai tomar as crianças. Ele disse que eu não tenho nenhuma chance de conseguir a custódia.

— Ninguém vai te tirar as crianças. Você tem certeza de que ele nunca bateu nelas?

— Nunca. Ele é um bom pai.

— Ele provavelmente vai conseguir vê-las de vez em quando, talvez possa pedir guarda compartilhada — diz ela. — Mas nunca mais vai tocar em você.

— Ele pode aparecer aqui a qualquer momento. Você não entende? — diz ela. — Ele já pode estar lá no jardim.

— Ele não vai entrar — diz Karen com uma calma que ela não sente. — Beba para poder ir para a cama. Vamos ficar de vigia a noite toda e amanhã pensaremos num plano.

53

TODAS AS OPÇÕES SÃO CONSIDERADAS, UMA A UMA, ENQUANTO O desespero se instala como um pesado cobertor sobre a sala onde Karen, Leo, Sigrid e Marike, que agora se juntou a eles, se reuniram para deliberar.

Estão acomodados na sala de estar e se afundando ainda mais no sofá e poltronas à medida que uma proposta após outra é rejeitada. Aylin não será capaz de se esconder de Bo por muito tempo, eles percebem; mais cedo ou mais tarde, ele descobrirá onde ela está. Em vez disso, trata-se de encontrar uma solução para as próximas semanas, trazer calma, encontrar tempo para curar e encontrar a força para colocar o processo de divórcio em andamento.

A casa em Langevik é muito remota, assim como a casa de Marike em Portlande. A casa de Kore e Eirik em Thingwalla é melhor, mas ainda não é uma opção para os primeiros dias, pois eles estão em Nova York. A sugestão de que Aylin simplesmente leve as crianças com ela e vá para o exterior por algumas semanas é rejeitada. Embora ela esteja com os passaportes, esse comportamento provavelmente poderá ser usado por Bo em uma futura ação de custódia.

Não estão chegando a lugar algum.

— Os pais dela podem ficar com as crianças por uma semana? — pergunta Marike, que tem estado sentada em silêncio e escutado enquanto os outros discutem.

— Provavelmente, se Aylin concordar. Ela obviamente não lhes disse nada, e eles estão viajando por causa das festas, foram pra Londres, eu acho.

— Então talvez eu tenha uma sugestão.

— Qual? — Leo questiona com impaciência. — Se você tem uma solução, fala logo.

Ele parece cansado, pensa Karen, vendo suas olheiras e mandíbulas cerradas.

— Ele está morto — diz Marike, e é recebida pelos olhares vazios e cansados dos outros. — O proprietário do prédio onde fica meu ateliê, que morava no andar em cima do meu, viveu até os noventa anos de idade. Agora é meu — Marike continua, calmamente. — O prédio todo. O filho estava querendo vender rápido. E *voilà*! Sou dona de tudo — explica.

O silêncio paira quando Karen, Leo e Sigrid olham para ela com descrença, sem saber se entenderam o que ela disse.

— O que você disse? Você comprou o prédio? — Sigrid finalmente pergunta. — O prédio todo?

— Sim. Eu estava alugando e não queria arriscar que alguém o comprasse e me expulsasse de lá. Há uma sala e uma cozinha em cima. Eu pensei que pudesse ser seu valhacouto, Karen, mas isso vai ter que esperar.

Demorou um pouco até que eles entendessem.

Há um apartamento vazio no prédio de Marike, apenas um quarto e cozinha, está desgastado, mas é grande e central. Cheio de movimento. Talvez não seja um lugar prático para as crianças por mais que alguns dias, definitivamente não é uma solução permanente, mas Aylin pode ficar lá até que se recupere, se seus pais puderem ficar com as crianças. *Além disso, pensa Karen, a compra ainda não foi registrada no cartório de imóveis.*

E quando Leo e Sigrid foram para a cama, mortos de cansaço, e Karen fica sozinha com Marike para fazer a vigília, ela se lembra do que sua amiga disse:

Você precisa de um valhacouto.

Um esconderijo para Aylin pelo tempo que ela precisar, mas depois...

Karen, com relutância, deixa suas lucubrações de lado. Nada disso seria possível.

— Eu não tenho dinheiro para isso, Marike — diz ela.

— Eu não quero seu dinheiro. — Marike puxa os óculos de leitura para baixo e olha para ela com uma expressão cansada. — Fala sério, Karen. Eu tenho mais dinheiro do que preciso.

54

OS AMIGOS PASSAM A MANHÃ DE DOMINGO INTEIRA ACOMODANDO Aylin no apartamento acima do estúdio. Depois de muita persuasão, ela finalmente concorda com duas coisas: contar a verdade aos pais e fazer um boletim de ocorrência contra Bo.

Karen se abstém de participar do lado formal do caso, consciente do risco de o conflito de interesses ser usado contra Aylin por um hábil advogado de defesa. Amiga ou policial, mas não os dois ao mesmo tempo. Em vez disso, ela espera no apartamento com Tyra e Mikkel, enquanto Marike acompanha Aylin até a delegacia. Com a ajuda de doces, um livro de histórias, que Karen encontrou em sua casa, e seu celular, ela tenta distrair as crianças o melhor que pode. No entanto, ela consegue sentir claramente a ansiedade deles. E quando ela encontra o olhar silencioso de Tyra e vê algo em seus olhos que não deveria estar lá, ela se abala. Algo se agita dentro dela, rosnando ameaçadoramente, rasgando as amarras.

— Sua mãe já, já chega. Tudo vai ficar bem — diz ela.

E quando ela vê que eles não acreditam, leva-os ao estúdio e os deixa se divertir.

Quando voltam da delegacia, Marike vai direto para a geladeira e pega três copos, gin, vermute e azeitonas. Karen percebe que ela está furiosa, mas que está tentando se controlar por causa de Aylin. A pessoa que registrou a queixa claramente não correspondeu às expectativas de Marike, que segura a garrafa de gin na direção de Karen.

— Vou dirigir — diz Karen, balançando a cabeça. — Mas eu fiz café.

Aylin olha para o relógio.

— Para mim também não. Eu tenho que estar bem, pelo menos até que mamãe e papai peguem as crianças.

Os pais de Aylin haviam prometido vir direto do aeroporto. Quando ela ligou, eles ficaram chocados. É claro que eles poderiam tomar conta das crianças. Apenas alguns dias, Aylin havia mencionado, talvez uma semana, até que tudo estivesse mais calmo e eles tivessem encontrado um lugar melhor para viver.

Ela parece mais calma, pensa Karen. Ou é desânimo o que ela vê nos movimentos lentos da amiga. Ao mesmo tempo, um toque de celular faz Aylin vacilar. Karen pega rapidamente o aparelho e olha no visor.

— É só a Sigrid — ela diz tranquilamente, aceitando a chamada enquanto se levanta.

— Oi, Sigrid.

— Caramba, Karen, ele é um lunático do caralho!

A voz do outro lado é estridente. Uma mistura de crescente preocupação e de palavras soltas que mandam um frio de rachar na espinha de Karen. Ainda com o celular pressionado ao ouvido e o olhar questionador dos outros nas costas, ela desliza para o banheiro, puxa a porta fechada atrás dela e se senta no vaso sanitário.

— Acalme-se, Sigrid, não consigo te ouvir. O que aconteceu?

— Ele estava aqui. Agora há pouco. Tentou entrar. Ele é louco, porra!

— Você quer dizer o Bo? — Karen pergunta, apesar de saber a resposta.

— Não sei o raio do nome dele. O marido da Aylin, veio aqui atrás dela.

— Ele já foi?

— Eu acho que sim. Sim, eu ouvi o carro indo embora, mas Leo está todo ensanguentado.

— Leo está ferido? Ele precisa de um médico?

Karen fica surpresa ao ouvir a própria voz. Calma e eficiente, como se suas entranhas não estivessem prestes a se desintegrar.

— Não, ele diz que é só uma hemorragia nasal, mas você precisa voltar para casa, Karen.

— Estou indo agora mesmo. Não se preocupe.

55

BO RAMNES DESLIGA O MOTOR E SE INCLINA PARA TRÁS. TUDO TINHA corrido melhor do que o esperado. Ele não contava com o fato de na casa de Karen ter um cara que saísse na mão com ele, mas certamente isso valeria como munição. Ele não tem dúvida de que Aylin vai rastejar de volta pra casa, embora não achasse que ela fosse ficar longe por tanto tempo. Acabou de completar um dia. Mas se ela não está na casa dos pais, nem escondida na casa de Karen, deve estar com aquela vadia dinamarquesa. Ou com o casal de veadinhos. Ela não tem mais ninguém a quem recorrer.

Ele sente a fadiga se espalhar pelo corpo. Deixa pra lá, isso pode esperar até amanhã. Não tem dúvida de que vai encontrá-la. Ele sabe disso, e ela também.

Uma onda de fúria faz com que a pulsação volte a acelerar. Que diabos ela está fazendo? Essa perpétua provocação, e depois agir como se fosse culpa dele. Ela sabe que não tem nenhuma chance de vencer. Criar problemas, sim, mas não vencer. Com certeza ele já deixou isso bem claro... Nenhum tribunal lhe daria a custódia dos filhos se ouvissem o lado dele, ele poderia até mandar a polícia buscá-los imediatamente.

Bo Ramnes tira o cinto de segurança e abre a porta do carro. Há uma dor penetrante em seu joelho quando ele vira a perna. Poderia muito bem chamar a polícia e contar o que aconteceu na casa de Karen. Afinal, não é exatamente ilegal tocar a campainha de um conhecido mútuo e perguntar se sua amada esposa e filhos estão lá, mas agressão física, é.

Bo Ramnes tira o celular do bolso interno do casaco. Ele poderia muito bem pegar as armas grandes agora mesmo.

Vinte e quatro horas, ele pensa. *Que um raio caia na minha cabeça se eu deixar isso durar 48h.*

56

QUARENTA MINUTOS DEPOIS, KAREN OLHA A BOLA DE ALGODÃO NA narina de Leo Friis e as manchas de sangue em sua camiseta. *Minha camiseta*, ela se corrige, observando que, mais uma vez, Leo está usando uma roupa sua. Desta vez, ele escolheu uma camisa branca, com pelo menos vinte anos de idade, estampada com uma marca de motores de barco. *A camiseta do meu pai*, ela se corrige novamente. E quando ele pergunta se ela também quer um pouco de vinho, e, sem esperar por uma resposta, pega uma de suas melhores garrafas da Alsácia, ela nem se dá ao trabalho de reclamar.

— Você tem certeza de que não deveríamos ir para o hospital? — pergunta ela, antes de pegar sua taça.

— Já até parou de sangrar. Veja! — ele diz e tira o algodão do nariz.

— De toda forma, você deve ir até a delegacia amanhã e fazer um boletim de ocorrência.

— Pode esquecer. Eles já me arrastaram lá pra dentro muitas vezes contra a minha vontade.

— Agora é diferente, Leo.

— Não é não. Eles sabem quem eu sou. Além disso, não quero que eles saibam que eu moro aqui. E acho que você também não.

Ele provavelmente está certo. Leo Friis foi autuado várias vezes por vadiagem, bebida e um caso de violência física de menor, que não o levou a responder a um processo, mas que agora dificultaria sua vida. A credibilidade do ex-sem-teto não pesaria muito contra a do respeitado advogado. E eles não podem alegar invasão de propriedade; Bo tocara a campainha, e, embora tivesse tentado entrar, tinha sido impedido por Leo. Provavelmente foi o sangue que fez Bo Ramnes hesitar e ir embora. Segundo Leo, que estava muito menos abalado do que Sigrid, tudo tinha acabado em segundos.

— Você tem certeza de que o empurrou primeiro? — pergunta Karen, olhando o sangue ao redor das narinas de Leo.

— Na verdade, sim. Ele tentou colocar um pé na porta, então eu empurrei o imbecil. Ele provavelmente teria caído para trás se não tivesse me dado um soco. Então ele caiu de joelho no degrau de pedra, provavelmente está com mais dor do que eu — Leo acrescenta, presunçoso.

— Podemos sempre ter esperança.

— Aylin o denunciou?

Karen faz que sim.

— Ela e Marike foram na delegacia. Aylin também conversou com os pais dela, eles vão ficar com as crianças por alguns dias.

— Eu sabia que eles não estavam bem, mas é difícil diferenciar o que é imaginação e o que é sinal de alerta quando se detesta tanto alguém quanto eu detesto o Bo.

Leo concorda com um aceno de cabeça.

— E quando eu perguntei diretamente, ela riu, como se fosse uma pergunta idiota. Mas, no fundo, eu sabia que ela estava mentindo... Droga!

De repente ela fica quieta e coloca a mão sobre a boca.

— O que foi?

— Ela me ligou há uma semana, na segunda-feira, acho. Perguntou se poderia vir me ver, mas eu estava em Noorö, no meio da investigação. Lembro de ficar surpresa; faz anos que ela não fala de marcar alguma coisa. Puta que pariu, como eu sou idiota! Se alguém teria entendido, seria eu...

— Você? Sério?

— Sim, eu sou policial — diz Karen. — Perdi as contas de quantos homens eu já vi batendo em mulheres, mulheres que denunciam e depois se arrependem. "Ele está arrependido. Na verdade, ele é legal quando não está bêbado." E crianças que vão dormir todas as noites com os dedos enfiados nos ouvidos.

E quando Karen se deita na cama, algumas horas depois, sabe o que deve fazer. Ela havia planejado voltar a Noorö na manhã seguinte para poder chegar a tempo da reunião matinal com Thorstein Byle e sua equipe, mas eles terão de esperar.

Já basta.

57

ELA ESPERA DO LADO DE FORA DO CARRO. OBSERVANDO O MOVI-mento da segunda-feira, com homens e mulheres cansados, de terno. Ela os vê digitando códigos, empurrando a porta de vidro e desaparecendo em direção ao elevador e às escadas. Karen sabe que estão a caminho de agências de marketing, empresas de importação e escritórios de advocacia.

Quando ela o vê chegando ao longe, já são 8h30, mas ela decide esperar mais 15 minutos. Diz a si mesma que deveria ir embora, que essa seria a escolha mais sábia. No entanto, tira o cinto de segurança, abre a porta e sai do carro.

O escritório de advocacia Ramnes & Ek está localizado no quinto andar, como indica a placa junto ao interfone. Ela toca e espera até que uma voz aguda atenda, se apresentar como inspetora-detetive tem suas vantagens. A porta se abre com um pequeno zumbido, sem nenhuma pergunta sobre quem ela veio ver ou por quê.

A jovem na recepção sorri com uma mistura de cortesia indiferente e curiosidade enquanto Karen empurra a porta de vidro fosco e entra na recepção.

— Como posso ajudar? — pergunta ela.

— Preciso falar com Bo Ramnes — diz Karen, olhando ao redor rapidamente para ter uma visão geral das instalações.

— A senhora tem hora marcada? — pergunta a recepcionista, colocando a mão no telefone.

— Não, é uma emergência. Ali dentro, certo?

Sem esperar por uma resposta, Karen segue em direção à porta de vidro e ouve a moça dizer algo sobre "da polícia... não consegui parar... entrando agora".

Ao empurrar a porta, ela ouve o telefone ser batido à sua direita, então anda às pressas até lá e puxa a maçaneta. Bo Ramnes se levanta da cadeira giratória de couro marrom enquanto Karen fecha a porta atrás dela com um golpe duro.

— Se não é a Karen — diz ele, afundando de novo na cadeira. — Ou devo dizer inspetora-detetive Eiken? A que devo a honra?

Sem responder, ela puxa uma cadeira e se senta em frente a ele. Em silêncio, fixa Bo Ramnes com seu olhar por alguns longos segundos antes de dizer com uma voz calma:

— Você tem que parar agora.

— Eu realmente não sei do que você...

— Você sabe exatamente do que estou falando — ela interrompe. — Você nunca mais vai pôr os pés na minha casa, e não vai encostar mais um dedo em Aylin.

— Acho que minha esposa não gostaria que você viesse aqui e interferisse no nosso casamento.

— Casamento? Você quer dizer inferno, mas isso termina agora; ela já me contou tudo.

Bo Ramnes inclina-se de novo em sua cadeira com um sorriso.

— Oh, ela contou?

— Aylin foi à polícia ontem para registrar um boletim de ocorrência dizendo que você a espanca há anos.

— E você foi com ela, suponho? Ajudou-a a inventar essa historinha?

— Não, você não teve essa sorte. Um colega meu anotou o depoimento dela. Você não poderá jogar essa carta no tribunal.

Bo Ramnes inclina a cabeça para o lado e estuda sua visitante com uma expressão gentil, mas preocupada.

— É mesmo? — diz ele, balançando a cabeça lentamente depois que ela termina de falar. — No tribunal, você diz. Então, eu supostamente espanquei minha esposa e também sou culpado de invasão. Alguma outra acusação que você gostaria de fazer contra mim?

— Sim, você é um covarde grande e gordo, mas acho que essa não é uma acusação que vai se sustentar no tribunal. Mas acho que as outras vão ser suficientes.

— Acusação? — ele diz com um pequeno sorriso. — Acho que não, Karen.

— Seus contatos podem ter te salvado no passado, mas desta vez...

— ... ela retirou a queixa — Bo Ramnes conclui a frase. — Ontem à noite, para ser mais preciso.

O silêncio enche a sala.

— Ela mesma me ligou e me contou sobre sua pequena desventura. Cheia de remorso, é claro. Mas é assim, às vezes as mulheres ficam muito nervosas. Hormônios e tal. Tenho certeza de que você está familiarizada com isso.

Por um momento, o tempo para. Aylin parecia tão confiante na noite anterior, segura e aliviada por finalmente ter reunido coragem, por finalmente estar no controle da própria vida, mas agora ela recuava. Intuitivamente, Karen sabe por quê.

— Então é por isso que você foi à minha casa. Você sabia que Aylin não seria capaz de suportar você atacando as amigas dela. Seu idiota de merda.

— Você tem uma imaginação bem fértil para uma policial. E uma boca bem suja para uma mulher, se me permite dizer. Porque você é mulher, não é, Karen? Mesmo que não tenha conseguido manter o marido nem ter filhos.

Karen se surpreende ao perceber que as palavras não têm nenhum efeito sobre ela, que não começa a desmoronar. Na verdade, tudo é friamente claro.

— Ela não vai voltar para você — Karen responde com calma. — Mesmo que ela tenha retirado a queixa, ela nunca mais vai voltar para você.

— Talvez ainda não, mas mais cedo ou mais tarde ela vai — diz ele com a mesma calma.

— Ela não vai voltar — repete Karen. — Você vai se divorciar, e deixá-la em paz.

— Ah, é mesmo? Ou o quê?

Karen levanta-se lentamente e olha para ele.

— Vou tornar sua vida um inferno.

Quando ela abre a porta, ouve vozes abafadas. Ao fim do corredor, um homem de terno e uma mulher de meia-idade com seus cabelos grisalhos enrolados num coque estão curvados sobre uma copiadora. Cabeça com cabeça, parecem estar estudando um documento. O som do teclado vem da sala onde a porta está entreaberta. Quando outra mulher, com todas as características de uma jovem advogada estressada, sai da sala oposta com um celular no ouvido, Karen toma uma decisão.

Ela se vira e diz em voz alta e clara:

— Se você agredir a sua esposa mais alguma vez, Bo Ramnes, eu mesma vou garantir que você pague o preço. Tenho fotos no meu celular que acho que interessariam à mídia.

Onze segundos depois, Karen Eiken Hornby pressiona o botão do elevador ao ouvir a porta do escritório de advocacia Ramnes & Ek fechar com um assobio abafado atrás dela.

58

ELA DIRIGE TODO O PERCURSO DE DUNKER ATÉ O TERMINAL DE BALSA com os fones nos ouvidos. Primeiro ela tenta falar com Aylin, que não responde. Depois ela liga para Marike, conta sobre a visita ao escritório de Bo Ramnes, e que Aylin retirou a denúncia. Marike reage como esperado com uma sequência incompreensível de xingamentos dinamarqueses temperados com algumas expressões vulgares que Karen, surpreendentemente, nunca tinha ouvido antes, e promete ir ao estúdio imediatamente e conversar com Aylin.

— Você acha que ela vai voltar para ele?
— Acho que não. Não agora que tantas pessoas sabem, mas prometa que vai me ligar se não a encontrar.
— Vou estar lá em meia hora.
— Bem, agora os colegas dele sabem que ele bate na esposa — diz Karen, sombria. — Isso pode fazê-lo se acalmar por um tempo.
— Você não vai se encrencar por isso?
— Provavelmente.

Jounas Smeed liga antes mesmo de ela chegar à saída para Ravenby.
— Você está completamente louca? — ele ruge. — Passei vinte minutos das minhas férias conversando com Viggo Haugen. Se eu não tivesse conseguido que ele se acalmasse, você teria sido demitida.
— Ele é um cretino.
— Haugen?
— Bo Ramnes. Mas, sim, Haugen também — acrescenta ela. — Você sabia que o advogado Ramnes tentou invadir minha casa ontem e espancou um amigo meu?
— Eu sei que ele esteve lá e tocou a campainha para falar com a esposa. E eu sei que Ramnes afirma que nunca entrou na casa, que ele foi empurrado e machucou o joelho. Considere-se sortuda por ele não fazer um boletim de ocorrência. Não é ilegal tocar a campainha das pessoas.
— Estou dizendo, ele tentou forçar a entrada. Leo o detém.
— Você quer dizer aquele sem-teto que foi preso acusado de violência? Deram-me a entender que ele está morando com você agora, é isso? Muito pouco profissional, Eiken.

— Bem, pelo menos ele não é mais um sem-teto, né?
— Ele não é exatamente uma testemunha ilibada, e você mesma não estava em casa, me disseram, então não é testemunha, não é mesmo?
— Não, mas...

Karen se interrompe. Dizer que a filha dele estava na casa não ajudaria em nada. E Leo ainda está se recusando a denunciar à polícia o que aconteceu.

— Estou bem a fim de tirar você dessa investigação... — diz Jounas.
— É claro que está; mas não vai, por quê?
— Mas — ele continua — percebi que quanto mais longe de Dunker você estiver, melhor. Você fica lá no norte até que a investigação esteja concluída. E sob nenhuma circunstância entrará em contato com Bo Ramnes. Entendido?

Karen não responde. Em vez disso, ela muda de assunto:

— E quando você vai conseguir mais reforços? Karl e eu não podemos fazer isso sozinhos. Estamos falando de dois assassinatos e as pessoas estão em casa em vez de ajudar? Ou em uma praia — acrescenta ela, lamentando instantaneamente.

Seu chefe a salvou, se não da demissão, pelo menos de uma licença forçada. Não é o momento de deixá-lo de mau humor.

— Além de Björken, Loots também foi para lá agora — Jounas Smeed responde, gélido. — A única que não está onde deveria estar é você.

E quando Karen entra novamente pelas portas da delegacia local em Lysvik, além de Karl Björken, está também o detetive Cornelis Loots, conversando com Thorstein Byle e os detetives locais Röse, Andersson e Svanemark.

Karen deixa Karl Björken e Thorstein Byle continuarem seus resumos, enquanto massageia o joelho debaixo da mesa. Mas, quando Byle explica sua conversa com a secretária, Eva Framnes, ela escuta atentamente.

Sim, Eva Framnes pegou uma carona para casa com os Tryste, e não, ela não tinha visto nem ouvido nada estranho acontecendo com Gabriel naquela noite, além de ele ter ficado muito bêbado. Sim, depois ela o tinha visto digitando no celular durante o jantar, e achou falta de educação, mas aparentemente é o que as pessoas fazem hoje em dia.

Karl Björken dá um suspiro pesado.

— Nós nunca vamos encontrar o celular, mas quando chega o registro de chamadas da operadora? E a perícia na casa do Gabriel?

— Hoje, espero — responde Karen. — Terei notícias de Larsen assim que terminarmos aqui. Bom, você poderia repassar o que nós descobrimos no sábado?

Ela deixa a mente vaguear enquanto Karl Björken relata o interrogatório de sábado com Björn Groth e a conversa com o casal Tryste. Ao fim, ela atribui a Thorstein Byle e Cornelis Loots a tarefa de colher os depoimentos dos outros convidados que não passaram a noite na cidade.

— Karl e eu precisamos conversar com a esposa de Gabriel, Katja. E depois, se Larsen der luz verde, gostaria de dar uma olhada na casa de Gabriel. Quem sabe — ela diz com um sorriso conciliador a Thorstein Byle — ele pode ter um esconderijo que Larsen e a equipe dele não viram.

59

KATJA STUUB ABRE A PORTA DA CASA DE MADEIRA DE SEUS PAIS, NO centro de Thorsvik. Seu cabelo loiro está preso em um rabo de cavalo e um leve inchaço ao redor dos olhos revela que ela estava chorando. Uma menina, de uns quatro anos, com o dedo na boca, se agarra a uma de suas pernas, enquanto um menino que parece alguns anos mais velho espia por trás de Katja. Um pouco mais adiante, no corredor, surge uma mulher de cabelos grisalhos. Ela acena de longe, mas não se aproxima para cumprimentá-los.

— Bem-vinda — diz Katja, estendendo a mão. — Mamãe vai tomar conta das crianças para que a gente possa conversar sem interrupção. Podemos nos sentar na cozinha para que eles fiquem vendo TV?

— É claro — Karen responde, sorrindo para as crianças.

Quando se sentam ao redor da mesa da cozinha e lhe servem café e torta de maçã, Karen toma a palavra.

— Bem, como você já sabe, estamos aqui por causa da morte de Gabriel. Pelo que entendi, você pediu o divórcio. Correto?

Katja Stuub confirma com a cabeça.

— Sim, o divórcio definitivo sairia no fim do ano — diz ela. — Ou... bem, agora eu não sei. Vou ser considerada viúva, eu acho.

— Sim, de acordo com a lei doggerlandesa, o divórcio termina automaticamente quando uma das partes falece — diz Karen. — Mas você pode notificar que deseja concluir o processo, se quiser — acrescenta ela. — Como o divórcio já foi iniciado, é seu direito.

— Mas então, é claro, você também renuncia a qualquer direito de herança — Karl intervém.

Katja Stuub parece desconfortável, mas não morde a isca. Karen percebe que terão de fazer perguntas diretas se quiserem tirar alguma coisa dela.

— Estamos tentando entender como Gabriel era como pessoa. Posso perguntar qual o motivo do divórcio?

— Eu quis terminar — diz Katja, brevemente. — Gabriel queria continuar.

— E por que você queria terminar? Ele batia em você? — pergunta Karl, sem rodeios.

Katja olha para ele rapidamente e suspira.

— Acho que as pessoas pensam isso, mas não foi bem assim. Gabriel nunca levantou a mão para mim ou pras crianças.

— Então, o que foi?

Eles esperam enquanto ela parece procurar as palavras certas.

— Ele era... impossível — diz ela, por fim, soluçando. — Ele vivia em um mundo de fantasia, sonhava com dinheiro e poder sem ter que trabalhar para isso.

— Mas ele trabalhava na destilaria, certo?

— Sim, ele tinha que ganhar o suficiente para pagar a hipoteca, mas sempre procurou maneiras de ganhar dinheiro rápido. O trabalho na Groth era apenas um mal necessário.

Ela olha para a mesa, hesita e parece se fortalecer.

— Ele os roubou — diz ela, olhando rapidamente para cima para avaliar as reações.

Karen acena com a cabeça, e Katja parece surpresa.

— Sim, isso nós já descobrimos.

— Acho que não era muito, mas ele roubou do armazém e vendeu para bares de Heimö e Frisel. Ele não se atrevia a fazer isso aqui na cidade.

— Qual era a conexão dele com a OP?

Outro suspiro, mais pesado desta vez.

— Foi por isso que eu quis o divórcio — diz Katja Stuub, parecendo relaxar à medida que as palavras saem de seus lábios. — Acho que ele era uma espécie de parasita tentando conseguir se tornar um membro potencial.

Ela diz as palavras com desprezo.

— Ele foi atrás desse pessoal, especialmente dos grandes: Kenny, Allan, Odd e outros nomes que não me lembro mais. Acho que ele fez uns trabalhos esporádicos para eles, forneceu álibis, fez ameaças... E comprou uma moto, é claro, embora não tivéssemos dinheiro, ele era estúpido — acrescenta ela. — Achava que conseguiria fazer os próprios esquemas nas horas vagas.

— Furtar da Groth?

Katja acena positivamente com a cabeça.

— Ele estava sempre tentando pensar em maneiras de enganar as pessoas: seu empregador, a companhia de seguros, o corretor de apostas da corrida de cães, a receita federal...

— E a OP — Karen completa a frase.

— Eu fiquei apavorada quando percebi o que ele estava fazendo. Eles nunca aceitariam algo assim. Desde o primeiro dia, tivemos discussões enormes sobre esse contato com eles.

— Vocês ficaram casados por quanto tempo?

— Quase sete anos. E no início estávamos indo muito bem. Gabriel, como eu disse, sempre foi gentil comigo e com as crianças, apesar de ser um caso perdido em todos os outros aspectos. E quando ele começou a andar com a OP, eu percebi que ele iria descambar de vez.

"Por fim, dei um ultimato: ele tinha que escolher entre mim e eles. E, por um tempo, achei que ele tinha deixado tudo para trás. De alguma forma ele se estabeleceu, trabalhou e trouxe dinheiro para casa. Afirmou que estava subindo na hierarquia da Groth, tinha se tornado uma espécie de presidente e tinha conseguido um aumento de salário. E eu acreditei nele."

— Mas...?

— Era só a bobagem de sempre, e eu percebi depois de um tempo. Quando o pressionei, soube que ele não tinha sido promovido, que o dinheiro extra vinha dos furtos e que ele havia encontrado uma maneira "infalível" de enganar os Groth. Foi aí que eu dei um basta. Peguei as crianças e o deixei.

— Não sei, não — diz Karl Björken, quando, meia hora depois, estão de volta no carro a bordo da balsa. Desta vez, de volta para Lysvik.

— Não, ele devia estar tramando alguma merda, mas a questão é se era uma ameaça suficientemente grande para que alguém cortasse a garganta dele. E, se era, como se conecta ao assassinato do avô?

— Temos certeza de que os assassinatos estão ligados? — questiona Karl.

— Você acha que é alguma coincidência engraçada?

— Engraçada, eu não sei. Tudo bem, eles estão obviamente conectados. Mas não significa que o assassino seja o mesmo. Gabriel poderia ter matado o avô e depois ter sido vítima de outro assassino.

— Não faz diferença enquanto não tivermos o motivo. Dificilmente vamos resolver este caso com provas técnicas. Sören Larsen não foi exatamente uma cornucópia de informações. Além disso, há mais coisas a serem analisadas no computador de Fredrik Stuub — diz ela. — Vamos mandar Cornelis Loots fazer um pente-fino. Ele geralmente é bom em encontrar agulhas em palheiros, se houver.

60

— **BELA COLEÇÃO... — DIZ KARL, PASSANDO OS OLHOS PELAS CAIXAS** cheias de garrafas de uísque e latas de suplementos e proteína em pó. — Acha que alguém vai notar se eu levar algumas? — ele acrescenta com um sorriso, pegando uma garrafa de Groth's Smoke, de 2006.

Tinham começado a busca na garagem e descoberto rapidamente que, além de uma moto cara e um carro esportivo antigo, também tinha tudo que aparecia na lista de Sören Larsen: ferramentas, duas latas de gasolina, uma lata de óleo de motor, uma piscina inflável rosa, duas bicicletas de adulto e um triciclo, uma cerca verde enrolada, oito recipientes de plástico vazios e três baldes de primer branco. Era isso.

No porão, há prateleiras ocupando uma longa parede.

Karen pega uma das latas e lê o conteúdo:

— Proteína de soro de leite, lecitina de soja, aromatizantes... diabos, eu entendo que ele precisava de um uísque de vez em quando; mas os fisiculturistas não costumam ficar longe da bebida?

— Você está pensando naqueles que competem — responde Karl, colocando, relutante, a garrafa no chão. — A maioria das pessoas que levantam ferro são tipos comuns.

— Como você, quer dizer? Você também guarda proteína em pó e uísque no porão?

— Bem que eu gostaria. E se você acreditar na esposa, ele vendia a maior parte. E Brodal não disse que o estado do fígado poderia ser um sinal de que ele tomava esteroides? Ou uma mistura das duas coisas.

Karen acena positivamente com a cabeça.

— Infelizmente, as amostras não estarão prontas até a próxima semana. Os técnicos certamente não encontraram nenhum vestígio de esteroides na casa. E isso, provavelmente, não é muito relevante para nós. Estou mais interessado em como Gabriel tentou enganar todos ao seu redor do que como ele tratava o próprio corpo. Pronta para o resto da casa agora?

Eles trancam a porta do porão e sobem as escadas sem muita esperança. A busca da casa dos Stuub seria provavelmente tão desprovida de indícios quanto Sören Larsen os advertira.

No que foi descrito como escritório, há uma máquina de costura, um monitor e uma impressora em uma grande mesa. Cestas de linhas e material de costura, restos de tecidos infantis e fichários de estampas ocupam uma longa prateleira na parede oposta. Há pastas de documentos cuidadosamente organizados, como as folhas de pagamento da Groth e papéis da empresa de contabilidade onde Katja trabalha meio período há dois anos. Contas domésticas estão em arquivos claramente identificados. *Ou Gabriel tinha sido mais cuidadoso do que ela esperava, ou a ordem ali era o resultado das mãos de Katja Stuub*, pensa Karen, fechando a última gaveta.

Ela nem sequer tenta procurar o esconderijo; o deslize dos técnicos na casa de Fredrik Stuub fez com que Larsen obrigasse seus homens a procurar compartimentos escondidos em cada centímetro da casa. Além disso, o computador de Gabriel estava à vista de todos sobre a mesa, ao lado da máquina de costura — segundo Larsen, não havia nada muito digno de nota no computador.

Na sala de estar, as coisas parecem estar relativamente limpas e arrumadas. Por um capricho, Karen passa os olhos pelas prateleiras e vê o que está procurando: um álbum de fotos. Cada fotografia está bem-organizada nos envelopes plásticos e, mais uma vez, ela suspeita do dedo de Katja Stuub. O sistema é cronológico, e Karen só tem que virar duas páginas antes que suas suspeitas sejam confirmadas:

— Você encontrou alguma coisa, ou podemos ir agora? — ela ouve a voz de Karl da cozinha.

— Nada. Nós podemos ir.

Praguejando consigo mesma, ela coloca o álbum de fotos de volta no lugar.

61

KARL BJÖRKEN OBSERVA A TELA SEM NENHUMA REAÇÃO, APESAR DE já ter passado vários minutos desde que terminara de ler as informações sobre o conteúdo do computador de Fredrik Stuub. Em vez disso, seus pensamentos vagaram para sua casa, para Ingrid e para os filhos.

Seus pensamentos sombrios são interrompidos quando algo sobre o que Karen e Cornelis Loots estão discutindo chama sua atenção.

— Toxinas, sim, eu sei o que são, mas o que exatamente você acha que tem a ver com isso?

— Bem, ele pode ter descoberto alguma falha no processo de produção da Groth. Isso certamente seria uma ameaça tanto para seus negócios atuais quanto para a expansão.

— Nesse caso, seriam toxinas de mofo — diz Karen. — Porque esse era o tema da pesquisa: diferentes tipos de mofo. Pelo menos foi o que disse aquela mulher da universidade.

— Dizem que o mofo pode ser muito sério.

— Em edifícios e alimentos talvez, em arroz, aparentemente. Fredrik Stuub foi citado nos jornais há alguns anos, falando sobre aflatoxinas no arroz. Mas nunca ouvi falar de mofo em destilados. Além disso, todos os documentos referentes à pesquisa de Fredrik têm vários anos.

— Acho que devemos consultar alguém que entenda do assunto, talvez um médico.

— Está bem — Karen responde —, você tem razão. Vou pedir ao Brodal para dar uma olhada. É possível que Fredrik estivesse envolvido em alguma coisa, mas não consigo entender qual seria a conexão com os Groth. E como Gabriel se envolveu em tudo isso? Afinal de contas, ele e o avô não eram do tipo que se reúnem para discutir resultados de pesquisas antigas. Bom, mas já passa das 20h. Vamos dar o dia por terminado.

62

O SOM É QUASE IMPERCEPTÍVEL, MAS É A SINISTRA REVERBERAÇÃO que se espalha pelo andar de baixo que a deixa tensa e faz com que se sente na cama. A leve vibração das vidraças, causada não por um caminhão passando, ou pelo vento, ou por um vizinho barulhento. A essa hora da madrugada não passam caminhões. Lá fora, a neve cai lentamente e ela está sozinha em casa. E mesmo antes de ouvir de novo, mais alto desta vez, ela sabe que alguém está pegando a maçaneta da porta e tentando abrir a porta do estúdio.

Ela sempre soube que ele viria, mais cedo ou mais tarde. Metodicamente, ele descartará todos os lugares em que possa pensar: a casa de Karen, o estúdio de Marike, a casa de Eirik e Kore... Ele já esteve na casa de seus pais. Sua mãe não quis dizer nada, a princípio, mas enfim admitiu que Bo tinha estado lá. Ele ficou sentado no carro, em frente a casa, por quase uma hora. Por fim, o pai de Aylin saiu e gritou que não havia motivo para ele ficar esperando. Aylin não estava lá. Com relutância, sua mãe lhe contara o que Bo respondeu:

"Ele nos pediu para dizer que está de coração partido e só quer que você volte para casa. Ele não entende por que você o deixou."

Ele não quis ver as crianças, não queria aborrecê-los até que "tudo tivesse assentado". Ele ainda nem havia perguntado onde ela estava. Ele provavelmente sabia que não teria uma resposta, ou que não precisava perguntar, porque mais cedo ou mais tarde descobriria por si mesmo. Ela achava que levaria um pouco mais de tempo, essa era a sua esperança.

Agora ela está sentada, rígida como uma tábua, na beirada da cama, seus pensamentos girando em turbilhão, sangue bombeando em suas orelhas. Ela olha para o copo meio cheio de uísque na mesa de cabeceira, o livro não lido. A faca do pão que ela pegou ontem à noite quando não conseguia dormir. Naquele momento, de alguma forma, parecia uma garantia extra. Agora parece inútil, como uma piada de mau gosto. *Eu não tenho nenhuma chance*, pensa ela. Como diabos eu pensei que poderia me esconder aqui?

E esse pensamento enfim faz a cabeça parar de girar. Aos poucos, ela se dá conta de uma coisa: ele está puxando a porta errada. Ele não sabe nada sobre o apartamento acima do estúdio. E, de repente, ela se lembra do que Marike dissera com irritação quando Karen perguntou. "Você acha mesmo que eu não tenho um alarme contra arrombamento?" É claro que tem um alarme instalado na porta do andar de baixo; o estúdio está cheio de objetos valiosos. Aparentemente não dispara só de puxar a maçaneta da porta, mas se alguém forçar a entrada...

Talvez não seja ele.

Infinitamente silenciosa, ela desliza para o chão e se arrasta até a parede ao lado da janela. As cortinas são pesadas e não se movem com a corrente de ar quando ela as puxa numa fenda estreita. Relutante, ela pressiona o rosto contra a janela e olha para a rua.

A luz da iluminação pública é atenuada pela neve que cai. A silhueta escura que dá um passo para trás e olha para o estúdio pode ser de qualquer um, ninguém seria capaz de identificar aquela pessoa, ninguém além dela.

O tempo para. Bo Ramnes dá mais um passo para trás e olha para o andar de cima. Ela fica paralisada. Imóvel, sem respirar e vê seu olhar correr pela fileira de janelas pretas. Então ele se vira e caminha com passos furiosos em direção ao carro. Somente quando ela ouve a porta fechar com força e vê o carro preto seguir lentamente pela rua é que ela solta a respiração e cai no chão frio.

63

Às 4h20 da madrugada, Karen Eiken Hornby tem um sobres-salto tão forte que a cama treme. No início, ela pensa que foi despertada por algo na rua, ou talvez um ruído no corredor do hotel. Quando tenta ouvir, porém, não há nada além do assobio tênue do vento.

Ela se deixa afundar no travesseiro macio e sente o sono lentamente começar a puxá-la de volta, mas algo a está perturbando. Pensa em tudo o que aconteceu nos últimos dias em Langevik, Dunker, Noroö e logo está bem desperta.

Durante alguns minutos, fica deitada tentando repassar o filme desses dias até localizar o que a preocupa. É uma palavra, uma única palavra nas páginas escritas do computador de Fredrik Stuub. Uma dessas palavras incompreensíveis que, há muito tempo, ela encontrou em outro contexto. Uma palavra elusiva, um pouco embaraçosa, que se enraizou em seu subconsciente e agora se recusa a vir à tona. E agora também precisa fazer xixi.

Sentada no assento frio do vaso, Karen olha para o carpete anti-higiênico que ocupa toda a área do banheiro. Ninguém com menos de sessenta anos insiste mais em ter essas velhas armadilhas de mofo nos banheiros.

E antes que ela perceba como e por quê, a roleta para e a bolinha cai no espaço certo: ela ouve a si mesma dizer a palavra que estava escapando da memória o tempo todo:

— Baudoinia.

Quarenta minutos depois, Karen Eiken Hornby encosta-se na parede e desvia o olhar da tela do computador para a janela. Com os olhos fechados, ela relembra o que encontrou na web: a *Baudoinia compniacensis*, um fungo que produz esporos, conhecido por cobrir casas e árvores com uma película preta, parecida à fuligem, é encontrada em áreas onde o álcool é produzido e armazenado, como destilarias de uísque, e é o resultado de vapores de etanol que escapam durante o processo de envelhecimento, num processo de evaporação muitas vezes apelidado de "a parte dos anjos".

"A parte dos anjos." Sim, ela já ouviu essa expressão antes. A pequena porção de álcool que escapa dos barris de madeira porosa todos os anos e sobe ao reino dos céus.

Ou mancha as superfícies de preto.

Imagens da internet de fachadas cobertas de fuligem, troncos de árvores e postes de luz perto de destilarias na Escócia e nos EUA e de armazéns franceses de conhaque; artigos sobre as tentativas dos residentes de processar coletivamente as destilarias por depreciação de bens em determinados locais.

Um revestimento grosso e preto.

É o carvão, Karen se lembra da voz de sua tia Ingeborg há muito tempo. *O ouro negro. Sem isso, estaríamos perdidos.*

E era uma verdade que nem Karen nem provavelmente ninguém mais havia questionado. As casas de Noorö eram pretas por causa do carvão. Porém, ninguém parece estar se perguntando o motivo de certas partes da ilha ainda estarem envoltas em um véu de luto, décadas depois de a última mina ter sido fechada e as últimas pilhas de carvão, removidas.

Ninguém, exceto Fredrik Stuub.

Não fuligem. Mofo. *Baudoinia compniacensis*. Um fungo. Um mofo que, embora preto, não é tão perigoso quanto o mofo preto, pelo que Karen entendeu. Nenhuma reação adversa para a saúde de humanos ou animais foi registrada, viu em um site.

Arrepiada, ela pensa no que a internet mostrou quando pesquisou outras palavras nos documentos de Fredrik Stuub: interleucinas, neurodegenerativa, acetilcolina, emaranhamento neurofibrilar...

É possível que Fredrik Stuub estivesse tentando provar que havia conexão entre essas coisas? É possível que ele estivesse certo?

64

KNEOUGHT BRODAL ATENDE NO SEXTO TOQUE. DE FORMA IMPESSOAL, sem título ou nome completo, apesar de poder ver que é ela quem está ligando. Assim que Karen ouve o tom hostil, percebe que não será uma conversa fácil.

Depois de ouvir pacientemente o discurso do legista sobre como seu Natal foi arruinado, que o Ano-Novo também foi arruinado e que Noorö encontraria uma forma de também arruinar seu Dia de Reis, ela finalmente conseguiu uma chance de falar.

— Não, você não precisa se preocupar, não temos nenhum novo assassinato. Pelo menos, ainda não. Não é por isso que estou ligando.

Na outra ponta, ela ouve um som de deglutição. Aparentemente, ele faz questão de molhar a garganta antes da próxima ladainha. A breve pausa dá a Karen tempo suficiente para abordar com cautela o motivo de sua ligação:

— Você chegou a ver os documentos que enviei? — ela pergunta, temendo a resposta, enquanto ouve ao fundo o tilintar de louças quando Kneought Brodal apoia sua xícara na mesa.

— Que documentos? Você precisa ser mais específica, minha caixa de entrada está cheia de porcaria.

— Mandei alguns documentos do computador de Fredrik Stuub e preciso da sua experiência para interpretá-los, tem muitos termos de pesquisa médica.

— Ah, aquilo. Não, ainda não tive tempo, mas duvido que seja sobre medicina. Está mais para bioquímica, se entendi direito.

Então você olhou, pensa ela.

— Não — ele diz, como se tivesse ouvido seus pensamentos —, eu não li nada. Eu abri a mensagem para ver do que se tratava e fechei, marcando como não lido. Eu faço isso com cada e-mail para fazer uma triagem de todas as perguntas idiotas que recebo.

— Certo — diz Karen —, mas é urgente. A questão é que eu acho que encontrei uma ligação entre a pesquisa de Fredrik Stuub e o assassinato dele. E provavelmente com o assassinato do Gabriel também.

Silêncio na outra ponta, ela sabe que é um bom sinal. Brodal não admite que seu interesse foi despertado, então Karen continua:

— Quando fiz uma leitura atenta da documentação que encontramos no computador do Fredrik, encontrei termos que pesquisei depois.

— Então você pesquisou na internet? — geme o médico-legista. — Bem, parece promissor...

— Trata-se de algo chamado baudoinia.

— Continue — diz Brodal.

— Aparentemente, é algum tipo de bolor preto que se espalha...

— Eu sei o que é baudoinia — interrompe Brodal. — Vá direto ao ponto.

— Verifiquei uma série de outros termos recorrentes que Stuub parece ter pesquisado em conexão com a baudoinia em particular. Pelo menos foi o que eu entendi, mas esse tipo de terminologia de pesquisa é completamente incompreensível para mim. Eu nem sei se interpretei certo a parte que encontrei.

— E qual é a sua interpretação?

— Que Fredrik Stuub estava tentando mostrar que o fungo baudoinia não é tão inofensivo quanto se pensava. Que existem conexões com... Bem, é possível que eu esteja completamente errada aqui...

— Você me ligou às 6h15 da manhã do Dia de Reis para me informar que tem um palpite que acha que está errado?

— Alzheimer — diz Karen. — E eu não acho que estou errada, mas ficaria muito feliz em saber que estou.

Há uma risada na outra ponta.

— Alzheimer? Você está falando sério?

— Não sei, Kneought. Parece-me que é Alzheimer ou alguma doença similar que Stuub estava tentado vincular à porcaria que vaza da destilaria.

— E agora você quer que eu confirme essas ideias malucas?

201

— Não os resultados em si, é claro. Apenas se era isso que ele, de fato, estava pesquisando. E, na verdade, não estou interessada em saber se Stuub estava certo ou não. O importante é descobrir se ele estava em posição de fazer os outros acreditarem que ele estava. Se ele conseguiu assustar alguém o suficiente para que essa pessoa quisesse silenciá-lo.

— Alguém da família Groth, você quer dizer?

— É muito cedo para afirmar, mas provavelmente. Se Fredrik conseguisse fazer com que dessem atenção a essa suspeita, isso ameaçaria os Groth.

Sem mencionar os planos de uma expansão, ela pensa. O conselho da província, sem dúvida, ficaria com os dois pés atrás; e mesmo que provassem que as descobertas de Stuub eram falsas, comprometeria as obras, aumentando os custos.

— Preciso de algumas horas — diz Brodal, brevemente.

— Obrigada.

— Mas, como eu disse, não espere que eu consiga cobrir toda essa suposta pesquisa. Se ele estava na pista de alguma coisa, por mais improvável, devem ser dados antigos. Não faz anos que Stuub se aposentou?

— Faz, mas ele teve acesso aos equipamentos e instalações da universidade durante cinco anos depois de ter deixado o cargo. Ele era professor emérito.

— Mesmo assim, por que ele teria escondido os resultados até agora? Não, a propósito, não responda. Deixo essa para você descobrir.

— Então você vai analisar o material imediatamente? — pergunta Karen, da forma mais gentil que consegue.

— Pretendo comer duas torradas, beber uma xícara de café e ler o jornal primeiro, se não se importar.

— Obrigada, Kneought. Me ligue assim que souber de alguma coisa. E, como eu disse, não espero que...

Kneought Brodal já desligou.

65

KAREN OLHA PARA A PEDRA CINZA QUE MARCA O LUGAR DE SEU PAI no túmulo da família.

> Pescador
> Walter Eiken
> 1939-2002

Terceira fileira a partir do topo, a segunda lápide a partir da esquerda. À sua direita estão mais dois rochedos planos: Aino Eiken, que sobreviveu ao filho por quatro meses, e Johannes Eiken, que resistiu mais três anos. Pai, avó e avô, até o momento, as últimas pessoas a serem enterradas no túmulo da família Eiken. Porém, há espaço para mais gente na frente da grande âncora de ferro.

"Não pense nem por um segundo que também vou ser enterrada aí", disse Eleanor Eiken à filha, certa vez, quando a lápide do marido foi colocada no lugar. "Você pode ser enterrada onde quiser, mas eu quero ser enterrada perto da igreja de Langevik. Ou talvez em Ravenby, com mamãe e papai, mas aqui em Noorö, jamais. Me prometa!"

Karen sorri para a memória. *Você pode ser enterrada onde quiser.* Foi provavelmente a tentativa de sua mãe de falar com tato sobre o fato de que não esperava que o lugar de descanso final de Karen fosse nas ilhas de Doggerland. Talvez ela preferisse ficar na Inglaterra, ao lado de John e Mathis, em Hazelmere, ou ter suas cinzas espalhadas no mar. Eleanor Eiken nunca teve muita necessidade de controlar outras pessoas, e certamente nenhuma inclinação para ser controlada.

E, mais uma vez, Karen sente que não se importa com o lugar para onde irá quando for a sua vez. Túmulos não significam nada para ela. Karen Eiken Hornby não acredita nem no céu nem no inferno, ou talvez acredite em ambos, mas de uma coisa ela sabe: John e Mathis estão com ela todos os dias, ela não precisa de um túmulo para se lembrar deles.

Seu pai, por outro lado... Talvez sua alma ainda esteja flutuando por ali, pensa ela. De certa forma, Walter Eiken tinha sido a personificação da paisagem inóspita de Noorö, com seu rosto sulcado, seu rosto castigado pelo tempo e sua perspectiva pragmática sobre leis e regras. Ele também está com ela, é claro. O cheiro de salmoura e alcatrão, diesel e suor. Aqueles espertos olhos azul-gelo com o anel amarelo ao redor da íris, que podiam se transformar em um segundo de assustadores e lupinos a travessos e brincalhões. Ela se lembra dos dias em que ele estava no mar, mamãe e Karen sozinhas em casa. A preocupação silenciosa quando o tempo estava calmo, o medo retumbante quando o tempo mudava e o alívio quando seu barco chegava. Um ciclo interminável de preocupação e alívio, tão natural quanto o fluxo e refluxo da maré. Tudo isso ainda faz parte dela.

E de repente os pensamentos retornam para o telefonema algumas horas antes. A chamada que a levara até ali. Sua tia Ingeborg foi em dois pontos: é claro que Karen deveria visitar o túmulo do pai agora que enfim estava em casa, e é claro que ela deveria ir jantar com eles na noite de Reis, ficar sozinha estava fora de questão.

Não havia prometido nada, mas Karen sabe que irá. E sabe que terá de responder perguntas sobre o trabalho e planos para o futuro, grata por todos terem tato o suficiente para não mencionar o passado.

Ela se dobra ligeiramente em direção à cova, vira e para. O homem parado na beira do cemitério está olhando diretamente para ela.

66

— O QUE VOCÊ ESTÁ FAZENDO AQUI?

Ele não está a mais de vinte metros de distância, mas Karen não tem certeza se será escutada. Odd faz um movimento com a cabeça, dá uma tragada no cigarro e começa a caminhar em direção ao estacionamento, ela hesita por um segundo antes de segui-lo.

O carro verde de Karen e a moto de Odd são os únicos veículos no pequeno terreno de cascalho. Ele chega primeiro ao carro dela, joga fora a ponta do cigarro e se planta ao lado da porta do passageiro com os braços cruzados.

— Como você consegue pilotar uma moto com esse tempo? — pergunta ela, quando se aproxima, procurando a chave no bolso do casaco.

— Precisamos conversar — diz ele, brevemente. — Você não pode se apressar? Tenho no máximo quinze minutos antes da chuva — diz ele.

— Certo, a propósito, como você sabia que eu estava aqui?

— Eu estava em casa quando a minha mãe te ligou. Ouvi dizer que você vai hoje à noite — diz ele sombriamente.

— Sim, provavelmente. E ouvi dizer que você também vai estar lá. E Einar voltou da plataforma de petróleo. Eu não o vejo há dez anos, então estou ansiosa por isso, mas você não parece muito contente.

— Eu não quero problemas. Nada de conversa de policial na casa da minha mãe. E em nenhum outro lugar, nenhuma visita ao clube.

— Eu não posso prometer este último, você sabe disso; mas pelo menos não esta noite. Era só isso?

— Quanto vale a informação sobre o Gabriel? O suficiente para você ficar longe da OP?

Então é assim, ela pensa consigo mesma. *É por isso que você não quer que eu entre no seu quartel-general e não quer me apresentar como sua prima. Você pode estar aspirando a ser um dos grandes, e ter uma policial na família não fica bem no currículo.*

— Bem, depende do que você tem para mim, eu acho — ela diz, com total indiferença.

— Sei quem cortou a garganta dele.

Ela fica estática.

— Se você tem esse tipo de informação, você tem que testemunhar.

— Esqueça. É pegar ou largar. Esse é o acordo — diz ele.

— É tão importante para você que os caras do seu clube de escoteiros não saibam que somos parentes?

— Depende de você — diz ele. — Eu digo o que sei e você promete me manter fora disso.

Ela rapidamente pondera suas opções: se fizer a promessa, será difícil voltar atrás. No mínimo, significaria que ela jamais voltaria a falar com Odd. Mais provável que seja com toda a família de seu pai, ninguém tomaria seu partido.

— Ok, de acordo — diz ela. — Com a condição de que você mesmo não esteja envolvido.

Ele dá um sorriso irônico.

— Ah, passarinho... você acha mesmo que eu poderia matar um homem? Você acha que eu seria capaz de fazer uma coisa dessas?

— O que você sabe? — pergunta ela.

205

— O lance é que o Gabriel falava demais. E ele zoava por aí.

— "Zoava"? Você quer dizer os furtos da Groth?

Odd confirma com a cabeça e Karen sente um nó no estômago quando se lembra do relatório de Kneought Brodal sobre os traços de violência de dois dias no corpo de Gabriel. Ela mesma tinha revelado a duplicidade de Gabriel para seu primo.

Odd lança um olhar de soslaio.

— Eu não disse nada aos caras, não podia dizer de onde veio a informação, mas também não podia deixar Gabriel se safar, então eu mesmo cuidei disso.

Karen olha para o primo e fica curiosa em saber se ele se pergunta por que é o único da família com cabelos ruivos. Ele sabe que Fredrik Stuub tinha a mesma cor de cabelo quando era jovem? Será que ele suspeita que ele e Gabriel tinham o mesmo sangue nas veias e por isso preferiu "cuidar" do Gabriel, em vez de deixar os caras do OP fazerem isso?

E ela pensa na ponta do cigarro que Odd jogou fora pouco antes de entrar no carro, como seria fácil fazer um DNA.

Ela deixa o pensamento de lado, dá de ombros e manda um olhar cético para o primo.

— Acho que tenho uma ideia do porquê de você ter "cuidado dele"...

— Sim, por que diabos você acha? Ele sabia no que estava se metendo e saiu bem fácil, você pode ter certeza disso. E depois eu conversei com ele. Ou melhor, ele começou a falar.

— E o que ele disse?

— Bem, ele estava se gabando pelo esquema que tinha inventado. Algo que entregaria o controle da destilaria da Groth à OP, mas ninguém acreditou nele. O cara era um idiota, um idiota útil que achava que estava a meio caminho de entrar. Até usamos ele em algumas coisas, mas admiti-lo como membro pleno nunca esteve em discussão. E quando você me falou sobre a marca da OP no escritório, decidi dar uma palavrinha com o Gabriel — Odd continua.

— Quando foi isso?

— Na véspera de Ano-Novo, ou melhor, à noite. Bem aqui, na verdade. Um lugar muito bom se você precisar conversar seriamente com alguém. Perto do trabalho de Gabriel, não muito longe da casa de Odd. Completamente remoto e deserto. Certamente Odd não pensaria em fazer nada com ela...

— Certo — ela diz brevemente. — Você se importaria de ir direto ao ponto, o que Gabriel te disse que você acha que eu posso usar?

— Ele me disse quem matou o avô dele: Björn Groth.
— Björn Groth — Karen repete calmamente, conseguindo esconder a leve empolgação. — Portanto, ele supostamente assassinou Fredrik Stuub. E como Gabriel soube?
— O velho aparentemente tinha algum conhecimento que poderia prejudicar a Groth. Segundo Gabriel, eles têm grandes planos para uma expansão, e Björn perderia tudo o que já tinha investido se Fredrik Stuub começasse a falar.

Baudoinia, Karen pensa calmamente. Em voz alta, ela diz:
— Ele pode ter tido um motivo, mas isso não é o suficiente.
— Eu não sou burro, Karen. Gabriel alegou ter visto Björn na hora do assassinato. Ele estava a caminho da casa da ex com as crianças e viu o carro de Björn.
— Onde?
— Na rotatória em frente ao lixão. Gabriel foi até lá na manhã de Natal para despejar algumas coisas no lixão no caminho para a balsa. Aparentemente, ele estava levando as crianças para a casa da ex-mulher em Thorsvik.
— E lá ele viu Björn Groth?
— Pelo menos o carro. Estava estacionado, mas Björn obviamente não estava lá dentro. Gabriel não pensou muito nisso naquele momento, mas achou estranho que Björn tivesse largado o carro ali e ido para a floresta.
— Mas ele não viu Björn?
— Não, ele foi embora depois de jogar o lixo. Afinal, ele estava com as crianças no carro e não sabia na época que o avô seria encontrado morto a cem metros de distância poucas horas depois.
— E ele tinha certeza de que era o carro de Björn Groth?

Odd olha friamente para ela.
— Era a porra do chefe dele, ele via o carro do cara todos os dias.
— E por que ele não contou para a polícia?
— Bem, há muita gente que não morre de amores por vocês nessas bandas. Além disso...
— Além disso, o quê? — pergunta ela, com impaciência.
— Além disso, ele ia chantagear Björn.
— Chantagem? — pergunta Karen com ceticismo. — Ele ia usar o assassinato do avô para extorquir dinheiro de Björn?
— Eu não sei, e não dou a mínima, mas ele disse que ia revelar tudo durante a festa, se Björn não fizesse o que ele queria. "Eu vou destruir aquele imbecil", foram as palavras exatas que ele usou.

Nesse momento, o telefone toca e o nome do legista aparece no visor.

— Oi, Kneought — Karen responde. — Você pode esperar um segundo? Odd já abriu a porta e está com metade do corpo para fora do carro. Então ele se vira e olha fixamente para ela.

— Agora você me deixa fora dessa — diz ele. — Eu não esqueço uma promessa.

67

— **VOCÊ NÃO É TÃO BURRA QUANTO EU PENSAVA — DIZ KNEOUGHT** Brodal.

Karen sente a pulsação acelerando, mas se força a manter a calma enquanto ouve Brodal explicar detalhadamente as deficiências do material que recebeu, que é apenas uma fração da pesquisa que Fredrik Stuub pode ter produzido, e que o que ele leu é realmente apenas um resumo grosseiro.

— Está bem, está bem, já entendi! — exclama ela. — Mas é sobre o que eu pensava que era? Algum tipo de ligação entre o mofo na Groth e os danos às células nervosas humanas?

— Sim, você estava certa quanto a essa parte. O resultado não é estatisticamente significativo, mas parece que Fredrik Stuub encontrou, ou pelo menos pensou ter encontrado, uma ligação entre o que sai do armazém e um número excessivo de certos diagnósticos médicos.

— Alzheimer?

— Entre outras doenças. Ele aparentemente encontrou um pequeno, mas notável aumento no número de casos diagnosticados em populações próximas às destilarias.

— Mas aqui em Noorö ele encontrou uma conexão? — insiste Karen.

— Infelizmente, e não só aí. De acordo com as pesquisas de Stuub, ele também encontrou o mesmo aumento estatístico de demência degenerativa precoce em lugares onde destilados são envelhecidos em barris em outros países.

— Tem certeza?

— É claro que não — Kneought Brodal responde brevemente. — E Stuub também não tinha. A única coisa que posso confirmar é que era exatamente essa possível conexão que ele estava pesquisando, e parece que ele havia encontrado uma base plausível para suas teorias, mas vários cientistas acabam encontrando correlações que acabam refutadas por uma pesquisa mais rigorosa.

"Por outro lado, Stuub foi pelo menos inteligente o suficiente para não publicar nada que não estivesse pronto. Se ele tivesse certeza, ele teria divulgado suas descobertas."

Ou usado para chantagear a família Groth, pensa Karen. Ela agradece ao Kneought Brodal e desliga.

Dez segundos depois, está discando o número de Dineke Vegen no celular. A promotora ouve o resumo de Karen em silêncio.

— Certo, você pode prender Björn Groth, mas o motivo não é suficiente. Precisamos de mais para uma prisão preventiva.

— Um motivo *forte* — aponta Karen. — E temos o e-mail de Stuub para Björn Groth.

— Certo, mas você tem que encontrar mais se quiser que se sustente na corte. Como é possível que ninguém tenha visto ou ouvido nada? As pessoas são cegas e surdas aí nesses rincões?

Não é bem assim, pensa Karen, mas não diz nada. *Na verdade, temos uma alegação de alguém que se recusa a testemunhar sobre algo que foi dito por alguém que não pode mais testemunhar. Não adianta nada, a menos que eu consiga que Odd mude de ideia. Ou quebre minha promessa.*

— Você tem três dias — diz Dineke Vegen. — Certifique-se de encontrar algo mais.

Sua conversa com Cornelis Loots é quase tão breve quanto. Ela explica que a promotora deu luz verde; Björn Groth deve ser preso e eles têm mandados de busca e apreensão para a empresa e a casa. Eles têm três dias antes de indiciá-lo ou soltá-lo.

— Vá até lá imediatamente e leve Byle com você, eu te encontro no local para a prisão. Vou ligar para Larsen e pedir que envie alguns técnicos para fazer uma varredura inicial antes de entrarmos.

"Vamos mantê-lo em Lysvik por 24 horas. Depois ele vai precisar ser levado para a delegacia em Ravenby. Você e eu o interrogaremos amanhã."

Setenta e duas horas para achar algo que reforce as suspeitas contra Björn Groth — ou que as rejeite completamente. *Preciso tentar falar com William Tryste hoje se quiser entrevistar Björn Groth amanhã de* manhã. *É possível que ele saiba mais sobre a ameaça de Fredrik Stuub do que admitiu.*

Ela precisa falar com Odd novamente, fazê-lo testemunhar.

Poderia muito bem fazer isso hoje à noite, pensa ela. Após o jantar. Ou talvez antes. Mais honesto. Quando a família souber que eu fiz uma promessa e quero voltar atrás, não serei mais bem-vinda em nenhum jantar. Por outro lado, não terei um emprego se souberem que estou colocando os interesses de minha família em primeiro lugar.

— Porra — ela diz em voz alta e bate com o punho no volante.

68

NA LANCHONETE, A ATENÇÃO DE KAREN SE DESLOCA PARA O QUEIJO derretido que forma um fio entre a pizza e seus dentes da frente. Em sua memória, ela enxerga a imagem de Björn Groth no banco de trás da viatura policial, meia hora antes. A surpresa dele parecia genuína quando Karen leu seus direitos e explicou o que os próximos dias lhe reservariam.

Ele estava sozinho no pátio da destilaria quando chegaram e veio cumprimentá-los com uma mistura de polidez e leve aborrecimento. Todos os funcionários tinham saído depois do almoço, já que era a Noite de Reis. Pálido, mas contido, ele ouviu as respostas de Karen às suas poucas perguntas. Sim, ele tem direito a um advogado, mas não terá acesso a um telefone ou a um computador. Não, ele não tinha permissão para ligar para ninguém antes de saírem.

— Informaremos sua esposa assim que tivermos contato com ela, e nos certificaremos de que um advogado seja contatado imediatamente. Você mesmo tem um, ou gostaria que chamássemos a defensoria pública?

Björn Groth mencionara um nome, e Cornelis Loots o anotou junto com o número de telefone que forneceu.

— Mas William precisa saber agora mesmo. Deveríamos nos encontrar pela manhã e planejar a expansão. Há muito trabalho a ser feito, mesmo quando a produção está parada — disse Björn Groth.

— Também informaremos William Tryste — disse Karen com um aceno tranquilizador. — Eu mesma falarei com ele.

E então os policiais uniformizados o colocaram no carro e o levaram embora.

Karen tinha informado Cornelis Loots e Thorstein Byle que tinha outro assunto a tratar esta noite. Nenhum deles reagiu à leve hesitação em sua voz com a palavra "assunto".

Agora, ela engole o resto da pizza, bebe alguns goles de refrigerante e confere o relógio: 17h30. Primeiro Tryste, depois Odd, pensa ela, sentindo a náusea subir na garganta junto com o gosto do orégano. Pelo menos vou encerrar a noite cedo; não serei bem-vinda em nenhum jantar de Reis depois da conversa com Odd. Pode ser melhor assim mesmo: eu preciso de uma boa noite de sono antes do interrogatório de Björn Groth amanhã.

Por que diabos eu fui mandar Karl passar o Dia de Reis em casa? Cornelis é bom, mas nunca tinham feito um interrogatório juntos, e amanhã ela realmente gostaria de ter Karl com ela.

Ela pega o celular do bolso do casaco e liga para ele. Karl atende no primeiro toque e com uma declaração em vez de seu nome:

— Então, você prendeu Björn Groth. Posso perguntar com base em que fundamentos?

— Bons fundamentos, é claro. Cornelis já falou com você?

— Não precisou. Eu estava sentado ao lado dele quando você ligou, não voltei pra casa.

Karen então explica brevemente suas suspeitas sobre a pesquisa de Fredrik Stuub e a conversa de confirmação de Brodal.

— A questão é como Gabriel se encaixa — diz Karl. — Ele poderia ser mais próximo do avô do que alegou e estar envolvido na chantagem? Ou poderia saber algo sobre o assassinato do avô?

— Talvez — Karen responde de forma evasiva. — Teremos que descobrir.

Tenho que contar a ele sobre Odd, pensa ela, *mas ainda não. Não até que eu tenha pelo menos tentado fazer com que ele testemunhe voluntariamente.*

— Bem, isso não será suficiente — objeta Karl. — Estou surpreso que a promotoria tenha concordado com uma prisão. Quem foi?

— Dineke Vegen.

— Ah, estou entendendo — Karl comenta com uma risada irônica. — Ela provavelmente ainda se sente culpada por não ter acreditado em você na última vez.

Seu comentário irrita Karen. É verdade que, no ano anterior, Dineke Vegen conduziu uma investigação em uma direção que acabou colocando Karen em perigo, mas a insinuação de Karl de que culpa era a base para sua decisão de deixá-los prender Björn Groth a ofende.

— Não gostei disso! Tenho boas razões para...
— Relaxa, Eiken, estou brincando. Ok, então temos três dias.

Eu deveria ir agora, pensa ela, quando desligam o telefone. Ela olha para o relógio e para a televisão. Mesmo sem som, a mensagem é clara: ela já viu o mapa do meteorologista vezes suficientes para reconhecer os símbolos de baixa pressão, tempestades e queda de neve. Karen aperta os olhos para ler o que está escrito: *-17 ºC?*

Relutante, ela sabe que não tem tempo para ficar no recinto quentinho, é melhor acabar logo com isso. *Talvez Tryste tenha algo útil a dizer, e então eu preciso falar com Odd*. Certamente ele vai entender que eu não posso deixá-lo de fora. O que Gabriel disse a ele será crucial para o interrogatório de amanhã.

De repente, o celular começa a vibrar.
Jounas Smeed chamando.

Assim que vê o nome do chefe, ela se dá conta de que não tinha feito o relatório do dia anterior. *Como diabos eu pude esquecer?* Uma onda de vertigem a atravessa e ela agarra a mesa com as duas mãos. *Agora não*, pensa ela, e recusa a chamada. Ligo para ele mais tarde. Com um suspiro, ela puxa o gorro sobre a orelha e se levanta. E então surge outro pensamento indesejado:

Eu deveria ligar para a tia Ingeborg e dizer que não posso ir hoje à noite. Não preciso explicar nada, só dizer que fiquei presa no trabalho. Ou talvez eu nem ligue. Eu nunca prometi ir.

Então uma lembrança de mãos quentes, ásperas como escamas de peixe...

Droga, ela pensa e pega o celular.

69

OS FARÓIS DO CARRO PENETRAM COM DIFICULDADE A NEVASCA, ILU-minando o caminho, e só quando está quase chegando é que consegue avistar as janelas iluminadas da casa. A memória da voz de sua tia ainda reverbera em seus ouvidos, a decepção quando Karen disse que não conseguiria ir, a tristeza em sua voz quando perguntou se ela estava planejando causar problemas.

— Por que eu faria isso? — perguntou ela, pensando em quanto sua tia sabia sobre seu encontro com Odd.

— Você sabe o que quero dizer, não mexa com quem está quieto.

E com essas palavras ela havia desligado o telefone, deixando Karen com a pergunta que ainda lhe corroía: são seus próprios segredos ou os de seu filho que Ingeborg Eiken não quer que sejam revelados?

Ela estaciona o mais próximo possível da entrada, sobe a escada larga e toca a campainha. É Helena Tryste que, alguns segundos depois, abre as grossas portas de carvalho alguns centímetros e olha para fora através da fenda.

— Sim? — pergunta uma voz. — Ah, é você — diz ela. — Entre, rápido!

Ela abre um pouco mais, apenas o suficiente para Karen entrar sem carregar muita neve consigo.

— Lamento vir sem avisar e perturbá-la no feriado — diz ela. — Mas preciso dar uma palavrinha com seu marido.

Um traço de preocupação cruza o rosto de Helena, e como se ela pudesse sentir que revelou sua insegurança, afasta os cabelos escuros da testa.

— Nada aconteceu, não é mesmo? — ela pergunta. — Mais assassinatos, quero dizer.

— Não — responde Karen rapidamente com um sorriso tranquilizador —, mas eu quero informá-lo sobre um assunto relativo a Groth. Ele está em casa?

— William está lá embaixo na adega — diz Helena. — Eu vou chamá-lo. Por favor, fique à vontade na sala de estar.

Karen segue para a mesma sala onde ela e Karl haviam estado... *Será que fazia apenas alguns dias?*, ela pensa cansada. Agora, um fogo quente crepita na lareira aberta, e em vez de sentar-se, ela coloca a bolsa no chão a sua frente e estende as mãos no calor.

— O tempo está horrível — diz Helena, olhando para ela. — Posso lhe oferecer algo? Café? Ou talvez um chá seja melhor?

— Sim, por favor, uma xícara de chá — diz Karen.

É mais fácil dizer sim do que não, pensa ela.

De repente, Karen ouve uma voz indignada: uma voz jovem.

— Mas que porra! Papai pegou meu celular de novo!

— Por favor, Alvin, temos visita — diz Helena, e Karen captura seu sorriso tímido no momento em que um adolescente magricela surge na porta, pronto para continuar sua birra.

Ele para quando vê Karen.

— Olá — diz ela. — Estou aqui apenas para conversar com seu pai.

— Sim, eu também — Alvin Tryste murmura e aperta a mão estendida de Karen. — Onde ele está?

— Ele está na adega — diz Helena. — Alvin, ligue a chaleira e eu vou lá buscá-lo.

— Fala pra ele que estou com pressa, que é pra ele trazer meu celular que eu vou sair.

— Você vai trabalhar esta noite? — Karen pergunta depois que Helena os deixa.

— Não, eu vou sair com alguns amigos, mas não posso sair até pegar meu celular de volta. É a segunda vez que isso acontece. Temos o mesmo modelo — ele acrescenta, segurando um iPhone. — Só que o meu é novo.

Alguma coisa faz Karen gelar. De repente, sua mente está rebobinando os últimos dias: cada reunião, cada conversa, cada informação. E tudo aponta para a mesma conclusão.

Impossível, mas, ainda assim...

Quando ela faz a pergunta seguinte, o uivo do vento lá fora e o crepitar do fogo parecem diminuir. O mundo fica quieto para garantir que ela não perca uma palavra, nem uma nuance da resposta de Alvin:

— Então ele pegou seu celular por engano — diz ela com a maior leveza possível. — Que chato. Quando foi a última vez que isso aconteceu?

— No Natal — Alvin responde com um suspiro. — O pai pegou o meu e depois o deixou cair no banheiro, pouco antes de termos que sair. Ele me emprestou o dele, mas passar a noite toda no trabalho sem meu celular é uma chatice. Trabalho no lar de idosos em Lysvik — acrescenta.

— Ah, bom, você vai querer seus próprios aplicativos, né? Mas pelo menos você ainda pode ligar para os seus amigos.

— A gente só manda mensagem.

— Mas você não ligou para ninguém? Para a sua mãe, por exemplo?

— Na verdade, eu liguei... Eu prometi que ligaria para mamãe às oito para acordá-la, mas como você sabe...?

Alvin parece confuso e, ao mesmo tempo, a voz de William Tryste soa.

— Aqui está seu celular, Alvin. Agora vá; seus amigos estão esperando no carro lá fora.

E enquanto Alvin agarra rapidamente seu celular e vai direto para a porta, Karen percebe Helena olhando impotente do marido para Karen e vice-versa antes de se virar e seguir o filho.

William fica na porta com os braços cruzados. Por um momento, eles se olham diretamente nos olhos. A verdade chegou de forma tão inesperada quanto indesejável para ambos, ela percebe, mas agora está ali, como uma pilha de lixo entre eles. Não foi William Tryste que ligou de Lysvik para casa ao mesmo tempo em que o assassinato de Fredrik Stuub estava sendo cometido, foi Alvin.

Seu idiota, pensa ela. *Você usou o próprio filho para criar um álibi.*

— Por quê? — pergunta ela, com calma.

Ele não responde. Ele apenas fica ali, olhando para ela, pensativo. E só então, quando ela vê o sorriso arrependido e quase triste no rosto de William Tryste é que a surpresa se transforma em horror. Devagar, Karen dá alguns passos atrás, dá meia-volta e se dobra rapidamente para pegar a bolsa do chão em frente ao fogo. Ela quase consegue.

Ao mesmo tempo em que ela ouve a porta externa se fechar novamente, ela percebe o movimento pelo canto do olho. Depois uma mão se fecha em volta de seu pescoço, e a lareira, se aproxima cada vez mais como se estivesse em câmera lenta.

E tudo fica preto.

70

QUANDO ELA ABRE OS OLHOS, NÃO ENXERGA NADA. ELA OS FECHA novamente e tenta lutar contra o pânico.

Então outros sentidos entram em ação: um leve cheiro de umidade, a sensação de que está deitada em algo duro. Sem ousar mover o corpo, ela toca a superfície com a ponta dos dedos. Áspero, frio. Uma superfície rochosa? Não, lajes retangulares mais lisas e uniformes: as lápides de pedra no Cemitério de Gudheim. *Eu estou morta?*

Não, são pedras menores, lisas e unidas. Ela sente os pequenos sulcos com a ponta dos dedos. *Reconheço, sei o que é*, ela pensa. Tijolos. Com um esforço, ela tensiona os músculos do pescoço e levanta a cabeça. Dor. Maçante e latejante na testa. E agora ela percebe que há luz. Uma luz tênue e cintilante em algum lugar. Náusea e alívio a inundam ao mesmo tempo. Não está morta.

Passa a mão pela testa e sente a umidade. Ao levar à boca, sente gosto de ferro. No momento em que seu subconsciente sente o sabor do sangue, as lembranças vêm em imagens rápidas, curtas e impiedosas. O terror, a tentativa fútil de escapar, o aperto no pescoço, a testa batendo no canto pontiagudo da lareira. E de repente ela se dá conta de uma presença, não está sozinha na sala.

O mais rápido que pode, Karen se apoia nas mãos e nos joelhos e se agacha. Ela faz uma pausa por alguns segundos, então se levanta, balança e se atrapalha em busca de algo para agarrar.

William Tryste está sentado em uma poltrona com uma perna cruzada e a mão ao redor de um copo apoiado no joelho. Metade de seu rosto é iluminada pelo candelabro de latão de sete braços na mesa ao seu lado.

— Então, Karen, o que vamos fazer com você?

Ela olha para ele sem responder. Seu olhar cintila, observando as prateleiras com fileiras de garrafas e copos de vinho, a mesa de carvalho com seis cadeiras, os barris de madeira junto à parede. Automaticamente ela se vira e procura com os olhos a saída.

— Esqueça — diz Tryste. — Você não vai sair daqui.

— O que você vai fazer comigo?

Essa é realmente a voz dela? Fraca, áspera, desconhecida.

— Lamento, Karen, mas foi você que procurou por isso. Você não deveria ter envolvido meu filho.

Foi você quem procurou, pensa ela. *Manipulou o próprio filho para conseguir um álibi. "Acidentalmente" deixou cair o celular dele no banheiro, fez com que ele prometesse ligar para a mãe, de Lysvik, enquanto você mesmo estivesse na pedreira. E a visita a seu pobre pai não podia ter demorado mais de cinco minutos, em vez de uma hora, como você alegou. Seu maldito* psicopata. *Por que diabos eu não enxerguei? A autoimagem grandiosa, a humildade fingida, o charme. A capacidade de enganar os que o rodeiam, a astúcia das palavras. Está tudo aí.*

E com crescente horror, ela se lembra da característica número um de um psicopata: a incapacidade de sentir empatia.

Em voz alta, diz:

— Por que você fez isso? O que ganha com isso?

— O que eu ganho? Tudo, é claro. Os Groth não têm chance de aprovar a expansão a tempo de pagar seus credores, o governo provincial não vai aceitar. Alzheimer é o bicho-papão do nosso tempo, bem, Alzheimer e câncer. A mera suspeita será suficiente para que os políticos acionem o freio de emergência.

De repente zonza, Karen dá um passo para o lado. Sem pedir permissão, ela caminha para a mesa e se afunda em uma das cadeiras. William olha para ela sem protestar.

— Mas por que matar Fredrik? Era ele quem estava fazendo toda a pesquisa.

— Porque ele se recusou a publicá-la, disse que os resultados não tinham sido verificados. Eu só queria que ele viesse a público com o que tinha; teria sido suficiente. Só que o velho idiota se recusou.

— Mas ele escreveu para Björn Groth e o ameaçou — diz ela, esperando que ele morda a isca.

Finja que você não entende. Se faça de boba, apele para a vaidade dele. Faça-o se sentir inteligente. Ganhe tempo.

William Tryste olha para ela com um sorriso tranquilo.

— Foi você quem enviou o e-mail em nome de Fredrik? — pergunta ela, lentamente.

Ele sorri.

— Errada mais uma vez. Foi Gabriel quem enviou. Ele sabia onde o velho guardava o computador. Deus sabe que eu procurei em tudo quanto foi lugar antes de pedir a ajuda dele. E não foi fácil convencer Gabriel.

E então você coloca o computador de volta no compartimento secreto, para pensarem que Björn Groth esteve lá para procurar, mas não o encontrou, pensa ela. *Você não tem ideia do quanto nós mesmos estivemos perto de não achar.*

— Quando Fredrik percebeu o que você tinha feito? — pergunta ela.

— Quando Björn ligou para ele. Fredrik ficou furioso, é claro, pois sabia que não havia enviado nenhum e-mail ameaçador. Mas logo ele juntou dois e dois e percebeu que devia ter sido eu. Fazia meses que eu estava tentando convencê-lo a publicar. Na véspera de Natal, ele me puxou de lado na casa de Gertrud, exigiu que eu falasse com Björn, ou então ele falaria. Era uma situação insustentável.

— Ele sabia que você também tinha envolvido Gabriel?

William suspira. Depois, ele toma um grande gole.

— Você gostaria de um copo?

Karen abana a cabeça, o pequeno movimento faz seu crânio pulsar.

— Se você quiser que eu te conte, exijo que você tome uma bebida comigo.

Ele se levanta e caminha até um dos barris, deitado sobre uma estrutura de madeira. Coloca um pano branco sobre a rolha de madeira e a puxa suavemente. Então ele pega o que parece uma concha de sopa com uma alça comprida e mergulha no buraco do barril. Ele pega alguns centilitros e despeja em um copo, junto com algumas gotas de água de um pequeno jarro sobre a mesa.

— Aprecie. Sabe quantos anos tem esse uísque? — pergunta ele.

Ela aceita o copo sem responder.

— Prove — diz ele. — Prove e depois nos diga o que você acha da safra de 1947 da Huss & Groth.

71

O SOM DA BOLSA DÁ UM SUSTO EM HELENA TRYSTE E FAZ COM QUE ela derrame o uísque. Um copo, ele disse, apenas um copo para ela se acalmar um pouco, não mais do que isso. Com as mãos trêmulas e segurando a garrafa com força, Helena serve o terceiro copo.

Ela olha de novo para o relógio: precisam sair em quinze minutos, se quiserem chegar a tempo. Dez minutos para ir até o porão e dizer a ele que tudo está pronto. Só resta mais uma coisa a fazer antes de chegada a hora. Ela toma um grande gole e abre a bolsa sobre a mesa da cozinha.

Algo nela esperava que houvesse uma senha, que não conseguisse fazer isso; mas, quando pega o celular, a tela se acende: quatro chamadas não atendidas, duas mensagens de voz. Há um número seis no canto do aplicativo de mensagens. Tudo dentro dela grita para que ela não o faça. *Não olhe*, grita, *vai ser mais difícil se você olhar.* Com os lábios pressionados, ela toca no balãozinho e olha a lista de mensagens não lidas e suas primeiras palavras:

LEO: **Me liga. Agora! 18:03**
MARIKE: **Onde diabos você está??? Me liga… 17:54**
MARIKE: **Ele a encontrou. Estamos no estúd… 17:37**
LEO: **BR está de volta. Aylin apavorada. Tem… 17:14**
MÃE: **14 graus e ensolarado aqui. Harry manda lembranç… 16:59**
SIGRID: **Peguei os livros. Feliz agora? Bj… 16:41**

E depois uma que está aberta:

JOUNAS: **Ainda aguardando o relatório de hoje… 16:27**

Ela fecha o aplicativo e coloca o telefone na mesa, esfrega a mão trêmula no jeans, como se quisesse enxugar a repulsa, e repete as palavras baixinho, a mensagem que William disse que ela tinha que escrever imediatamente, antes que se esquecesse.

"*Mas não a envie até que a balsa esteja atracando em Thorsvik. Verifique quem são os contatos mais frequentes e envie somente para eles.*"

Outro gole, só para parar de tremer. Ela olha para o celular, inclina-se e observa o display iluminado, o número ao lado do telefoninho verde que sinaliza as chamadas não atendidas. Pessoas impacientes, incomodadas, amigos cuja irritação logo será substituída pela preocupação. E depois por algo pior.

Os contatos mais frequentes.

Os que provavelmente a amam.

"*Temos que esperar a balsa das 19h30*", disse ele. "*Se formos mais cedo, vai ter muita gente. Eu te levo até Lysvik, mas depois disso você estará por sua conta e risco. E é melhor você segurar as pontas, tudo depende de você.*"

Ela olha para o relógio mais uma vez. Devem descer agora, se quiserem chegar lá. *Basta fazer o que ele diz*, pensa ela. *Escreva o maldito recado e desça até o porão. Pare de pensar!*

Sem pegar o telefone da mesa, ela abre uma nova mensagem com um dedo indicador trêmulo e começa a digitar.

72

KAREN OLHA PARA WILLIAM TRYSTE ATENTAMENTE, DEPOIS PARA O copo em sua mão e, então, novamente para Tryste. Em seguida, leva o copo à boca. Percebe o sabor característico do uísque, do defumado e do barril de carvalho. Uma mistura peculiar de força e suavidade.

— A primeira safra do pós-guerra — diz ele. — Meu bisavô conseguiu doze barris como parte do acordo dele com os Groth. Hoje vale seu peso em ouro. Encontrei onze deles em um túnel que leva à mina.

— Acordo?

— Os Groth obrigaram Albin Huss a sair da destilaria que eles possuíam juntos. Ou você acha que a família Groth sempre esteve sozinha no trono do uísque?

Karen pensa sobre isso por um momento. Byle não tinha dito nada sobre Albin Huss, o velho barão da mineração, ser coproprietário da destilaria.

— Então por que ele desistiu da parte dele?

— Chantagem — William Tryste responde brevemente. — Albin Huss e Jocken Groth começaram tudo isso juntos há quase cem anos, mas Albin estava em conluio com os alemães durante a guerra, e quando Jocken descobriu, viu sua chance de se tornar o único proprietário. Afinal de contas, Albin tinha as minas e seu lugar no governo provincial, e teria perdido tudo se descobrissem, mas Jocken Groth prometeu manter segredo se Albin desistisse do uísque. Se isso não tivesse acontecido, a metade de tudo isso teria sido minha, você entende? Em vez disso, eu trabalho para aqueles imbecis hipócritas.

Se Albin Huss colaborou com os nazistas, era, sem dúvida, uma boa base para chantagem. Sua posição como homem forte de Noorö teria definitivamente chegado ao fim, e o governo teria considerado adequado expropriar as minas por uma ninharia. Algo semelhante havia acontecido com uma das fábricas de lanolina nos arredores de Ravenby logo após a guerra, quando verdades desagradáveis foram descobertas. Para o antepassado de William Tryste, desistir da destilaria teria sido provavelmente um preço pequeno a se pagar.

— Então os Groth se sentaram em cima da história e mantiveram segredo — diz ela. — Também acho que não beneficiaria exatamente a marca deles se isso viesse a público.

— Provavelmente não. O que me convém muito, mas esse segredo fica entre mim e você.
O significado das palavras dispara um arrepio de medo pela espinha de Karen. *Preciso ganhar tempo*, ela repete para si mesma. *Mantenha-o falando. Faça ele de bobo, deixe-o se gabar.*
— Gabriel — diz ela rapidamente. — Como ele entrou em cena? Você nunca me disse.
— Como não consegui convencer Fredrik, fez sentido tentar a sorte com ele. Não foi difícil convencer Gabriel de que deveríamos recuperar o que pertencia à nossa família por direito. Você o conheceu, não é mesmo?
Karen acena positivamente com a cabeça.
— Então você provavelmente sabe que não foi preciso muito. Só de pensar em tirar a família Groth do caminho e assumir todos os planos de expansão fez o cara babar de expectativa. Dinheiro e poder sem ter que levantar um dedo. Acho que o cara não sabia que era parente do velho Huss até eu contar.
— Mas será que ele descobriu que foi você quem matou o avô dele? — Karen pergunta com ceticismo, pensando em sua impressão de Gabriel Stuub. Ele tinha insinuado que o avô era senil e problemático; mas, ao mesmo tempo, expressara uma espécie de respeito por ele.
— Não, mas ele foi estúpido o suficiente para acreditar que tinha sido Björn Groth. Além disso, eu tive sorte. Gabriel realmente passou pela pedreira no Natal e viu um dos carros da empresa. É claro que eu escolhi aquele que Björn costumava usar, então não foi difícil convencer Gabriel que ele devia estar ao volante.
Não pode ter sido tão simples assim, pensa Karen, olhando cética para ele, que continua:
— Naturalmente, a consciência pesada também ajudou. Afinal, foi Gabriel quem enviou o e-mail para Björn do computador de Fredrik; alguns dias depois, seu avô estava morto. Foi muito fácil convencê-lo de que fora Björn quem tinha matado Fredrik. Ele estava mais do que feliz em acreditar nisso, colocar dessa forma. Assim como você. Laura ligou para dizer que você acabou prendendo Björn Groth. Ela estava em lágrimas, coitada.
Karen fecha os olhos e sente uma onda de constrangimento e raiva. William Tryste controlou a todos como marionetes. Mexeu seus pauzinhos e, observando-os obedecer, trabalhou metodicamente para incriminar a família Groth, ao mesmo tempo em que desempenhava o papel de colaborador dedicado. E, enquanto isso, para manter seu nome de fora, ele havia tentado pressionar Fredrik Stuub a ir a público com pesquisas inacabadas, fazendo

com que Gabriel enviasse um e-mail ameaçador em nome de Fredrik, trazendo-o a bordo com seu plano de destruir os Groth, e finalmente fazendo com que ele acreditasse que Björn Groth havia matado seu avô.

Como ela se lembra de suas conversas com William Tryste, o padrão se torna ainda mais claro. Um desempenho convincente no qual ele interpretou o dedicado conhecedor de uísque que fingiu ter tudo a ganhar com o sucesso contínuo dos Groth enquanto os destruía metodicamente. Ele havia ignorado perguntas sobre ameaças aos Groth e seus planos de expansão, mas com uma expressão preocupada "mencionou de relance" o cimento que havia encontrado no armazém. Karen não duvida por um momento que foi o próprio Tryste que encenou tanto os furos como o cimento expansivo. *Um plano brilhante*, pensa ela. Vire a casa de cabeça para baixo para fazer parecer que o assassino estava procurando alguma coisa. Usar a investigação policial para expor a pesquisa de Fredrik e observar silenciosamente o nó da forca se apertar.

Por que eu não enxerguei isso?, ela pensa.

— Mas por que você matou Gabriel? Ele estava fazendo o trabalho sujo para você.

— Sim, esse foi meu único erro — diz Tryste com um pequeno suspiro. — Meu plano era me manter discreto e deixar que a investigação policial seguisse seu curso. Assim que você encontrasse a pesquisa, ela se tornaria de conhecimento público e Björn Groth nunca seria capaz de limpar seu nome, mesmo que fosse absolvido. O e-mail de ameaça e a perfuração nas pedras faria o resto. A marca Groth inteira sofreria as consequências, e então eu compraria tudo por uma ninharia e a construiria em meu próprio nome. Gabriel realmente pensava que ia ser sócio. Um pouco patético, não?

— Mas por que você o matou? — Karen repete.

— Dois motivos: quando o trouxe, na verdade, eu não tinha ideia de seus contatos na OP. Quando descobri que ele estava furtando o armazém em nome deles, eu o confrontei. Não demorei muito para descobrir que a OP não tinha nada a ver com isso, mas Gabriel ainda representava um sério risco à segurança.

— Você pensou que ele tentaria enganá-lo também?

William Tryste parece não ouvir suas perguntas.

— Gabriel começou a ficar nervoso — ele continua. — Algumas das pessoas da OP aparentemente descobriram o que ele estava fazendo e deram uma surra nele. Havia um risco iminente de que ele começasse a falar sobre nossos planos para voltar às boas graças deles. Ou pior, que ele pudesse prometer envolvê-los na empresa.

Karen permanece em silêncio.

— Além disso — Tryste continua —, ele teve a ideia de acusar Björn Groth do assassinato de Fredrik. Expliquei que o melhor que podíamos fazer era ficarmos na moita, que era apenas uma questão de tempo até Björn acabar sendo exposto. Que tudo apontava para ele e que deveríamos deixar a polícia fazer seu trabalho; mas, na festa de final de ano, eu entendi que ele não conseguiria ficar de boca fechada. Simplificando, o cara era uma bomba-relógio.

E então você teve que agir rápido, pensa Karen. Se Gabriel começasse a falar, havia um risco iminente de que, mais cedo ou mais tarde, o nome de Tryste viesse à tona.

Ela olha para ele, incapaz de esconder sua repugnância.

— Você esqueceu uma coisa — diz ela. — Se a pesquisa de Fredrik for divulgada, não será igualmente difícil para você aprovar a expansão? Então a preocupação do conselho provincial com a baudoinia seria sua dor de cabeça também, certo?

— Pelo contrário, querida. Eu sou o salvador que tem uma solução para tudo. Serei eu quem salvará o orgulho da região, criará empregos e tornará Noorö conhecida em todo o mundo. Essa é a beleza da coisa.

— E como você conseguirá essa façanha?

— As minas, é claro. Seremos conhecidos por armazenar nosso uísque no subsolo.

William Tryste gesticula em direção aos barris junto à parede.

— O fato de eu ter encontrado uísque de setenta anos em um dos corredores da mina não prejudica nem um pouco as nossas finanças ou o marketing. Você mesma poderia testemunhar a respeito da qualidade.

Poderia.

O som da porta sendo aberta faz com que ela se encolha e se vire. William Tryste esvazia o copo e se levanta.

— Bem, finalmente. Você está pronta? — pergunta ele.

A pergunta é direcionada para Helena Tryste, parada na porta. Com uma das mãos, ela segura a bolsa de Karen e, com a outra, a echarpe xadrez e o gorro com orelhas. Ela assente sem responder.

— Para onde vamos? — pergunta Karen.

Tryste não responde. Em vez disso, ele se volta para a esposa.

— Estão na bolsa? — pergunta ele, e Helena balança a cabeça.

Ele se volta para Karen e estende a mão.

— Me dá seu casaco.

Ela hesita por um momento, olhando fixamente para ele, até perceber que é inútil resistir. Lentamente, ela tira o casaco e o entrega a Tryste, que rapidamente vasculha os bolsos. Em seguida, ele segura as chaves do carro, que brilham à luz das velas. Karen se vira para a porta. Confusa, ela procura o olhar de Helena, mas esta está de cabeça baixa, os longos cabelos escuros escondendo-lhe o rosto.

De repente, ela entende.

73

QUANDO A PORTA SE FECHA ATRÁS DO CASAL TRYSTE, AS PERNAS DE Karen estão prestes a ceder. Ter uma conversa aparentemente normal com William Tryste, ao mesmo tempo em que teme pelo próximo movimento, é extenuante. A liberação da tensão é tão intensa que faz seu corpo inteiro tremer. Ela agarra um dos apoios de braço da cadeira e fica parada, respirando fundo.

Ela estava convencida de que eles a levariam a algum lugar, para então matá-la e descartar o corpo. Tinha sido sua esperança; ao levá-la, Tryste estaria assumindo um risco. Alguém poderia ver, alguém poderia ouvir. *Eu poderia escapar*, ela havia pensado. Bastaria ele se distrair por um segundo e ela teria uma chance.

E depois o segundo pensamento: que ele pudesse ter sucesso e aqueles fossem seus últimos momentos de vida.

Mais cedo ou mais tarde, os rastros vão trazê-los aqui, pensou ela. *Eu disse a Loots e Byle que eu viria falar com Tryste, e acho que disse a Karl também... Eles não vão chegar aqui a tempo de me salvar; mas alguém vai me procurar aqui, eles vão descobrir o que ele fez.*

Ao ver Helena Tryste na entrada da porta, ela percebeu que não seria assim.

Ninguém vai me procurar aqui, pensa, sentindo o alívio de estar sozinha pouco a pouco desvanecer-se em pânico. *Quando falarem com Tryste, porque eles vão falar, ele dirá que eu estive aqui brevemente e depois fui embora. Que eu disse algo sobre pegar a balsa, talvez ele até mencione o horário da balsa.*

Eles vão falar com a operadora de balsas, verificar se meu carro estava a bordo. E se derem uma olhada nas imagens do circuito interno, eles me verão sentada ao volante. Minha cabeça estará baixa, talvez pareça que estou no celular. Mas eles vão reconhecer meu longo cabelo escuro e aquele gorro feio. Vão reconhecer meu casaco e cachecol xadrez.

Vão encontrar o carro em algum lugar em Heimö, provavelmente perto do mar, e minha bolsa estará sobre o banco da frente. Eles encontrarão meu celular e vão ver se liguei para alguém. Eu não, mas talvez eu tenha enviado uma mensagem, talvez para minha mãe. Provavelmente algo sobre como eu não estou mais suportando.

Karen grita a plenos pulmões.

O som ressoa entre o teto abobadado e o piso de tijolos, reforçando a noção de que ela está trancada. Em puro desespero, ela se levanta e vai até a porta, mas William Tryste estava certo em não se preocupar em deixá-la ali; a porta é nova e feita de aço, escolhida a dedo para proteger a fortuna contida nos onze barris de uísque de 1947.

— Vou derramar sua bebida preciosa — ela sussurra baixinho. — Quebrar cada garrafa de vinho e esvaziar os barris. Deixar os milhões se infiltrarem nas rachaduras. Ele vai me matar, então eu posso beber até cair antes de ele voltar e não vou sentir nada.

Ela caminha até o barril, que fica sobre a estrutura de madeira. Ela lembra da expressão de satisfação de William Tryste contando a história sobre a descoberta dos barris. Ele havia feito um pequeno movimento involuntário com a cabeça na direção da parede atrás dele, ladeada por uma longa estante com fileiras e fileiras de garrafas de vinho.

A prateleira é sólida e pesada, mas não aparafusada à parede. Quando Karen sente que ela finalmente cede e ouve o som de cerca de cinquenta garrafas se espatifando no chão, seguido da queda da enorme estante sobre os cacos de vidro e rios de vinho, ela grita de novo. Não porque seus jeans ficaram molhados, não porque cacos de vidro ricochetearam e cortaram sua bochecha e mãos: parece que suas preces foram atendidas.

A porta é larga, mas baixa. Karen tem que se curvar para examiná-la, mas logo sente o ânimo despencar. Um cadeado. É claro que Tryste nunca a deixaria aberta, mesmo que fosse escondida. E, claro, a chave não está no porão. No entanto, a fechadura parece velha, talvez tão velha quanto a própria porta. Com alguns passos rápidos, ela pega o castiçal de latão e acende a luz através do cadeado enferrujado. Sim, é velho e provavelmente não impossível de quebrar com as ferramentas certas. Ela olha em volta, segurando o castiçal para tentar encontrar alguma coisa, um objeto fino e pontiagudo, mas não encontra nada.

Ele voltará a qualquer minuto, pensa ela, sentindo seu pulso acelerado na garganta. Um novo pensamento lhe vem à mente. *Talvez eu possa montar uma barricada, ganhar tempo?* A porta gira para dentro, então se eu encostar a mesa e derrubar o resto da estante...

E assim que ela pensa nisso, seus olhos recaem na prateleira inferior da parede oposta. É claro!

Não vai funcionar, ela admite após algumas tentativas infrutíferas de espetar a ponta do saca-rolhas no buraco da fechadura. Ela puxa o cadeado enferrujado em frustração e palavrões. Ela bate com um punho e sente a dor irradiar pela mão. E algo mais. Desta vez, ela não grita quando a esperança é despertada. A fechadura pode ser impossível de quebrar, mas a madeira ao redor mostra sinais de idade. Ela bate de novo. Sim, há um leve movimento.

Preocupada que usar o saca-rolhas como alavanca pudesse acabar quebrando-o, ela arranha a madeira ao redor de dois dos parafusos com a ponta, balançando e puxando a fechadura enquanto avança. Ela continua recusando-se a olhar no relógio, quebrando, escavando, balançando.

Quando o primeiro parafuso cai com um tilintar no chão de tijolos, Karen Eiken Hornby está encharcada em suor, vinho, lágrimas e ranho.

Quando o próximo parafuso segue o mesmo caminho, ela se levanta, agarra o candelabro de latão e chuta a porta.

74

KARL BJÖRKEN TAMBORILA COM IRRITAÇÃO OS DEDOS NO VOLANTE.
Que a neve e o vento podem causar atrasos na balsa, não é algo que normalmente o tire do sério. Em qualquer outro dia, como todos os doggerlandeses, ele teria mantido a calma estoica e aceitaria que o ser humano deve se curvar às forças da natureza.

Mas hoje, ele só consegue pensar que cada minuto aumentará a raiva de Ingrid. A cada minuto, ela se perguntará mais uma vez por que, se o marido recebeu folga no Dia de Reis, ele não poderia ter ido para casa na hora certa, como uma pessoa normal. A cada minuto que passa, é mais provável que Ingrid Björken se pergunte por que ela se casou com um babaca.

Ele se inclina para a frente e olha a placa digital acima da rampa de acesso. O letreiro que, até vinte minutos atrás, anunciava *Muito atrasado* agora está desligado. A tela está preta. Ele já poderia ter chegado em casa se tivesse saído meia hora antes, mas o serviço irregular da balsa fez com que as filas de carros crescessem tanto que o carro à sua frente foi o último que conseguiu embarcar na viagem anterior.

— Lotou, você terá que aguardar a próxima — dissera o cara de colete laranja com o logotipo da companhia de navegação.

Karl havia considerado tirar o crachá da polícia, mas se deteve no último segundo.

Agora ele olha rapidamente para a balsa, que enfim está chegando, e depois olha para o espelho retrovisor. A fila de carros cresceu tanto que talvez só a metade deles vá conseguir embarcar nessa viagem.

A balsa atraca e outro olhar mostra que ela está se agitando violentamente nas ondas. Através da janela, Karl vê os operadores gritando uns para os outros e apontando para um ponto da balsa oculto atrás do quadro de avisos.

Nesse momento, o letreiro se acende.

O tráfego está suspenso até segunda ordem. Problemas técnicos.

Abuso de autoridade ou não, Karl abre a porta e sai. A neve parou de cair, mas o vento gelado se acentuou tanto que ele mal consegue respirar.

— Quanto tempo? — ele grita, ao se aproximar de um dos operadores e mostrar o distintivo de polícia.

— Não faço a menor ideia. Veja por si mesmo — diz ele, apontando. — A coisa toda está desmoronando.

E quando Karl se vira para olhar a balsa, percebe que vai demorar muito tempo até que Ingrid o perdoe. A ponte de comando está inclinada, oscilando com o vento, prestes a tombar.

— Eles mandaram chamar uma das balsas de Frisel, mas vai levar horas até que chegue aqui com esse tempo. Vocês terão de voltar.

Karl vira e olha para trás, onde os últimos veículos da fila desistiram e começaram a fazer o retorno. Com um suspiro, ele volta para o carro, senta-se atrás do volante e olha fixamente para o espelho retrovisor.

Nada acontece. Nenhum dos carros atrás dele se move. Em vez disso, há uma buzinação cada vez mais intensa e vozes revoltadas. Com uma longa série de xingamentos, Karl Björken abre a porta mais uma vez e sai. Desta vez, seu distintivo recebe uma recepção mais calorosa.

— Ótimo, você pode chamar alguém aqui para nos ajudar? — pergunta um dos coletes laranja.

— Que diabos aconteceu? Por que as pessoas não podem simplesmente dar marcha à ré?

— Porque tem um maldito carro bloqueando toda a fila. Alguma vadia ficou de saco cheio e se mandou, pelo visto. E levou as chaves com ela. Teremos que chamar alguém para rebocar.

Karl olha em direção à fila, mas dali não dá para ver. Com um suspiro, ele começa a caminhar em direção à fila caótica.

Trinta segundos depois, Karl para abruptamente. Na parte de trás da fila, preenchendo todo o espaço entre as grades de aço, está aquele carro verde. A porta da frente está aberta, e mesmo dali o amassado é visível. Há seis meses ele vem atormentando Karen para consertá-lo.

75

HELENA TRYSTE SAI ANDANDO, O OLHAR PERDIDO, SEM ENXERGAR.
Vozes haviam gritado com ela, perguntado o que ela estava fazendo, mas

ninguém tentou impedi-la. Ela não havia respondido. O que poderia dizer? Não sabe o que está fazendo, para onde está indo, ou o que vai acontecer agora. Ela nunca soube; sempre foi William; ele que sempre sabe o que fazer.

Nem mesmo quando aquela policial — Karen qualquer coisa — apareceu ele perdeu a calma. Bem, talvez por um instante, quando ele subiu e a viu conversando com Alvin. O mundo dele havia balançado apenas por alguns segundos, mas logo ele sabia o que fazer.

William sempre sabe o que fazer. Ele gosta do desafio.

Agora ela mantém os olhos no chão e caminha sem saber para onde. Não importa mais. Acabou, ela estragou tudo. Ele nunca vai perdoá-la.

O que eu deveria ter feito?, grita algo dentro dela. Eu não podia ficar lá no carro, não quando o trânsito estava parado. Alguém poderia ter reconhecido o carro na fila e vindo conversar. Poderiam ter visto que não era ela.

Você poderia ter dado meia-volta e vindo para casa, diz outra voz dentro dela. A voz de William. *Eu disse para ligar imediatamente se algo desse errado. Por que você nunca faz o que mandam?*

Porque eu não aguento mais. Você deveria saber disso.

Talvez ela diga em voz alta, grite ao vento, ela não sabe. Não importa mais. Ela não pode fazer nada agora, só continuar andando.

Ela desliza sobre a neve compactada e escorrega na pista. Ouve a buzina alta de um carro que tem que desviar no último momento. Ela tem tempo para se sentir assustada antes que uma única verdade irrefutável penetre no caos:

De alguma forma, William vai vencer no final. Ele sempre vence. Ele é assim.

76

HÁ UMA MURALHA DE ESCURIDÃO DIANTE DELA. CHEIRO DE UMIDADE. Algo estranho pairando no ar. Por um momento, ela hesita. Certamente deve haver uma saída em algum lugar... Talvez várias? Karen encontrava entradas de túneis na floresta o tempo todo quando criança, quando sua tia Ingeborg a levava para colher cogumelos. Alguns lugares tinham sido fechados de forma descuidada; outros, cuidadosamente murados. As palavras de advertência de Ingeborg ainda ressoam em seus ouvidos: "Quem entrar ali, não sai nunca mais".

Karen olha por cima do ombro em direção à adega, talvez seja melhor ficar do que correr o risco de se perder em uma mina subterrânea. Pensando bem, a mina em si está pelo menos cem metros mais abaixo.

Então ela se vira novamente e dá o primeiro passo. Levanta o candelabro de latão e para. É muito pesado, vai atrasá-la. Ela verifica se o isqueiro ainda está no bolso. Em seguida, apaga seis das sete velas e as enfia no cós da calça. Segurando a sétima vela, ela solta o candelabro, que cai no chão com um baque pesado. Alguns passos e ela vê a chama tremeluzir. Karen para e reflete que terá que encontrar uma forma de proteger a vela para a corrente de ar não extinguir a chama; a mão em concha não será suficiente. Ela retorna à adega.

Ignorando os cortes das mãos, ela vasculha as pilhas de vidro quebrado. Logo, encontra algo que deve servir. A parte superior da garrafa está inteira, mas a borda do fundo é afiada. Ela precisa de algo para proteger a mão: um pedaço de pano.

Nesse momento ela vê o trapo branco no barril de uísque.

Karen enrola o pano grosso ao redor da mão e por cima do antebraço e abaixa suavemente a garrafa quebrada sobre a vela. Movimenta a mão para a frente e para trás algumas vezes. Funciona, a chama ainda está acesa.

Com uma das mãos apoiada na parede áspera e a luz na outra, ela dá alguns passos no corredor da mina. Um passo de cada vez. Basta continuar avançando, não vai ficar pior do que isto.

Vinte minutos depois, ela percebe que sim.

Karen Eiken Hornby nunca havia sofrido de claustrofobia antes. A escuridão densa a sua frente e nas costas. A percepção repentina de que sente uma parede com seu ombro enquanto está com a mão na outra. A noção de que poderia alcançar o teto se levantasse a mão. Montanha impenetrável ao seu redor, camadas de terra e neve acima dela.

Ela quer agitar os braços, gritar. Mas o terror pela forma como o túnel estreito a envolve e o pensamento do ar estagnado penetrando ainda mais fundo em seus pulmões a faz parar. O movimento é a única coisa que a impede de ceder completamente ao pânico. Deve haver uma saída, ela repete em silêncio. Deve haver.

De repente, não há mais muros, e as mãos tateiam às cegas, Karen ergue a vela e percebe que chegou a uma bifurcação. Cuidadosamente, ela continua tateando para virar. Hesita. O corredor em que ela está parece seguir sempre em frente, mas à esquerda há outro corredor. Com o pânico crescente, ela tenta ver em que direção está andando. A entrada da casa dos Tryste está voltada para o leste, ela viu as escadas descendo para a adega na primeira visita — talvez na face norte. Talvez o corredor não seja reto. Provavelmente não. Ou...?

Ela vira na esquina, tateia para encontrar a parede e segue o corredor. Parece mais amplo do que aquele em que ela estava; por um momento, um pouco da claustrofobia vai embora. Momentos depois, ela para. Mesmo com a vela, ela quase esbarrou em uma parede à sua frente. É um beco sem saída.

Então a vela se apaga.

77

KARL BJÖRKEN OLHA O BANCO DA FRENTE DO CARRO ABANDONADO e sente desaparecerem todas as esperanças de que pudesse estar errado, é definitivamente o carro de Karen. E reconhece que, no assento, está a bolsa dela.

Mas não há vestígios da Karen em si.

Sem tirar as luvas, ele abre a bolsa, revira o conteúdo, mas não encontra o que procura. Então pega o próprio celular e encontra o número de Karen. Dois segundos depois, ele ouve o toque familiar vindo do interior do veículo. Ao pegar o aparelho entre os assentos, ouve uma voz irritada atrás dele.

— Essa cadela do caralho simplesmente abriu a porta e saiu, ela não parecia bem da cabeça.

Karl se vira.

— Como ela era? — pergunta ao homem que está atrás dele, agora esticando o pescoço para ver dentro do carro.

— Não sei — ele responde lentamente. — Cabelo escuro, eu acho. Longos, com certeza. Eu me lembro que balançava no vento.

— Você viu para que lado ela foi?

— Você é idiota? Acho que só há uma direção a seguir, a menos que você queira pular no oceano.

O homem acena na direção da estrada pavimentada que leva ao terminal.

— Quero dizer depois — retruca Karl, irritando-se. — Você viu para que lado ela foi depois?

O homem abana a cabeça e Karl o deixa ir embora.

Em vez disso, ele bate a porta do carro novamente e se vira para o cara de colete amarelo, que agora se aproximou dele.

— Você terá que chamar alguém para rebocar o carro. Não tem ninguém aí dentro. E agora ninguém mais entra — diz Karl. — Pense nisso como uma cena de crime.

O cara olha para ele com dúvidas.

— Uma cena de crime? É só a porra de uma mulher que enlouqueceu.

Não, pensa Karl. *Isto é algo completamente diferente.*

Meia hora depois, Karl Björken deixa a garagem da polícia em Lysvik a bordo de uma viatura. Ele percorreu o curto quilômetro desde o terminal da balsa até a delegacia, ao mesmo tempo em que tentava, primeiro, falar com Cornelis Loots — e xingar ao ouvir a secretária eletrônica — e depois passava para o número seguinte.

Thorstein Byle atendeu imediatamente.

— Vou enviar alguns homens agora mesmo — disse ele, depois que Karl, ainda ofegante, explicou a situação. — Mas eu não entendo o que você acha que pode ter acontecido.

— Eu não tenho a menor ideia! — grita Karl. — Mas alguma coisa está errada. Karen nunca simplesmente levantaria e abandonaria tudo.

Ellen Jensen tinha certeza absoluta quando Karl perguntou no pub: não havia sinal de Karen desde aquela manhã. É claro que, se quisesse, ele poderia subir e verificar o quarto. E assim ele fez. Onde diabos ela estava?

Agora ele dirige metodicamente pelas ruas de Lysvik, deixando as luzes iluminarem cada viela. Nem uma alma viva parece ter se aventurado na tempestade.

Não, Karen não teria feito isso. Deixar o carro e ir embora. A verdade é que, no fundo, ele tem medo de algo completamente diferente.

Karl Björken estremece quando seu celular toca. Ele imediatamente sente sua garganta apertada com alívio.

— Nós a encontramos — diz Thorstein Byle. — Um carro está indo para o sul pegá-la na estrada principal. Eles estão a caminho agora.

78

KAREN PEGA MAIS UMA VELA DO CÓS DA CALÇA JEANS. ESTÁ RACHADA e oscila enquanto ela coloca cuidadosamente a cúpula sobre a mão, mas a chama brilha forte. Então ela se vira e começa a caminhar de volta, mas para e fica insegura. Devo ir para a esquerda, não é? Ou foi de onde eu vim?
Ah, não, eu não sei.
Pense, inferno!
O medo está deixando seu cérebro nebuloso; ela se agarra desesperadamente à razão. Qualquer tentativa de respirar devagar e pensar é imediatamente transformada em um turbilhão de terror à medida que ela avança, passo a passo, metro a metro. Hora após hora? Ou é apenas uma questão de segundos? Toda a sensação de tempo e espaço parece ter sido engolida pela escuridão.
Quanto tempo posso sobreviver aqui, se eu não achar a saída? O que eles dizem? Três dias sem comida. Três dias sem água? E, de repente, não é o medo de morrer que faz o coração dela acelerar, mas o pensamento do que está por vir. Três dias no inferno antes de morrer.
O terror faz o coração galopar e a sensação quase paralisa os braços e as pernas. Ela cai de joelhos. Instintivamente, se segura com a mão esquerda e sustenta a luz com a outra. O choque faz a luz tremer e se apagar de novo, e na escuridão tudo se torna um emaranhado de dor sem começo nem fim. Tudo dói, tudo está escuro. Foi tudo inútil desde o início, ela não deveria nem sequer ter tentado. A tia Ingeborg tinha razão: *Eu não vou deixar esta mina viva.*
A constatação parece um golpe de porrete. A ideia de acender uma das velas novamente, levantar-se e continuar em frente afoga na maré de desânimo libertador. *Eu não aguento mais*, pensa, *e cai sentada*. Ela se inclina de costas contra a parede e gentilmente coloca a cúpula de vidro de lado, sentindo as bordas afiadas nos dedos. Sente o saca-rolhas em seu

bolso traseiro. Objetos duros e afiados. Afinal de contas, uma saída. William Tryste não vai matá-la. Ela mesma o fará.

Eu posso cortar meus pulsos, pondera. *Ou a garganta.* O pensamento traz uma calma inesperada que a relaxa, e o alívio a faz chorar. De repente, é mais fácil respirar. Há uma saída. Não através de um poço de mina na floresta. *Vai ser rápido*, pensa, *fechar os olhos contra a escuridão. Depois, apenas o corpo permanecerá neste inferno.*

Eu estarei livre.

E em algum lugar dentro dela, Karen ouve a voz de sua mãe... Ela sente uma leve rajada de vento como uma carícia contra o rosto. *Mãe...*

Karen sorri e inclina a cabeça para trás contra a parede da montanha.

Lentamente, quase com relutância, ela abre os olhos e vira o rosto para o lado. Então ela sente de novo, uma leve rajada de vento roçar o rosto.

Ela se levanta muito rápido e grita quando o peso do corpo é colocado sobre o joelho. A dor e a queda de pressão a deixam tão instável que ela precisa se encostar na parede. Desesperada, enfia a mão no cós em busca das velas, mas percebe que a queda as quebrou. Ela tateia até que cuidadosamente puxa um cepo do comprimento do seu dedo, encontra o isqueiro no bolso do jeans e observa a chama se acender à medida que pega o pavio. Depois, ela se dá conta da dor e se agacha.

Logo em seguida, a prova incontestável tira um som estranho de sua garganta. Não há dúvida: a chama está se inclinando em sua direção. E agora ela sente de novo a leve rajada de vento no rosto.

Em algum lugar mais adiante, há uma saída.

79

— OK, ESTOU INDO. CERTIFIQUE-SE DE TER UM MÉDICO LÁ TAMBÉM — Karl grita para Thorstein Byle, antes de jogar o celular no banco.

Os pneus deslizam na neve enquanto ele volta para a delegacia de polícia. O alívio de que Karen foi encontrada se mistura com um foguete de raiva irracional. Como diabos ela pôde fazer isso?

Oito minutos depois, Karl Björken olha sem compreender a mulher que está à sua frente. Ela está sentada com a cabeça abaixada em um dos sofás na área da recepção, o cabelo longo e escuro escondendo o rosto. O casaco de Karen, o gorro e a echarpe de Karen, mas um olhar para ela é suficiente. Não é Karen.
Ele leva mais dois segundos para perceber quem ela é.
— Helena Tryste? — ele diz, com ceticismo. — O que diabos você está fazendo aqui? O que aconteceu com a Karen?
Ela olha diretamente para o chão sem responder. Uma policial feminina sentou-se ao seu lado e agora está colocando um braço protetor em torno de seus ombros caídos, enquanto Karl ouve a voz de Thorstein Byle atrás dele:
— Mas o quê...?
— Sim, eu sei — diz Karl. — Não é ela, mas está com a roupa dela. E estava no carro dela.
É Byle quem vai primeiro até Helena. Algo a faz olhar para cima.
— Que diabos isso significa? — pergunta ele, a voz dura.
Helena Tryste o encara com apatia.
Eles tentam por vinte minutos. Vinte minutos sem nenhum resultado. Nada parece ser capaz de quebrar sua paralisia, nem chá quente, nem perguntas amigáveis, nem duras. Ninguém consegue que Helena Tryste diga uma palavra sequer. Não Karl Björken, não Cornelis Loots, não Thorstein Byle. Ela não toca o chá, não chora, não mexe as mãos. Vinte minutos, e Helena Tryste parece nem piscar os olhos.
Então chega o médico:
— Ela precisa ir para um hospital. — Sven Andersén decide, após uma rápida olhada no rosto branco de calcário e nos olhos aparentemente sem vida.
— Não, ela tem que falar com a gente primeiro — diz Karl, voltando-se para Helena Tryste.
— Onde diabos ela está? — ele ruge. — Abra sua maldita boca!
— Isso parece estar funcionando? — pergunta o médico calmamente, abrindo a bolsa.
Ele pega uma seringa e uma ampola de vidro, retira o líquido, dá um peteleco na agulha e injeta um fluxo fino e curto na mulher. Depois ele se agacha ao lado de Helena Tryste.
Karl está furioso.
— Você não entende que enquanto você está cuidando desta mulher, Karen está por aí, em algum lugar. A vida dela provavelmente está em perigo e precisamos saber onde ela está.

— Sim, eu sei, mas esta mulher agora é minha paciente — diz Sven Andersén, sem se abalar, retirando a agulha enquanto pressiona uma pequena compressa branca no braço de Helena Tryste.

Não há reação.

— William Tryste ainda não está atendendo ao telefone — diz Byle. — Mandei um carro para a casa dele, mas não estão nem na metade do caminho. As estradas estão cobertas de neve.

— Envie todos que temos. Metade para Tryste e o resto para a destilaria: ele pode estar lá. Nós três temos que nos separar e continuar procurando. Agora!

Karl pega seu casaco, que jogou no chão.

— Você vai ter que abrir o armário de armas, eu não tenho nenhuma aqui comigo — diz ele a Thorstein Byle, que acena positivamente com a cabeça.

Karl dá a Helena Tryste outro olhar de desprezo e se vira em direção à porta.

— Venha, vamos! O que você está esperando, porra?

Cornelis Loots, que está de casaco e chapéu desde que saiu correndo do hotel, agarra seu braço para detê-lo e Karl se vira.

— O que você disse? — pergunta Cornelis.

Ele se volta para Helena e dá um passo em direção à mulher, que agora parece ter uma cor fraca, porém humana, de volta ao rosto.

— A adega — diz ela em voz fraca. — Ele a trancou lá dentro até que... eu deveria...

Ela vacila.

— ... você deveria fazer o quê? — Karl ruge e é contido por Andersén quando dá um passo à frente.

Mas Helena encontra o olhar de Karl.

— Agora é tarde demais, de qualquer forma — diz ela. — Ele provavelmente já está de volta.

80

ELA CAMINHA DOZE PASSOS POR VEZ. PARA, LEVANTA A CÚPULA DE vidro e vê se a chama treme com alguma brisa. Está ficando mais frio a cada minuto, e agora ela sente a rajada de vento batendo no rosto. Ela sente a mão desaparecer em uma esquina e percebe que o eixo da mina está se dividindo novamente, mas desta vez não há dúvidas sobre o caminho a seguir.

Caminha, para, continua. Caminha, para. E de repente seu ouvido capta alguma coisa, um zumbido baixo. Outra série de doze passos, e depois outra, e agora o zumbido é claro, mas há algo mais também. As rajadas de vento lá fora fazem com que algo se mova bem na sua frente. Um som profundo e trêmulo.

Ela sabe o que é antes de ver.

A leve mudança de cor é quase imperceptível. Ainda assim, a vela captura uma leve tonalidade de cinza no preto compacto. Um retângulo cinza apenas alguns metros à frente. A abertura foi cuidadosamente fechada com tábuas por fora. Oito tábuas de quinze centímetros, com uma tábua transversal no interior e provavelmente uma no exterior, e o relevo faz seu coração pular. Pregos, não alvenaria.

As tábuas são apertadas, mas as lacunas milimétricas são suficientes. Ela viu e ouviu o suficiente. Está escuro lá fora, o vento é forte, provavelmente uma tempestade. Ainda assim, não é a escuridão densa e imperdoável que reina nos corredores atrás dela. *A neve deve estar refletindo as luzes da torre de TV em Skreby*, pensa ela, tremendo de frio. Então só teria que andar menos de um quilômetro. Perto o suficiente para que o frio não a mate. Ou será que não? Com o vento gelado em torno de seu corpo, ela se lembra da previsão: dezessete graus abaixo de zero, e ela está de camiseta.

Vou ficar bem, ela tenta se convencer, respirando fundo para se firmar contra a dor. Ela levanta o pé para dar um chute nas tábuas e congela no meio do movimento. Uma súbita rajada de vento entra no túnel e passa por ela. Karen instintivamente sabe o que significa. Desta vez não é apenas a tempestade lá fora, é uma brisa cruzada. William Tryste deve ter voltado e aberto a porta da adega.

Ela tenta descobrir quanto tempo tem: Tryste conhece os túneis e provavelmente consegue percorrer a mesma distância em uma fração do tempo. E vai trazer uma tocha, para ela não ter como se esconder. Karen é tomada pelo pânico, que só deixa espaço para um pensamento: *Eu tenho que sair. Agora.*

A dor irradia até o pescoço quando ela chuta. Karen aperta a mandíbula e recupera o fôlego. Chuta de novo. Atira-se de ombro uma vez. E outra. Fica de costas e empurra. Chuta para trás.

Por que diabos eu não trouxe o maldito candelabro?, ela pensa sentindo o choque correr através do corpo. Mas agora só tem a própria força em que confiar, a capacidade de ignorar a dor lancinante de velhos ferimentos e de novos sendo infligidos. Ela se força a descansar, ofegando e procurando o isqueiro no bolso do jeans. Usa a mão para proteger a chama e vê que algumas das fendas se alargaram. Algumas das tábuas não estão um pouco curvadas para fora?

Ela continua com os pontapés, concentrando-se nas mesmas duas tábuas, empurrando com o ombro e alternando com coices. O temor de ouvir Tryste a qualquer momento dispara sua adrenalina, dando-lhe forças para continuar, pelo menos por enquanto. Ela sabe que é assim que funciona: o medo se esvai em rendição.

Mas quando ouve o som de uma prancha rachar e finalmente ceder, seu sistema dispara uma dose extra que lhe dá uma sensação de invencibilidade. Um riso histérico irrompe dela quando o chute seguinte faz a tábua rachar no meio. Mais dois pontapés e outra tábua se parte.

Ela puxa os pedaços de madeira pontiagudos, inclinando-os para a frente e para trás, e outra peça se rompe. Então ela se endireita e olha para o buraco; não é o suficiente, mas vai ter de servir. Com cautela, enfia a cabeça, puxa o braço direito, vira o corpo para o lado e lentamente começa a sair através da abertura. Ela sente o tecido da camiseta enganchar em alguma coisa e se rasgar, e as costas e ombros rasparem na madeira áspera, mas não há dor. Vai senti-la só mais tarde, junto com o frio. E ela grita de alívio enquanto cai desajeitada na neve após um último esforço.

Karen Eiken Hornby não tem a chance de se perguntar o que está iluminando a neve, o que está tornando a noite lá fora menos escura do que o inferno preto do qual acaba de escapar. Ela não tem tempo para pensar que não são as luzes da torre de TV em Skreby, nem nota os faróis do carro estacionado a vinte metros dali. Ela não tem mais força para pensar, apenas sente instintivamente a presença de outro ser humano.

No momento em que o ouve respirar, ela percebe que ele não a seguiu pelos túneis, ele sabia exatamente onde ficava a saída, e foi até lá para esperá-la em paz e tranquilidade. Uma última onda de ódio percorre Karen.

O cretino deve ter ficado ao lado da abertura da mina observando-a se debater para sair.

A voz vem de trás dela:

— Você não acha que está na hora de acabarmos com essa palhaçada? — diz William Tryste.

81

A FILA DE CARROS, FORÇADA A SAIR DO TERMINAL DE BALSAS, SE arrasta com lentidão para o norte. A neve pode ter diminuído, mas o vento está fazendo seu melhor com os centímetros que caíram, fazendo-os rodopiar dos campos próximos para derramá-los sobre o asfalto.

— Agora você tem a porra de uma estrada reta, pelo menos tente acelerar e pegar a contramão — reclama Karl Björken e constata, frustrado, que Thorstein Byle mais uma vez ignora seu pedido.

Desta vez, ele nem sequer responde. O trecho reto ao qual Karl se referiu não tem mais do que trinta metros de comprimento antes que a próxima encosta de montanha force a estrada a outra curva. Karl analisa a luz do carro em sentido contrário, confirmando que Thorstein Byle agiu certo e prageja por ter entrado no carro do colega em vez de ele próprio dirigir. Estão há 45 minutos em um trecho que, em condições climáticas normais, não teria demorado nem a metade do tempo. Pelo menos não com a sirene ligada e desconsiderando todos os limites de velocidade. Byle desligou as luzes de alerta assim que a estrada ficou sinuosa, sem chance para ultrapassagem. De acordo com ele, não havia necessidade de piorar uma situação de trânsito já perigosa.

— Acalme-se, rapaz — disse ele. — É melhor que cheguemos lá em algum momento do que não chegarmos de forma alguma.

Karl olha irritado no espelho retrovisor e, com relutância, observa que Byle está provavelmente certo. Tanto na frente como atrás deles estão carros da polícia com as luzes de discoteca completas, mas não lhes rende nem um centímetro a mais na estrada estreita. São três viaturas. Dois homens em cada uma. Além de Cornelis Loots, que estava com o carro particular estacionado em frente à delegacia e, portanto, saiu um pouco antes dos outros. *Ele só deve estar a uns cem metros à frente*, pensa Karl.

A questão é: onde está William Tryste?

Foram necessários oito minutos preciosos para que Helena Tryste dissesse o suficiente para dirigirem todas as unidades à casa dos Tryste, ao norte de Skreby. Eles não sabiam como interpretar suas palavras desconexas: "emprestou o celular ao Alvin", "barris de depois da guerra", "não pertencia só aos Groth". O resto, porém, foi cristalino.

"*Ele vai matá-la. Assim que eu ligar, ele vai matá-la.*"

Karl ainda não tem ideia de como isso aconteceu; mas, de alguma forma, Karen Eiken Hornby parece ter descoberto que William Tryste é culpado dos assassinatos, e agora ela está trancada na casa dos Tryste. Isso foi suficiente para enviar todos os recursos disponíveis até lá.

Todos os recursos disponíveis, pensa Karl com relutância, verificando o coldre e a Glock que ele pegou na delegacia. Todos pegaram armas e munições como se fosse liquidação de Natal. Antes de sair, Byle tinha gritado para o guarda: "busque o Vrede agora mesmo". Somente no carro é que Karl percebeu que Olaf Vrede era um tratador de cães aposentado que vivia fora de Skreby. Esperavam que, em casa, ele ainda tivesse o cão.

Oito homens, seis pistolas e um cão. Presos em um engarrafamento em uma estrada tomada de neve. *Nunca vamos conseguir*, pensa Karl Björken.

Abrindo a boca mais uma vez para apontar que a estrada estava reta, ele percebe que Thorstein Byle agora acredita claramente que já há uma nova justificativa para giroflex e sirenes.

No momento seguinte, ele pisa no acelerador e sai para a pista oposta.

82

— SINTO MUITO, MAS VOCÊ VAI TER QUE VOLTAR LÁ PARA DENTRO.

William Tryste indica a mina com um sorriso pesaroso. Karen rasteja na neve, tenta se levantar, mas caí de bunda no chão e fica parada, com ambas as mãos atrás dela. Tudo, menos voltar pra lá, algo dentro dela grita enquanto olha para a mão de Tryste. Na escuridão, ela não consegue ver o que ele está segurando, apenas que é uma arma comprida, provavelmente uma espingarda.

Com a arma, ele gesticula impaciente.

— Levante-se — diz ele.

— Não! — ela grita — Eu não vou voltar pra lá. Você pode atirar em mim se quiser.

— Desculpe, mas não posso. Alguém pode ouvir o tiro. E imagine todo aquele sangue... Você entende que eu não posso deixar todo esse vestígio aqui fora?

— Ninguém vai me procurar aqui. Eu sei o que você está planejando.

— Bem, você descobriu. Levante-se.

— Eles não virão me procurar aqui — ela repete desesperadamente. — Helena já deve ter chegado a Heimö com o meu carro.

Algo na postura de Tryste endurece, então ele olha para o relógio de pulso enquanto mantém a arma apontada para ela. *Ele está preocupado com alguma coisa.* De repente, ela percebe o quê:

— Ela ainda não ligou? — pergunta Karen. — Você está esperando a luz verde.

— Cala a boca e levanta — Tryste ruge.

Karen fica sentada para provocá-lo deliberadamente. *Ele vai ter que atirar em mim aqui fora*, pensa ela. *Eu não vou voltar lá dentro.*

— Bem, se ela não ligou até agora, algo deve ter acontecido. Afinal, já faz um tempo que ela não dirigia. Você deveria ter esperado em Lysvik e ter se assegurado de que ela tinha embarcado...

Tryste dá alguns passos à frente, mas ela fica sentada.

— Talvez você não possa obrigar sua esposa a fazer o que você quer, afinal. Helena pode estar agora mesmo na delegacia, contando a história toda. Você já pensou nisso?

— Levanta — diz ele com uma voz gelada.

Ele se dobra e tenta agarrar o braço de Karen, mas ela se atira para o lado e dá uma cambalhota, e ele não consegue. Ele se agita e parece escorregar, mas recupera o equilíbrio no último momento. Ela fica de pé, mas é tarde demais, ela não tem força suficiente para detê-lo. A força da coronha do rifle contra sua mandíbula a faz cambalear. Com Karen presa pelo pescoço com um braço e a espingarda na outra mão, ele a arrasta para a abertura.

William Tryste é alto e seu braço é como uma rocha. As tentativas de Karen de se soltar não têm nenhum efeito. Em vez disso, ela sente a garganta sendo espremida. Desesperada, ela agita as mãos atrás de si, tentando alcançar a única coisa que pode salvá-la; mas, quando Tryste começa a chutar as tábuas para aumentar a abertura de passagem, o braço em volta do seu pescoço fica tenso e ela pode sentir o sangue pulsando em seu rosto.

Está quase terminando, pensa ela, *fazendo um último esforço para alcançar o bolso da calça.*

Poderia ter terminado muito diferente — se William Tryste não tivesse conseguido quebrar mais algumas tábuas naquele exato momento. Se ele não tivesse sido forçado a arrumar o braço em volta de Karen para arrastá-la pela abertura. Se isso não tivesse lhe permitido puxar o fôlego que precisava para manter a consciência. Se ela não tivesse conseguido girar o saca-rolhas com a ponta na direção certa. Se seu braço fosse muito curto, o ângulo estivesse errado, o movimento não fosse suficientemente rápido.

Ela não ouve nenhum grito e pensa que errou, não sente resistência da pele ou da cartilagem. E não ouve o som de esmagamento que é engolido pelo vento.

Somente quando ela sente o aperto no pescoço afrouxar e o corpo de Tryste cair é que ela entende. Arfando, ela se põe de pé e se vira.

Ele está deitado de lado, um braço ainda se contorcendo. Como se estivesse fazendo uma última tentativa de alcançar o saca-rolhas despontando de seu olho.

83

O FRIO A DOMINA QUANDO ELA VÊ O SANGUE DE WILLIAM TRYSTE escorrendo pela neve. O vento gelado agora remove os últimos restos de adrenalina e faz o suor grudar em sua camiseta fina. Os pensamentos passam pela sua cabeça como um trem expresso. *Eu não posso morrer agora,* *não agora que cheguei até aqui*. E então outra voz que procura respostas, mas não encontra nenhuma: quanto tempo você pode sobreviver em dezessete graus negativos com vendavais e roupas finas? Como ela atravessará uma floresta escura cheia de valas encobertas e pinheiros altos que podem quebrar em uma tempestade a qualquer momento? O frio machuca seus pulmões e ela respira com arfadas curtas. Como um mantra silencioso, ela repete a única coisa que sabe: *Preciso me aquecer, preciso me mexer, não devo entrar em choque*.

E depois a conclusão inevitável: *Preciso do casaco dele*.

Só quando ela se força para olhar novamente o corpo de Tryste, o sangue ainda jorrando de seu olho e colorindo de vermelho a neve, é que ela percebe. A neve está vermelha. Deveria estar escuro, ela não deveria ser capaz de enxergar cor nenhuma. Rapidamente, ela vira e protege os olhos da luz do carro que está estacionado a apenas vinte metros de distância. O alívio é tão intenso que ela cambaleia.

Ele deixou a porta destrancada e as chaves na ignição. Com movimentos bruscos, ela fecha a porta e tenta ligar o carro, mas é forçada a parar. Suas mãos tremem incontrolavelmente e, apesar do calor relativo dentro do carro, ela sente seu corpo inteiro começar a ceder. Ela treme com tanta violência que sua cabeça bate no encosto do assento. Desamparada, Karen Eiken Hornby percebe que não consegue mais fazer seu corpo obedecer. Ela está exausta, todos os seus recursos foram esgotados.

E ela pensa que agora está tão terrivelmente cansada, tão cansada que precisa descansar. Não dormir, apenas fechar os olhos por um momento...

É Olaf Vrede quem a encontra. Ou melhor, seu pastor alemão de nove anos de idade. Ou melhor, o cão encontra o corpo de William Tryste, atraído por sangue fresco. Mais alguns segundos se passam antes que Cornelis Loots perceba que o carro de Tryste, estacionado a vinte metros de distância, não está vazio. Quando Karl Björken e Thorstein Byle se juntam a eles, Loots enrola o casaco ao redor de Karen e tenta fazê-la abrir os olhos.

— É ela. Ela tem pulsação, mas é fraca e rápida — ele grita.

Eles colocam Karen no banco de trás com a cabeça no colo de Karl, enquanto Cornelis Loots fica atrás do volante e dá marcha à ré.

Thorstein Byle observa os faróis traseiros do carro de William Tryste desaparecerem, enquanto as luzes de uma viatura policial que se aproxima tingem a neve de azul. Depois ele se vira para olhar o pastor alemão, sentado no chão, ofegando e preso pela guia de seu dono. Nem por um momento seu olhar deixa o corpo na neve.

Eles não perdem tempo trocando de veículo. As mãos de Karen estão geladas, mas ela está acordada, e observa Karl, enquanto eles voltam para a estrada principal alguns minutos depois.

— Como você está? — pergunta ele, assim que ela abre os olhos. — Você está com dor?

Os olhos dela se movem ao redor do carro escuro, e Karl é pego desprevenido quando ela tenta se sentar. Ele não consegue agarrar os braços dela quando começam a se debater, e ele se afasta quando ela o acerta no rosto.

— Preciso sair — diz ela com a voz estrangulada. — Não consigo respirar.

Karl olha para o peito dela subindo e descendo muito rápido, ouve a respiração ofegante, vê os dedos raspando contra a porta, tateando a maçaneta.

— Acenda a porra das luzes! — ele grita para Cornelis.

Então ele abaixa o vidro da janela e sente o ar gelado entrar, observando o pânico lentamente deixá-la. Com cuidado, Karl Björken coloca seu braço em torno dos ombros de Karen.

84

LEO FRIIS ACORDA COM DIFICULDADE PARA ABRIR OS OLHOS POR causa da luz forte vinda da luminária na cabeceira. A respiração do outro lado da cama soa silenciosa e constante, mas o edredom está amontoado nos pés da cama e a testa sob as longas e escuras franjas parece úmida de suor. Ele olha para o rádio-relógio: são 7h15. Em uma hora, ele poderá desligar a luminária. Assim, se ela acordar, não estará completamente escuro.

As coisas estão melhores agora, ele pensa. Agora basta a luminária de cabeceira, a luz no teto não precisa mais ficar acesa, e basta que a janela esteja apenas entreaberta, por isso o quarto não está mais tão gelado como ficou nas noites logo após ela voltar para casa, e nas semanas seguintes.

Nas semanas em que Karen não conseguia dormir sem beber até desmaiar. Ela só adormecia ao amanhecer, no sofá, com todas as luzes acesas.

Aquelas semanas foram terríveis. Depois disso, ficou um pouco melhor. Ela então se atreveu a subir para o quarto, se a luz estivesse acesa, se nenhuma porta estivesse fechada e a janela, aberta. Ela só ousava fechar os olhos e deixar o sono vir se ele ou Sigrid se deitassem ao seu lado, vigiando o escuro. Quando ela acordava, suor frio e pânico em seus olhos, todas as noites, e eles gentilmente a reconduziam à realidade. *Agora está melhor*, pensa Leo, e tira suavemente a franja úmida da testa de Karen. *Só a lâmpada de cabeceira, eu, e a janela entreaberta. E ela está dormindo.*

E algo aconteceu com ele. Ele não está de olho na saída mais próxima, ou vigiando constantemente se o cômodo em que se encontra é pequeno, se as paredes estão apertadas. Ele não reage mais — bem, pelo menos não em pânico — quando ouve o som de uma porta se fechando atrás dele. Na semana anterior, ele mal notou como o bar estava lotado no Repet e, no banheiro, ele entrou em uma cabine quando não havia espaço no mictório. Tudo bem, ele não tinha trancado a porta, mas ainda assim...

Leo Friis sabe exatamente por que a memória do armário embaixo da escada perdeu seu poder de uma hora para a outra. Não é porque já faz quase trinta anos desde que seu padrasto o trancou lá pela última vez, nem porque o desgraçado caiu da escada e morreu dois dias depois, ou porque Leo ficou ofegante no topo da escada, pensando que finalmente tinha acabado. Ele estava errado. A memória do abuso havia sobrevivido à queda de seu padrasto, seu medo de espaços fechados continuou mantendo um domínio de ferro sobre ele. Até que, de repente, ele se soltou e ficou em segundo plano.

Ele sabia, desde o momento em que entrara no quarto do hospital em Ravenby, havia quase seis semanas. Karl Björken tinha telefonado e feito um rápido resumo do que havia acontecido e Karen tinha sido levada para o hospital em Ravenby.

— Ela não está seriamente ferida, mas não está se sentindo bem — disse ele. — Você acha que pode vir até aqui?

Eles tinham saído imediatamente, Sigrid e ele, dirigiram em silêncio e rápido demais. E ofegando, depois de subir sete lanços de escadas, e logo após Sigrid, que havia tomado o elevador, Leo abriu a porta e viu Karen na janela. A camisola azul-clara do hospital estava escura de suor, o ar do quarto repleto de pânico.

Ela está mais assustada do que eu, pensou ele.

Ele olha novamente para o rádio-relógio: quase 7h30, sem necessidade de dormir novamente, mas também sem necessidade de se apressar, ele pensa, olhando para o rosto no travesseiro ao seu lado. Vê as pálpebras se movendo, ouve o leve roncar, observa os pés descalços saindo das calças de flanela axadrezada. Por baixo do pijama, as cicatrizes ainda estão lá, como linhas pálidas ao longo do tornozelo e enroladas como uma minhoca cor-de-rosa ao redor do joelho esquerdo. Cicatrizes antigas; não havia necessidade de novas cirurgias. Ela teve sorte; *os ferimentos são superficiais*, disse o médico.

Nem todos, Leo pensou, quando encontrou o olhar de pânico de Karen no hospital. De repente, ele se sentiu mais calmo.

Mas eles vão se curar, ele sabe agora.

Logo ela vai acordar e tudo estará como antes: ela vai gritar por não termos limpado a cafeteira, dizer que deixarmos toalhas molhadas no chão do banheiro não irá lavá-las, e suspirar que Sigrid passa muito mais tempo com os olhos colados na tela do celular do que estudando.

Mas ela não vai dizer nada sobre eles se mudarem.

85

BO RAMNES SE LEVANTA IRRITADO DO SOFÁ.

É uma pena que não se consiga ter um minuto de paz e sossego por aqui, ele pensa, aumentando o volume da TV. *Que barulho insuportável dessas motos e quadriciclos ridículos!*

Na verdade, não deveria ter ligado a TV, mas estar lendo para se preparar para o outono. Também não deveria ter bebido um segundo uísque. Ou é o terceiro? Tanto faz. Ele tem o direito de relaxar depois de tudo o que aconteceu.

Havia levado mais de uma hora para convencer o secretário do partido de que tudo não tinha passado de um mal-entendido, que ele ainda quer e pode se candidatar às eleições. Teve que ser interrogado como um estudante. Respondeu de forma obediente e apropriada. Sim, Aylin anda indisposta há algum tempo, mas agora está muito melhor. É só estresse, a mãe está com câncer. E agora Aylin e sua mãe viajaram juntas para descansar um pouco. Sim, as crianças estão com elas, é claro.

Sim, eles tiveram seus problemas, especialmente nos últimos seis meses, quando Aylin não estava bem. Sim, é verdade, ela havia feito um boletim de ocorrência contra ele por violência doméstica. Ela estava confusa, é claro. Depois disso, ela se arrependeu e havia retirado a queixa no dia seguinte, não é mesmo?

Na verdade, isso poderia beneficiar o partido. Se soubessem quantos homens passam por algo assim todos os dias, sem falar quantos inocentes são condenados injustamente. Sim, é claro que há verdadeiros ovos podres por aí, que batem nas esposas e namoradas, mas está longe de corresponder ao número de homens que são denunciados. Sim, ele ainda acha que o tempo mínimo de reclusão deva ser aumentado. Sim, em geral, é claro, mas especialmente quando se trata de crimes realmente graves, como assassinato e tráfico de drogas. Sim, é claro, também nos casos reais de violência contra as mulheres que ocorrem neste país, mas também é preciso proteger cidadãos inocentes de falsas acusações.

Sim, Aylin e ele ficarão juntos, é claro. Neste momento, ela só precisa de um tempo para acalmar os ânimos. Não há dúvida de que ela o apoiará tanto em casa quanto na mídia, se surgir a necessidade. Para ela, as crianças e a casa sempre foram a maior prioridade; ela jamais se colocaria acima dos filhos ou do marido. Não, nem mesmo acima do partido, é claro.

Tinha sido a porra de um interrogatório.

— Sua puta do caralho — murmura Bo Ramnes ao sair da cozinha.

Desta vez, já está durando mais de seis semanas. Ela está agarrando essa encenação com unhas e dentes. Nem mesmo quando foi atrás dela para mostrar a besteira que estava fazendo, ela cedeu; apesar de ela quase fazer xixi nas calças de susto quando o vê. Ele explicou, pediu desculpas, deu um tapa nela e a ameaçou, mas nada funcionou. Ela apenas ficou quieta, não fez nada. Então mudou-se novamente. Para um pequeno apartamento desta vez. *Graças a Deus que tenho amigos leais que me mantêm informado.*

Os amigos de Aylin, por outro lado, nunca compreenderam o que é melhor para ela. Bo Ramnes enche outro copo até a boca. Eles não a conhecem, não sabem do que ela realmente precisa. No entanto, eles conseguiram manipulá-la por mais de um mês, aquela policial de merda, a vadia dinamarquesa e os veados. Ela parece ter sofrido uma lavagem cerebral completa.

Felizmente não há novos boletins, ela não se atreveu a ir tão longe. Acho que ela sabe que não teria nenhuma chance.

Ou talvez tenha sido o que ele disse da última vez, a coisa que fez o rosto de Aylin ficar paralisado de terror. Talvez ele devesse ter ficado quieto, mas suas palavras foram sinceras.

Uma esposa morta é melhor do que nenhuma esposa, Aylin. Seu tempo para tomar a decisão certa está se esgotando.

Há uma barulheira do lado de fora da casa. O som é tão alto que ele se encolhe e o copo de uísque escorrega de sua mão.

— Não, já chega — diz ele, e sai marchando pelo corredor.

Assim que abre a porta, percebe que não é nenhum dos adolescentes da vizinhança com motos ou quadriciclos, mas já é tarde demais.

Bo Ramnes nem sequer tem tempo para protestar antes de ser empurrado para dentro de casa por uma muralha de músculos e couro preto.

Quinze minutos depois, quando ouve o rugido de uma das motocicletas acelerando, ele não se mexe. Apenas continua deitado no chão da cozinha em posição fetal, sentindo o cheiro do próprio vômito. Somente quando o som já se foi há muito tempo ele abre os olhos e se levanta devagar. Bo não está ferido, não chegaram a encostar nenhum dedo nele, não foi para isso que vieram. Não desta vez. O aviso foi bem claro.

Pela primeira vez em sua vida adulta, Bo Ramnes sente o terror subindo pela espinha, incapacitando seus braços e pernas e deixando-o sentado no chão. Um pavor primitivo e implacável, que invade suas entranhas. Ele sente outra ânsia de vômito, mas desta vez não sai nada. Tudo gira ao redor, e ele apoia a mão em algo molhado. Uma poça ainda quente. Não precisa olhar.

Epílogo

LÁ FORA, A ESCURIDÃO DE FEVEREIRO É NEBULOSA E CINZENTA. ELA se instala sobre o mar, as rochas e os penhascos, sobre os galhos nus da tramazeira e sobre a fina camada de neve crepitante. Há a sugestão de contornos que exigem reflexão; ainda não chegou a hora, mas talvez já dê para ver uma diferença na luminosidade, talvez as sombras não sejam tão longas como eram há poucas semanas, talvez o primeiro pássaro da primavera já tenha voltado para casa, mas ainda há um longo caminho até os cordeiros poderem brincar soltos e alegres.

Um chiado vindo da cozinha quebra o silêncio, mas ninguém se mexe. Leo senta-se em uma das poltronas com seu violão no colo e um caderno de esboços sobre a mesa ao seu lado. Grandes fones de ouvido pretos envolvem suas orelhas, e seus lábios se movem silenciosamente enquanto ele marca os acordes. Sigrid deita-se de costas no sofá, aparentemente também distante, mas em um país diferente; com uma perna jogada sobre o encosto do sofá, ela não tira os olhos do celular e seus dedos não param de digitar na tela.

— Pelo amor de Deus! — exclama Karen e abaixa o livro. — Você não está ouvindo ferver?

Ela não consegue lembrar se é a vez de Leo ou Sigrid de cozinhar, lembra apenas que não é a vez dela. Ele gagueja novamente. Com um suspiro, ela se levanta e vai para a cozinha. Pisando um pouco mais forte que o normal com suas meias grossas no chão de madeira.

Além do cheiro de água de arroz queimando no fogão, um cheiro de alho, tomilho e cordeiro a atinge. Ela rapidamente puxa a panela fervente para o lado e diminui o fogo. Levanta a tampa de outra panela, mexe e fica aliviada ao descobrir que nada está queimando. Ela se vira e olha para a mesa de jantar com outro suspiro. Quem começou a pôr a mesa por algum motivo mudou de ideia na metade do processo. Uma pilha de pratos está em uma ponta da mesa, coroada por uma pilha de talheres, mas as migalhas do café da manhã ainda estão espalhadas por todos os cantos.

Sigrid, ela pensa, e abre o armário da cozinha, alcança os copos do dia a dia, muda de ideia e olha para a prateleira superior. *O vinho tinto*, pensa. Não se pode comer ensopado de cordeiro sem vinho tinto.

— Desculpe, mas a Hanne do clube mandou uma mensagem e depois eu esqueci...

Sigrid aparentemente acordou de seu coma induzido por celular e vem para a cozinha. Em vez de terminar a frase, ela começa a colocar pratos, facas e garfos.

— Bem, não há vinho para aqueles que não fazem suas tarefas — diz ela sem se virar. — Regras, você sabe. Quem diabos colocou os copos tão no alto que ninguém consegue alcançar? — acrescenta ela, na ponta dos pés.

Sigrid olha para as costas de Karen com uma carranca, como se tivessem acabado de lhe dizer que a última das calotas polares derreteu.

— Ela está brincando. Basta fingir que ela é engraçada.

Leo se junta a elas e fica atrás de Karen. Perto de suas costas, ele tira casualmente os copos, os coloca na mesa, depois encosta suas mãos na mesa da cozinha e apoia seu queixo no ombro dela.

Ele sabe que ela está sorrindo, e sabe que Sigrid está revirando os olhos atrás deles.

— Qual vinho você prefere? — ele pergunta, seus lábios no ouvido direito de Karen.

— *Eu* pego — diz ela, rapidamente, ao sair de seus braços.

Leo anda revirando sua coleção de vinhos como uma escavadeira indiscriminada, e ela não está disposta a desperdiçar as poucas garrafas de Brouilly em uma quinta-feira comum.

Ela está apenas a meio caminho das escadas do porão quando o bolso do seu jeans vibra. Ela para abruptamente. Uma olhada no celular e seu pulso se acelera quando ela vê o número no visor. É a chamada pela qual tem esperado com uma mistura de esperança e trepidação a cada segundo durante as duas últimas semanas.

A conversa pela qual ela tem esperado desde que decidiu arriscar tudo.

Durante horas, ela havia vagado pela cozinha antes de se decidir. Ouviu a voz sedutora que lhe disse para não fazer isso, a voz severa que lhe disse que não deveria, realmente não deveria. E depois sua voz, que dizia já saber que queria fazer isso. Que toda essa hesitação só servia para adiar o inevitável. Ela pegaria o telefone da mesa da cozinha e faria a ligação que não precisava nem deveria fazer. O telefonema que lhe custaria o emprego se alguém descobrisse.

Eles tentariam entender, talvez pensassem que ela ainda estava em choque depois de tudo o que acontecera. Que só haviam passado duas semanas desde que ela lutara por sua vida naquela mina. Que ela não estava sendo ela mesma, que não tinha percebido as consequências. Sim, eles provavelmente pensariam assim.

E estariam muito enganados.

Karen Eiken Hornby sabia exatamente o que estava fazendo naquele dia há quase duas semanas quando fez a chamada que lhe custaria mais do que seu trabalho se a pessoa do outro lado falhasse.

Agora ele está ligando de volta.

Ela se vira e sai para os degraus em frente a casa antes de pressionar o botão verde. *Não quero que Leo ou Sigrid ouçam esta conversa.*

— E então? — ela diz brevemente.

— Está feito — responde Odd.

— Ele está vivo, não está?

— Sim, foi o que você me pediu, mas ele não vai incomodá-la de novo.

— Tem certeza?

— Digamos apenas que deixamos muito claro para ele o que aconteceria se ele voltasse a ter esse tipo de ideia. Estamos de boa agora, passarinho?

— Com certeza, Odd Boy — ela responde.

E com um sorriso discreto, Karen Eiken Hornby desliga e volta para dentro da casa.

Leia também

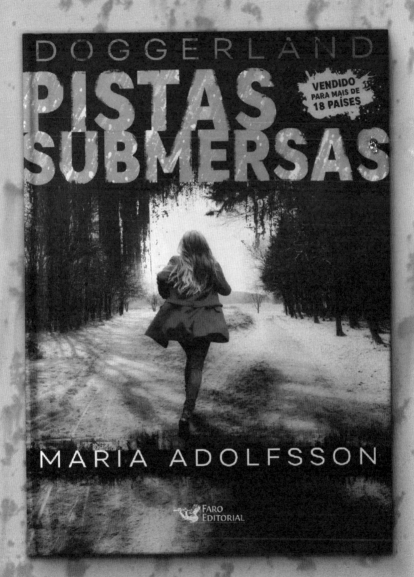

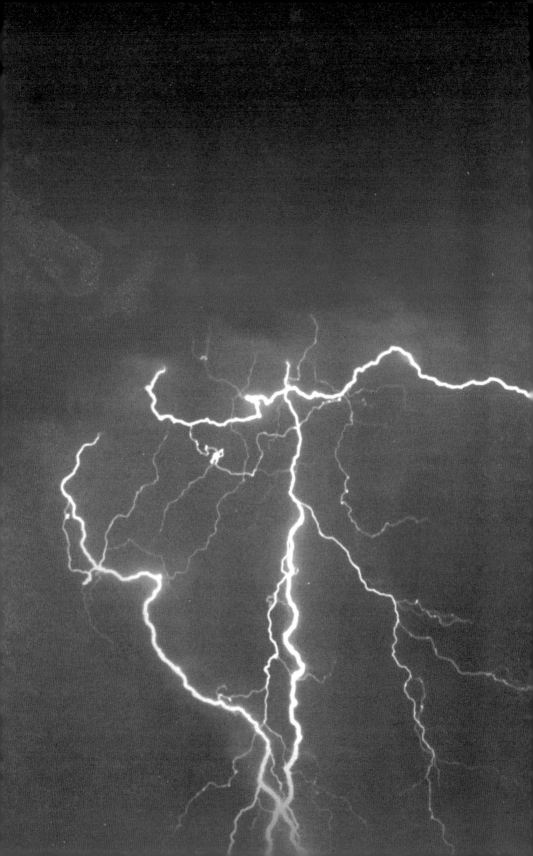

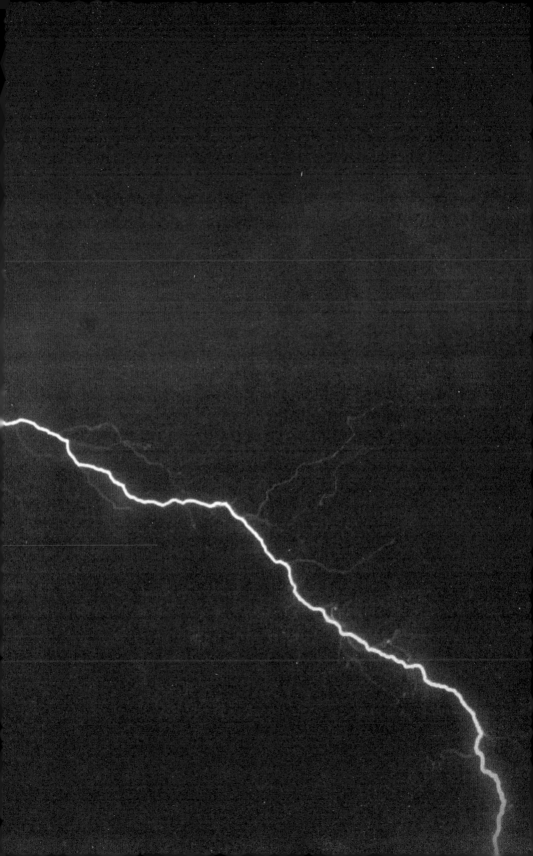

ASSINE NOSSA NEWSLETTER E RECEBA INFORMAÇÕES DE TODOS OS LANÇAMENTOS

www.faroeditorial.com.br

CAMPANHA

Há um grande número de portadores do vírus HIV e de hepatite que não se trata. Gratuito e sigiloso, fazer o teste de HIV e hepatite é mais rápido do que ler um livro.

FAÇA O TESTE. NÃO FIQUE NA DÚVIDA!

ESTA OBRA FOI IMPRESSA EM MAIO DE 2022